醉听清吟

唐宋诗赏读

何永炎 著

商务印书馆
The Commercial Press

目 录

序言　没有感情的文学不可能直抵心灵　　尹昌龙　　1

诗人映像

你好，李白　　3

二进长安一场梦
　　——兼释李白《清平调词三首》　　25

皖南山水李白行　　32

青山明月夜　千古一诗人
　　——李白在当涂　　42

此生那老蜀　不死会归秦
　　——杜甫在成都草堂时期的生活　　49

半官半隐亦逍遥
　　——王维归隐之谜　　77

两个韩愈　　86

待人之仁也
　　——韩愈的尚友精神　　91

曼妙清风今何在

　　——重读《陋室铭》　　　　　　　　　　97

暂凭杯酒长精神

　　——刘禹锡的英雄情怀　　　　　　　　100

惟歌生民病　愿得天子知

　　——读白居易《寄唐生》　　　　　　　108

人生何处是皈依

　　——读白居易的佛理诗　　　　　　　　114

十年一觉扬州梦　赢得青楼薄幸名

　　——杜牧的扬州梦和他的青楼诗　　　　122

最后的悔恨

　　——读王安石《千秋岁引》　　　　　　130

一生像清风一样飘过

　　——苏轼的咏竹诗　　　　　　　　　　137

浩然天地间　唯我独也正

　　——读苏轼的岭海诗　　　　　　　　　145

诗文读赏

李白的酒歌	153
李白的望月诗	164
杜甫的酒趣	172

杜甫的文趣	178
杜甫的"物予"之怀	
——读《缚鸡行》	184
离去与归来的乡恋	
——贺知章的乡愁诗	188
李颀的三首音乐诗	193
辋川山水听禅音	
——读王维《辋川集》	199
以文为诗有佳篇	
——读韩愈《山石》	206
四人探骊　子独得珠	
——刘禹锡的金陵怀古	214
心中为念农桑苦	
——白居易的"农民情结"	220
赏石审其"丑"　咏石有哲味	
——读白居易《双石》	227
非花非雾情朦胧	
——读白居易《花非花》	232
王安石为什么赞赏这首诗	
——读王令《暑旱苦热》	236

诗情体悟

千古交情　唯此为至
　　——杜甫与李白的友情　　　　　　　　243
李白和崔颢斗诗的千古公案　　　　　　　　250
李白为什么特别喜爱孟浩然
　　——读李白《赠孟浩然》　　　　　　　256
李白的爱情诗
　　——读《长干行》　　　　　　　　　　262
一字妻子情未了
　　——杜甫的爱情　　　　　　　　　　　267
元稹与薛涛之恋　　　　　　　　　　　　　273
一诗成谶
　　——读薛涛的咏风诗　　　　　　　　　280
各在一枝栖
　　——读薛涛《蝉》　　　　　　　　　　284
天下朋友皆胶漆
　　——兼论白居易与刘禹锡的友情　　　　289
诚信之交话"刘柳"　　　　　　　　　　　295
李商隐的爱情诗　　　　　　　　　　　　　302

沈园情伤

　　——读陆游的《钗头凤》　　309

诗义探究

盛唐诗坛的斯芬克斯之谜　　317

今读杜甫《忆昔》诗　　323

又到清明踏青时　　327

杏花村到底在哪儿？

　　——读杜牧《清明》　　331

李商隐：直通现代的诗人　　337

从张齐贤的《自警诗》说起　　343

以生命写诗

　　——屈原之死　　347

远方的回音

　　——项羽之死　　353

后记　　357

主要参考书目　　361

序 言

没有感情的文学不可能直抵心灵

尹昌龙

何永炎先生今年 81 岁了。他一生关心时事,关心天下,而在他的书房、他的心底,他始终也留着一方自己的天地,那就是他所喜爱的古典诗词。

古典诗词给了何先生很多慰藉。名诗名句会把他内心深处的情怀给调动出来,那是他最贴心的知己。人们常说,唐诗宋词是我们的精神故乡。每当吟咏起唐诗宋词的时候,我们真的有重返故乡之感。人老了,往往会想念故乡,何永炎先生这么喜爱古典诗词,何尝不是一种思乡呢?那些唐诗宋词,就是他眷恋的、难以忘怀的、永远放在心间的文化故土。

何先生说,他要写自己特别喜欢的诗人,要特别有心得才去写。他不是为写而写,而是内心有感受、有想法,是一种情怀催着他去写,是有志于心、有话要说。这是他解读唐诗宋词最重要的一个动机。

醉听清吟

何永炎先生最喜欢李白。

李白在安徽马鞍山当涂终老，那是何先生退休前常年工作的地方，也是他的故乡，自然多了一份亲近。当然，最重要的是何先生内心对李白的那份敬仰。他认为李白身上有一种仙气，他说："仙的定义很有趣，李白本身建立起来的个人的生命风范，是不能够用世俗的道德标准去看待的。"在谈到李白的时候，何先生觉得李白的游侠性格，以及他的好酒，他对人世间规则的叛逆等，都要归结于李白是个"仙人"，他无视这些规则。所以在讲到李白时，何先生不惜用那么多的"最"，不惜把最好的语词献给他心目中的李白。李白张扬的个性，对规则的蔑视，无拘无束的生活，真正代表着一种自由，而诗就是对日常生活的反抗，诗实现了人所无法实现的自由。何先生在论评中说李白"最放纵、最肆意、最冲动、最无拘无束"，是中国自古以来最娴熟、最大胆、最善于将诗歌语言表达到极致的最伟大的诗人。何先生一辈子爱李白，爱李白的天性和个性，爱李白的自由和独立，而实际上他从李白的诗中读出的是自己，是自己内心对个性自由的追求与渴望。

何先生喜欢有个性的人，而刘禹锡也是这样一位极有个性的诗人。有意思的是，李白和刘禹锡这两个人都与何永炎先生的故乡有关联。刘禹锡曾经做过和州（即今安徽马鞍山和县）刺史，写了一篇著名的《陋室铭》。何永炎先生也讲到了《陋室铭》中真正的文人境界，有了那种文人的气韵、品格、调性，所谓物质的困窘、生活的磨难都不算什么，因为他们有另外一个世界可以支持他们的灵魂，这就是精神的世界，就是"谈笑有鸿儒，往来无白丁，可以调素琴，阅金经"的生活。有了这样的生活，夫复何求呢？

在谈到唐代诗人时，何先生表示，除去他最喜欢的诗仙李白外，当然还有诗豪刘禹锡了。他在《暂凭杯酒长精神》一文中写道：李白是狂放，属于天上神仙一路；刘禹锡是豪放，属于人间英豪一脉。刘禹锡身上有一种英雄情结，舍我其谁？白居易称其"杯酒英雄君与操，文章微婉我知丘"。而这种有个性的豪放，李白和刘禹锡是一脉相通的。

何永炎先生在解读这些古典诗词的时候，也彰显着自己的美学主张。他认为，诗词应该关心那些底层的人，应该要有情怀，而在这方面最有代表性的诗人应该是白居易。

白居易"非求宫律高，不务文字奇，唯歌生民病，愿得天子知"的生民情结，对天下人充满同情。"可怜身上衣正单"的卖炭翁、捡麦穗的农妇，都令白居易"心中为念农桑苦，耳里如闻饥冻声"。这种对于底层苦难的关怀是最能触动人心的，它打破了吟风弄月的婉约套路，以社会疾苦为题材，一扫中唐诗渐趋典雅的诗风，词句明白、晓畅、通俗。

白居易希望他的诗能够妇孺皆知,希望百姓的苦能使天下人都感同身受。

讲老百姓的疾苦,最有代表性的诗人还有杜甫。杜甫的一生非常坎坷,直到生命尽头都在漂泊。就是这样一个一辈子都在漂泊的人,却惦记着天下人,希望"大庇天下寒士俱欢颜"。在这一点上,白居易写"安得万里裘,盖裹周四垠;稳暖皆如我,天下无穷人",与杜甫的《茅屋为秋风所破歌》有相通之处。有人评价杜甫是伟大的人道主义者,他永远把人间的冷暖放在心上,对人间的苦难有一种巨大的悲悯,何永炎先生觉得他们身上有一种佛陀的精神。

何永炎先生在这本书中对那些有情怀的诗和诗句的解读,特别令人感动。诗缘情而发,这是一个千古不破的道理,没有感情的文学不可能直抵心灵。

李白特别重情义,在《李白为什么特别喜爱孟浩然》一文中,何先生感慨唐诗中写人情最好的诗句就是"吾爱孟夫子,风流天下闻"。李白的诗歌中有很多是讲感情的,"金陵子弟来相送,欲行不行各尽觞"。李白一生结交了那么多的朋友,包括晚年还有"桃花潭水深千尺,不及汪伦送我情"。在他行走的生命历程中,这些朋友和友情都进入了他的诗句,成为永恒。

李白也写男女感情,比如写青梅竹马两小无猜的《长干行》。何先生说，李白写阴柔也是自成格调，爱情诗写得清新脱俗，把爱情的美好写得特别生动，特别纯真。

讲到刘禹锡和白居易的友情，何先生在《四人探骊，子独得珠》一文中说，刘禹锡在"金陵怀古"为题的作诗中独占鳌头，被称为咏史第一高手。四个人去深海采珠，只有刘禹锡得到了珠。刘禹锡和白居易的交往没有心机，只有深厚的友情以及为这些美文而喝彩的桥段。

刘禹锡和柳宗元之间也有一番深情。柳宗元去世后，他的孩子由刘禹锡代为养育，柳宗元的文集也由刘禹锡帮忙整理，这种友情是跨越生死的，所以何先生不惜对刘禹锡献上最好的赞美。

当然还有亲情。何先生讲到杜甫，在唐诗中高频率地以"妻"入诗恐怕找不出第二个人了。在《一字妻子情未了》中，杜甫把夫妻情深写得特别美好。杜甫的深情，李白的豪情，白居易的温情，刘禹锡的交情，这种人世间最值得我们叹赏的情愫，在唐诗宋词中有了最生动的表达。

何永炎先生在写作过程中有两点特别值得一提。一是他的文风严谨，书中很多诗句引文都是从古典文论中搜罗，几乎无一字无来历，这跟一般的单纯赏读是不同的。读者可以从他的评论当中听到无数的回声，所以他的评论也变成了复数的文本，他不是一个人在说话，而是在跟无数人进行对话。他的写作过程就是跟那些谈论唐诗宋词的名家进行对话。在这些对话中,唐诗宋词的魅力得到进一步的阐发。所以谈诗的过程不是一个人在谈,而是一群人在谈,是每个人都代入自己,是一场谈论的大戏。

二是何先生在欣赏和谈论古典诗词的过程中也锤炼了很多金句,让人印象深刻。比如他说李白的诗,"语言一旦变成一粒粒珍珠后,便永远绽放着光泽";他讲到薛涛,"一个深闺少女,她有心作青史的一角,唱出一声蝉鸣,化成诗歌华章里的一段景"。这些句子特别形象、生动、典雅,在历史的苍茫中,更显出薛涛的那种美丽和灿烂。

还有,讲到王安石的《千秋岁引》:"当初谩留华表语,而今误我秦楼约",这是王安石晚年最后的懊悔啊!懊悔自己在政治生涯中耽误了人生。何永炎先生说,这是一个拼搏一生的政治斗士,最后说出来的最柔软的话语。我觉得这句话别有味道,也别有深情,特别令人感动。诸如此类的金句在这本书中还有不少,足以令这本书闪闪发光。

诗词歌赋永远是我们的精神皈依。希望这些唐诗宋词,永远陪伴何永炎先生的生活,永远给他带来光亮,带来滋润,带来慰藉。

诗人映像

你好，李白

一

大唐盛世虽然已远去一千多年，但在后人眼里，它依然是那个"九天阊阖开宫殿，万国衣冠拜冕旒"的中国第一王朝。然而这一切都与唐诗有关。今天全世界的华人聚居区都取名唐人街，应该也和唐诗有关。

大凡有点文墨的中国人，应该都读过唐诗。而凡读过唐诗的人，无不能脱口而出数句或数首李白的诗。可以这么说，自古至今没有一个人的诗句像李白那样，成为每个中国人生命记忆的一部分。所以，一部中国文学史，要是缺少了李白这个名字，就好像喜马拉雅山没有珠穆朗玛峰一样，立刻就会失去那一股顶天立地的感觉。

只要你读过李白，就会感觉到他的诗最放纵、最肆意、最冲动、最无拘无束。这当然与盛唐那个开放的时代有关。李白写诗，总是写到极致，写到顶点，夸张到不能再夸张的地步,达到强烈得不能更强烈的巅峰状态。我甚至觉得,从古到今,李白是中国最娴熟、最大胆、最善于将诗歌语言表达到极致的最伟大的诗人。

让我们不妨拈来一些诗句共赏吧:

十步杀一人,千里不留行。事了拂衣去,深藏身与名。(《侠客行》)

百年三万六千日,一日须倾三百杯。(《襄阳歌》)

愁来饮酒二千石,寒灰重暖生阳春。(《江夏赠韦南陵冰》)

五花马,千金裘,呼儿将出换美酒,与尔同销万古愁。(《将进酒》)

楚山秦山皆白云,白云处处长随君。(《白云歌送刘十六归山》)

望望不见君,连山起烟雾。(《金乡送韦八之西京》)

兴酣落笔摇五岳,诗成笑傲凌沧洲。(《江上吟》)

横河跨海与天通,我知尔游心无穷。(《元月丘歌》)

噫吁嚱,危乎高哉!蜀道之难,难于上青天!(《蜀道难》)

长风破浪会有时，直挂云帆济沧海。（《行路难》）

呼卢百万终不惜，报仇千里如咫尺。（《少年行》）

天台四万八千丈，对此欲倒东南倾。（《梦游天姥吟留别》）

飞流直下三千尺，疑是银河落九天。（《望庐山瀑布》）

大鹏一日同风起，扶摇直上九万里。（《上李邕》）

俱怀逸兴壮思飞，欲上青天揽明月。（《宣州谢朓楼饯别校书叔云》）

君不见黄河之水天上来，奔流到海不复回。（《将进酒》）

朝辞白帝彩云间，千里江陵一日还。（《早发白帝城》）

白发三千丈，缘愁似个长。（《秋浦歌十七首》）

李白的这些诗句，可谓登峰造极，震天撼地，对中国文学的发展，影响至为深远。因此为历代文化大家所赞赏。比如，杜甫说"白也诗无敌，飘然思不群"（《春日忆李白》），"笔落惊风雨，诗成泣鬼神"（《寄李十二白二十韵》）。韩愈说"李杜文章在，光焰万丈长"（《调张籍》）。白居易说"吟咏留千古，声名动四夷"（《读李杜诗集，因题卷后》），

"诗之豪者，世称李杜"（《与元九书》）。王安石说"清水出芙蓉，天然去雕饰，此李白所得也"（胡仔《苕溪渔隐丛话》）。李攀龙说"唐三百年一人"（《唐诗选序》论其绝句）。李白、杜甫正是在这个大唐的"诗国高潮"中，将诗歌艺术推向极致，而成为中国唐诗的两大高峰。现代诗人郭沫若曾称李、杜为中国诗坛的"双子星座"，"永远并列着发出不灭的光辉"（《诗歌史中的双子星座》）。

李白与盛唐另一位诗人王维同龄，两人与比他们小 11 岁的杜甫，代表了开元诗坛的最高成就，即所谓"文苑三分李杜王"（陈贻焮先生诗句）。现在看来，也确实代表了中国古代文人诗歌的最高成就。李白更是以诗歌精神最自然、最充分的实现而站在杜、王的前面。因为李白创造的诗歌美，或许更具有一种人类的普适性和世界性。

李、杜、王三人，杜称诗圣，王称诗佛，而李白则称诗仙。李白之所以被称为诗仙，是因为在诗的国度里，他是一个不遵守人间规则的人。"仙"的定义很有趣，李白本身建立起来的个人生命风范，不能够用世俗的道德标准去看待，比如李白的好酒，李白的游侠性格，李白对人世间规则的叛逆。可以说，李白把道家或老庄的生命哲学做了尽情发挥，变成一种典范。所以，谈到李白这个人，他的来历，他的出处，他的行状，他的游踪，就不如他写的诗那样明明白白、便于言说了。李白是独一无二的诗人，很难复制。

李白生于唐武则天大足元年（701），卒于唐肃宗宝应元年（762），活了62岁。他的出生地争议较多，可见诸文字的有七说。不过，李白本人自称祖籍陇西成纪（今甘肃静宁西南），先代于隋末之乱流徙西域，因此，他出生于中亚碎叶城（今吉尔吉斯斯坦国托克马克城）一说，还是比较可信的。神龙初，随父李客回蜀，择居绵州昌隆（即今四川绵阳江油青莲乡）。其父应是一个有文化的富商。因此，李白少年时受过良好的文学教育。他在《秋于敬亭送从侄耑游庐山序》中说："予小时，大人令诵《子虚赋》，私心慕之。"15岁左右，他的文学创作已经初步成熟，自称"十五观奇书，作赋凌相如"（《赠张相镐》）。李白20岁时赴成都谒见时任益州长史的苏颋，苏氏待以布衣之礼，并在群僚前夸赞李白说："此子天才英丽，下笔不休，虽风力未成，且见专车之骨。若广之以学，可与相如比肩也。"（《上安州裴长史书》）李白献给苏颋的，应是早期结集。

开元十二年（724），李白24岁，"仗剑去国，辞亲远游"，从此再也没有回过蜀地。此后，他就成了一个漂泊无定的漫游诗人。出蜀后，他先后漫游江汉、洞庭、金陵、扬州等地，27岁时娶故相许圉师之孙女为妻，定居湖北安陆，即所谓"酒隐安陆，蹉跎十年"。

开元十八年（730），李白30岁。初夏，取道南阳至长安。谒张说，识张垍。时张说为左丞相，有文名，张垍为张说次子，亦能文。李白欲见玉真公主，未果，又曾谒其他王公大臣，结识名士贺知章、崔宗之。但并未引起朝廷的注意，于是又往四方漫游。李白自叹："我欲攀龙见明主……阊阖九门不可通。"（《梁甫吟》）谋官不成，沮丧而归，此为李白一入长安，等于是"西漂"一程无果。

开元二十四年（736），李白决心遁世，移居山东任城，与好友孔巢父等人隐居徂徕山，号"竹溪六逸"。开元二十八年（740）前后，李白因原配夫人去世，遂与"山东一妇人合"（魏颢《李翰林集序》），此时李白40岁。

天宝元年（742）秋，因道士吴筠荐举，李白应诏入京，此谓二入长安。曾与太子宾客贺知章于紫极宫（即玄元庙）畅饮，遂发生"金龟换酒"的故事。贺既奇其姿，复赏其文，谓其诗"可以泣鬼神"，并呼其为"谪仙人"，复荐之于朝。因而李白突然发迹起来，被授为供奉翰林，达到其人生最高潮。后因高力士、杨玉环、张垍等权贵谗毁，于天宝三载（744）三月求去，被唐玄宗赐金还山。

李白二入长安同样是一场梦，前后只有一年多一点时间。这是李白在政治上受到的第一次打击。李白出京后，先与杜甫、高适会于梁宋（今河南开封、商丘一带），后与杜甫漫游齐鲁，过着行吟放浪的日子。

天宝十四载（755），安史之乱爆发，隐于庐山。

至德二载（757），应永王李璘之邀，入幕为宾，他以为是一次报国的机会，谁知上了贼船。

乾元元年（758），永王李璘兵败，李白亡走彭泽，坐系浔阳狱。

乾元二年（759），因永王事坐罪，本来要被砍头，经郭子仪担保，免诛而长流夜郎（今贵州桐梓）。

上元元年（760），未至夜郎，途中遇赦。

上元二年（761），来往于岳阳、浔阳、宣城。

宝应元年，往当涂投靠族叔李阳冰，是年十一月，因"腐胁疾"（胸脓肿）卒于当涂龙山，后移葬青山，时年62岁。

以上极其简略地介绍了李白一生的经历。由此可见，李白一生中没有留下什么政绩和战绩，留下的只是他浪迹天下的足迹和斗酒百篇的吟迹。如实地说，李白是个终生的漫游者。他在漫游中追求理想，在漫游中寻找朋友，在漫游中播种诗章，在漫游中闪耀才华——漫游贯穿在李白的生命、生活和生涯之中。最近网上流传一则《最"浪"的诗人李白》，这样写道：

李白"浪"起来，豪情万丈，天下无敌啊！他出生在托克马克，虽距长安十万八千里，但他几乎走遍了大唐所有的风景区，还真是什么都不能阻挡一颗浪迹天涯的心。

一个"浪"字，活画出李白一个漫游者的角色。

二

回顾李白"浪"的游踪，有两处却是李白人生旅途上的港湾。李白先后在这两处各居十年。开元十五年（727），李白27岁，来到湖北安陆，娶许氏夫人后，经历了十年亦隐亦游的生活。开元十六年（728）春，李白游江夏，遇孟浩然，作《黄鹤楼送孟浩然之广陵》一诗。此为李白绝句代表作，境界尤其阔大。在此期间，他曾隐居于安陆境内的寿山和白兆山桃花岩，曾与道士元丹丘一道隐居嵩山。此时的李白对道教颇为热衷，常常对元丹丘无保留地表达赞美之情，其《题元丹丘山居》中就这样写道："故人栖东山，自爱丘壑美。青春卧空林，白日犹不起。松风清襟袖，石潭洗心耳。羡君无纷喧，高枕碧霞里。"李白在隐居安陆寿山时写下的《代寿山答孟少府移文书》中也曾表达过同样的情调。

李白自称逸人，"天为客，地为貌，不屈己，不干人，巢由以来，一人而已"。他在山林中养真藏身，"将欲倚剑天外，挂弓扶桑。浮四海，横八荒，出宇宙之寥廓，登云天之渺茫"。这是一种超越一切，以期达到绝对自由的人生理想。然而，李白信奉道教，但不失儒色。他最终又拟放弃这种完全属于独善形式的天真理想，决定投身政治，获取功名。他在《代寿山答孟少府移文书》中表达了"申管晏之谈，谋帝王之术，奋其智能，愿为辅弼，使寰区大定，海县清一"的宏图大志。李白本身就是一个矛盾体，独善与兼济，做巢由与做伊尹，就像两种基本旋律一样在李白的心中交响着，并且是同样的宏大奇特。

第二个十年是在和杜甫结识、相聚并分别后。由于许氏夫人早已去世，李白在梁园（今河南开封）与相门之女宗氏结婚，并长住于此，也就是他自己所说的"一朝去京国，十载客梁园"。此时，他的女儿平阳、儿子伯禽仍寄居在山东任城。其间，李白仍不断漫游梁宋等地，进入洛阳，并北游太原。最后在天宝元年秋应诏入京，命供奉翰林。这是李白一生中在政治上最感得意的时候。读到下面这首近似"吹牛皮"的诗，便可了解他那时的得意心情了。

少年落魄楚汉间，风尘萧瑟多苦颜。

自言管葛竟谁许，长吁莫错还闭关。
一朝君王垂拂拭，剖心输丹雪胸臆。
忽蒙白日回景光，直上青云生羽翼。
幸陪鸾辇出鸿都，身骑飞龙天马驹。
王公大人借颜色，金章紫绶来相趋。
当时结交何纷纷，片言道合唯有君。
待吾尽节报明主，然后相携卧白云。

《驾去温泉宫后赠杨山人》

不必多作解释，看这首诗的标题，就可想见诗人那一脸得意之色了。"幸陪鸾辇"，什么意思？是陪着唐玄宗、杨贵妃去潼关洗温泉。由于过度兴奋，诗人已感觉飘飘然——直上青天生羽翼。也许认为自己是伴驾的诗人，在这支陪同队伍里，哪怕乘坐的是最后的护驾，也觉得很了不起。从诗中看，李白与玄宗是同乘一辆座驾去华清池的，一路上还相谈甚密。"片言道合唯有君"，就是说诗人的谈话很合皇帝的胃口，他自己的内心肯定也是十分激动的。"王公大人借颜色，金章紫绶来相趋"，这是说王公宰相都来和他交朋友，都来巴结他了。这种夸耀自己得意的诗句，实则得罪了玄宗左右那一帮权贵，说明他距被逐出宫廷已经不远了。但李白终究是个叛逆者。他心里是十分明白的。他一时兴来的正统情感，倒未必最终坚持正统，犹如他习惯了写非主流的作品，兴之所至，偶尔主流一下，也未尝不可。对李白这样彻头彻尾的浪漫主义者来讲，要他做到绝对的皈依正统，死心塌地地在体制内打拼，恐怕是最痛苦的事情，继续做笼中的金丝鸟，无异于忍受精神的奴役。这也是他第二次终于走出长安的内在原因。如果我们理解李白，他在人格上，更多的是一个有悖正统的叛逆者。但是，也别指望他能大彻大悟，李白与文学史上所有的大师一样，无时无刻不处于矛盾之中。一方面，建功当世，以邀圣宠，扬声播名，以求闻达，这种强烈的名欲，他几乎不能排除；另一方面，浪迹天涯，笑傲江湖，徜徉山水，声色犬马，胡姬吴娃，他同样难以弃之若无。依我看，再伟大的诗人，作为人的生命个体，也是难以独立避世、不食人间烟火的。

宁静而安逸的港湾，只是李白短暂的栖息地。作为一个勇往直前的时代歌手，李白一生都处在漫游、干谒、隐居、求道甚至行侠等各种生活变奏中。在李白的万里行程中，他还发现了三座名城，找到了他想寻访的遗迹，看到了他想追踪的背影。三座名城一个是他向往的浙江绍兴，另一个是他酷爱的安徽宣城，再一个是他情有独钟的安徽当涂。三个地方都是江南的形胜之地，物华天宝，人杰地灵。他从这里的山水之间汲取灵感，捕捉形象，写了大量浪漫优美的诗章。他曾四次踏上山阴（今绍兴）古道，他仰慕这里的著名人物，有春秋时代的爱国女子西施，有指挥淝水之战的东晋名将谢安，有古代山水诗鼻祖谢灵运，还有最早识他为千里马的伯乐贺知章。

天宝三载，在长安朝廷为官50年的贺知章告老还乡，荣归家乡山阴。不到一年，溘然长逝。但遥隔重山叠水的李白并不知情。天宝六载（747）他访越中（指春秋时越国故都会稽，也即今绍兴），在前往已经请度为道士的贺知章居地鉴湖道士庄拜望时才得知此消息。望着人去楼空的景象，抚今忆昔，李白惆怅不已。他在《对酒忆贺监二首》的序言中说："太子宾客贺公，于长安紫极宫一见余，呼余为'谪仙人'，因解金龟换酒为乐。殁后对酒，怅然有怀，而作是诗。"其中一首诗云：

> 四明有狂客，风流贺季真。
> 长安一相见，呼我谪仙人。
> 昔好杯中物，翻为松下尘。
> 金龟换酒处，却忆泪沾巾。

以性格狂傲和作风奔放而著称的诗仙李白，一生中敬佩的大诗人大概不会太多，然而却一仰谢安，二慕谢灵运，三忆谢朓，对谢家英才表现了不寻常的感情。谢安和他的曾侄孙、南朝诗人谢灵运都曾长期生活在绍兴，李白四访越中，必慕名寻踪这两位谢家传人。谢安在不惑之年出山为相之前一直隐居上虞东山（今属绍兴），李白赞赏谢安不为权势利禄所动的高尚情操和他们所创造的伟业，同时自叹生不逢时、报国无门，作诗抒发这一种苦恼而无奈的心情。

不向东山久，蔷薇几度花。
白云还自散，明月落谁家。

《忆东山二首》之一

谢安后代谢灵运受到李白青睐，不仅因其诗文奇美，而且由于其性情狂傲。李白在《越中秋怀》中坦率地表达了对这位前辈的仰慕：

蹈海思仲连，游山慕康乐。
攀云穷千峰，弄水涉万壑。

在谢家英才中，最使李白折服的当数南齐诗人谢朓了。清代诗人王士禛在《论诗绝句》中说李白"一生低眉谢宣城"。而李白在《金陵城西楼月下吟》中也自白道："解道澄江净如练，令人长忆谢玄晖。"应该说，李白对谢朓的忆念毫无虚情，而谢朓任太守的宣城（今安徽宣城）成为李白流连忘返之地也是不言而喻了。

在宣城太守任内，谢朓在城郊陵阳山上修建一楼，世称谢朓北楼，亦名谢公楼。天宝年间，怀才不遇的李白登此楼，寻访遗迹，缅怀先贤，临风吟咏，一抒愁怀。著名的《秋登宣城谢朓北楼》就写于此时。

以青山（谢公山）和采石矶的名胜著称于世的当涂，是李白的终老之乡。由于谢朓的关系，青山自然成了李白追怀无穷的地方。原名牛渚矶的采石矶，是李白多次游访之地，并在这一带写下了《望天门山》《横江词六首》《夜泊牛渚怀古》等不少脍炙人口的名篇。在采石矶有一个李白心仪已久的影子，一位也曾是从谢家走出来的名人，他就是谢安堂兄、东晋镇西大将军谢尚。据《晋书》记载，少孤贫、有逸才的东晋名士袁宏，夜半在舟中吟诵《咏史》诗，镇守牛渚的谢尚赏其才，任袁宏为参军。李白夜泊牛渚，从当年袁宏遇贵人的故事，联想到自己虽"亦能高吟"却无人赏识，写下一首千古传唱的名作《夜泊牛渚怀古》，诗题下注："此地即谢尚闻袁宏咏史处"。

当然，李白到当涂更是冲着时任县令的族叔李阳冰而来的。李阳冰英风豪气，文才风流以及任内不凡政绩，受到李白的敬重和信任,也是李白晚年投靠和托付后事之人。李白的《献从叔当涂宰阳冰》诗,可窥其对李阳冰感情之一斑。此时李白贫病交加,除了怀中揣着的诗稿,几乎一无所有。后来李白病重弥留之际,枕上授稿,请李阳冰编辑作序。李阳冰不负重托,为这位伟大的诗人保存了弥足珍贵的千余篇诗文,而他的《草堂集序》也成为后人研究李白的最权威的华章。

三

李白的生命中,离不开美酒和友人。二者是他心灵的慰藉、灵感的源泉、情感的依托和人生的伴侣。

> 李白斗酒诗百篇,长安市上酒家眠。
> 天子呼来不上船,自称臣是酒中仙。

这是年轻的杜甫在《饮中八仙歌》中为时在长安的李白所作的一幅"醉态图"。《饮中八仙歌》作于天宝五载(746),是一组别开生面的"肖像诗",诗中勾画了八位名重当时的"饮中八仙"——贺知章、李琎、李适之、崔宗之、苏晋、李白、张旭、焦遂。他们并不是同时都在长安,杜甫把他们集合起来，是追叙。他们一个个旷达纵逸、醉态可掬。而在八仙中，唯有一位"谪仙人"李白，鹤立鸡群，在醉态中透出一股特有的愤世嫉俗、蔑视权贵的傲气和豪气。这股睥睨自若的傲气，是从狂傲不羁、我行我素的叛逆性格中萌发出来的，也是从放歌山水、挥洒风流的情感冲动中迸发出来的。这股与生俱来的豪气，在春风得意时，固然是"天子呼来不上船，自称臣是酒中仙"；而在人生失意时，也依然是"黄金白璧买歌笑，一醉累月轻王侯"。酒中之诗，诗中之酒，都成了酒仙李白向权贵反抗和挑战的武器。李白之所以能够满口狂言地走在人群中间，是时代能够包容他，他顺势也成了时代的宠儿。

出蜀之后的李白，一直保持不断离家出游、隐居山林的习惯。他轻财好施，广事交游，结识文人、侠士、羽客、淄流。孟子所说的友一国之士、友天下之士，李白都做到了。他特别喜欢尚友古人，为许多爱国名将和草莽英雄唱过热烈的赞歌，自西周到东晋的历代风云际会中涌现出来的好汉豪杰中，位卑者如垂钓老翁姜子牙、市井小民侯嬴和朱亥，高阳酒徒郦食其、贫家子弟韩信和通缉逃犯张良等；位尊者如爱才若渴的燕昭王、礼贤下士的信陵君、东山再起的谢安等，这些都是他笔下大加颂扬的历史人物。他一方面以一杆劲笔描绘和塑造古代英雄的形象，将深藏在自己心里的理想投射于历史,在诗酒中构筑了时势所创造的英雄画廊。而另一方面,他又敢于以区区一介布衣的身份,笑傲中原,揶揄朝廷。"古来圣贤皆寂寞,唯有饮者留其名",他用自己的酒诗创造了一个盛唐文化中的高大英雄形象,恰如台湾诗人余光中在《寻李白》一诗中所赞:

> ……酒入豪肠,七分酿成了月光
> 余下的三分啸成剑气
> 绣口一吐,就半个盛唐
> 从开元到天宝,从洛阳到咸阳
> 冠盖满途车骑的嚣闹
> 不及千年后你的一首
> 水晶绝句轻叩我额头
> 当地一弹挑起的回音……

酒歌是心声的反映,也是经历的折射。李白的酒诗,散发着他的喜怒哀乐以及他那复杂、沉重和渐变、突进的心路历程。尽管他平生不得志,一生多磨难,然而在他的酒诗中,却始终充满了人生之乐和人生之恋:"人生达命岂暇愁,且饮美酒登高楼"(《梁园吟》),"且醉习家池,莫看堕泪碑"(《襄阳曲》之四)。

醉听清吟

对于李白来说，美酒往往是与挚友交融在一起的。他对友人的深厚友情，在那脍炙人口的《黄鹤楼送孟浩然之广陵》中得到了充分的展示。具有豪放性格和豪情满怀的李白，在与他的诗友、酒友交往中，也流露出别情依依、思意浓浓的一面。而与常人所不同的是，在他的诗歌中，别情和思意绝不会沉浸在悲伤的泪水中。即使在送行惜别之际，或是在睽离怀念之时，他的诗也依然是一阵豪爽的风，一首欢快的歌。在他的送别诗和思友诗中有不少传世佳作：

> 李白乘舟将欲行，忽闻岸上踏歌声。
> 桃花潭水深千尺，不及汪伦送我情。
> 　　　　　　　　　　　《赠汪伦》

> 杨花落尽子规啼，闻道龙标过五溪。
> 我寄愁心与明月，随风直到夜郎西。
> 　　　　　　　《闻王昌龄左迁龙标遥有此寄》

李白一生交友无数。但他平交王侯时总显出一种豪气或傲气："安能摧眉折腰事权贵，使我不得开心颜。"（《梦游天姥吟留别》）比如，在他供奉翰林时，高力士是唐玄宗十分宠信的宦官，王侯公主都称之为"翁"，而李白从来不把他看在眼里。右相李林甫炙手可热,不可一世,可是在李白的文字里一次也没有提过他。可见,在平交王侯上,李白是洁身自好、独立不羁的。但是,李白对平民百姓,却青眼有加。他有一种贵民固本的人格精神取向和形而上的终极追求。读李白的诗可以感知他对农民有一种特殊的感情。他喜欢在农民家喝酒,可以喝到太阳下山:"田家有美酒,落日与之倾"(《游谢氏山亭》);有时喝醉了,就到田间去唱歌:"醉入田家去,行歌荒野中"(《见野草中有名白头翁者》);有时只顾了在农家喝酒,连跟朋友相会都忘记了:"且耽田家乐,遂旷林中期"(《赠吕丘处士》)。可见,他与农民的友谊简直达到不分彼此的地步。李白好酒,善酿的平民老人也可以成为他的莫逆之交。他的《哭宣城善酿纪叟》一诗这样写道:

> 纪叟黄泉里,还应酿老春。
> 夜台无李白,沽酒与何人。

此诗是李白宝应元年(762)春游宣城所作,而他在当年冬即不幸病逝。李白不重身份、热爱平民的真性情确实令人感佩!李白这样喝酒,这样写诗,这样做人,可称得上古来第一个无人可以模仿的诗界"真"人。

在古来所有送别诗或思友诗中，两位光照千古的伟大诗人李白和杜甫之间的问候、慰藉、思念和送别的诗篇，在中国文学史上也许具有最重要的分量和最高的价值。李白与杜甫自洛阳相识后，结伴漫游梁宋，后来又同游齐鲁。两人在东石门分手，临行时李白写了一首送别诗《鲁郡东石门送杜甫》。独自回到寄寓之地沙丘城的李白，在结束了与挚友杜甫"醉眠共秋被，携手同日行"（杜甫《与李十二同寻范十隐居》）的难忘经历后，追忆友情，倍感孤独。于是又提笔写下了一篇思念诗《沙丘城下寄杜甫》：

> 我来竟何事，高卧沙丘城。
> 城边有古树，日夕连秋声。
> 鲁酒不可醉，齐歌空复情。
> 思君若汶水，浩荡寄南征。

读此诗可以看出，李白怀念杜甫的情绪竟如汶水一样长流不断，有鲁酒也不能忘情，有齐歌也不能取乐。在这次分别之后，天各一方的两位诗人就再无重逢的时日。杜甫对天才诗人更是十分崇仰，日夜思念。他在《春日忆李白》中深情地写道："何时一樽酒，重与细论文？"他把李白的诗赞颂为"笔落惊风雨，诗成泣鬼神"。可见两位诗人的情谊是无比真挚的。

李白和杜甫，政治理想虽是同样宏大，但设想却很不同。李白自称"穷理乱之情，道王霸之术"，每以鲁仲连、谢安石自居，在他的自我定位里，是自命为济乱之才的，所谓"使寰区大定，海县清一"，正是此等人才的大作为。这恐怕是李白应永王之召的根本原因。后来永王兵败，李白作为附逆者被拘罚才说"空名适自娱，迫胁上楼船"，这应是脱罪之辞。与李白自诩的济乱之才相比，杜甫的政治理想是社会安定，百姓富足，所谓"致君尧舜上，再使风俗淳"，杜甫是任重道远，仁以为己任。可以说，他要做一个典型的儒者政治家。李白则是要施其纵横捭阖之术，以戡乱之才自居，且功成之后，退隐江湖。这就是道术之士与儒术之士的一种分野。杜是醇儒，李则儒道间杂，厚道薄儒。可见，李、杜同为自负之才，正有武文之异、道儒之别。

总之，李白的一生，在历史上早有定评。可是，其所以成为伟大诗人，关键还决定于历史因素及其自身的人生态度。李白以隐逸求道为体，以帝王辅佐、显身荣亲为用的人生理想，这在唐代士人中不是个别现象。李白的精神风貌与行为独特之处，是其在遭受各种现实打击，甚至经过安史之乱这样的国家巨变之后，仍然坚持不舍、充满真实的信心。这一点，与杜甫虽然在长期颠沛流离之中，仍然身忧国君、一饭不忘，在精神上可谓异途同至。虽然传统上我们习惯视杜甫为现实主义的典型，将李白视为积极浪漫主义的代表，但李白的诗歌并不缺乏现实性，相反地，现实性同样是李白诗歌的鲜明特点。李白诗歌具有一种天才英丽的气质、清新浏亮的风格、慷慨激昂的浩气，与诗歌史上的建安风骨有些接近。李白的现实精神在不断酝酿递进，有时甚至带上一种《离骚》式的愤世嫉俗气质，现代学者也将此概括为一种批判现实精神。

尽管无情的命运没有给予李白任何建功立业的机会，然而黑暗的时代却无法淹没李白的热情、浪漫、奔放的艺术才华，更无法改变他高贵、傲然、强劲的斗士风骨。

这颗光芒万丈的诗空金星，并没有在黑暗的侵袭和吞噬中消逝。在李白去世千余年后，人们在天空中找到一颗新的行星，于是就将它命名为"李白"。今天，李白已是联合国教科文组织颁布的世界文化名人，他的作品在世界上是被翻译篇目最多的中国诗人。他的灿烂诗篇不仅永远留驻在中华文明的史册上，而且也永远鲜亮地绽放在世界文明的花园中。走笔至此，今天的我们理当向这位一千多年前的世界性的中国伟大诗人鞠躬致敬，并道一声：你好，李白！

二进长安一场梦

——兼释李白《清平调词三首》

说到李白,尽管他号称"谪仙人",但其实他的功名欲望是很强烈的。他有着儒道间杂的人生观,不得志时做梦都想做官,特别是想做大官、做宰相。他在《代寿山答孟少府移文书》中说:"申管晏之谈,谋帝王之术,奋其智能,愿为辅弼,使寰区大定,海县清一。"为此,必得想方设法挤入官场。在开元十八年的初夏,他第一次进长安进行政治活动,但并没有混出什么名堂。他最想谒见的玉真公主(赐号"持盈法师")始终没赏脸,只让他寓居于自己空置的终南山别馆。诗人受到冷遇,不胜愁闷,唯有借酒浇愁:"清秋何以慰,白酒盈吾杯。"(《玉真公主别馆苦雨赠卫尉张卿二首》)不过此次他还是结识了一些名人,如张说和张垍父子、秘书监贺知章等,并结成了"酒中八仙"之游。虽然没有达到"为辅弼"的愿望,但他的名声从此煊赫起来,为天宝元年唐玄宗的召见打下了基础。

天宝元年夏季，李白与道士吴筠同隐于浙江曹娥江上游的剡中。吴筠首先受到唐玄宗的征召，由于他的直接推荐，更由于贺知章与持盈法师等的间接支持，唐玄宗也派人征召李白入京。这样一来，这位"谪仙人"喜出望外，他大约以为，他"历抵卿相"（见《与韩荆州书》）的夙愿终于可以实现了。请看他《南陵别儿童入京》一诗的末尾两句吧："仰天大笑出门去，我辈岂是蓬蒿人？"此时此刻，踌躇满志、春风得意的李白，"仰天大笑"，"着鞭跨马"，满以为西去长安，就能像当年得到汉武帝赏识的朱买臣那样，得以"游说万乘"、实现抱负了。

李白第二次入京，确实比第一次气派多了，那次他隐居终南山，漫游坊州、邠州等地，自叹穷途末路；而这一次是在金銮殿上被召见，并得以代草王言，侍从游宴，待诏翰林，大有"天生我材必有用"之慨。他自己也因此感到无限荣光。关于这一段生活，李白自认为是平生最为得意的，直到晚年都念念不忘："翰林秉笔回英眄，麟阁峥嵘谁可见？承恩初入银台门，著书独在金銮殿。"（《赠从弟南平太守之遥二首》）你看现实中的李白是多么得意！文人一得宠，就会为皇上、圣主写出一些歌功颂德、溜须拍马的诗文。从表面上看，李白亦不能免俗。著名的《清平调词三首》就是这样出炉的。抄录如下：

云想衣裳花想容,春风拂槛露华浓。
若非群玉山头见,会向瑶台月下逢。

一枝红艳露凝香,云雨巫山枉断肠。
借问汉宫谁得似,可怜飞燕倚新妆。

名花倾国两相欢,长得君王带笑看。
解释春风无限恨,沉香亭北倚阑干。

这三首乐歌都是奉旨而作,但却真实地呈现出李白作为所谓"谪仙人"体察世情的感想与思考。

第一首,歌颂名花。一、二两句,合在一起看为赋,乃对于名花作正面描述;分开看为比,以美人的衣裳与容貌,比喻名花的叶和花。"云想衣裳花想容",一个"想"字让人悟得:望彩云而想到衣裳,见容貌而想到鲜花,贵妃即花。谓其因得到春风、露华的滋润(即君王的恩泽),因而就显得非常美丽。三、四两句为比,以"群玉山头"和"瑶台月下"的仙子作比,谓其具有天仙一样的容貌与姿态。

第二首,歌咏妃子。先是以花作比,谓其天香国色,一枝红艳,就像是凝结着香露的牡丹,不仅写出了颜色,而且写出了香气，写出了天然无饰之美。再是以人作比，诗仙又联想到汉成帝的皇后赵飞燕。可是赵飞燕的绝代之色还得倚仗新妆，哪能比得上不施脂粉、天然绝美的杨贵妃呢？

第三首，歌咏君王兼或叙说诗人自己的观感。就歌咏的对象看，从名花，至倾国，所谓"两相欢"与"带笑看"，分头表述，此则归结于君王。一、二句中，一个字非常关键，即"长得君王带笑看"的"得"字。这个字如果换成"使"，谓"长使君王带笑看"，可能就要被砍头。于是，名花、倾国、君王三者，既已被伺候得服服帖帖，三者之间的关系，也给摆得平平正正，足见现实中的李白在专事吹捧方面也确有十足的功力。

李白此诗，被人们大为赞赏，也确实显露出他非凡的创作才能。但现实中的李白是不是诗中的李白呢？详研此诗即可了解，李白入京被置于翰林院，这只是以文辞秀异而待诏供奉而已，并未授以正式官职。但凡看过宫廷戏的人都能明白，这也只不过是皇上的高级奴才，随叫随到，招之即来。现实中的李白对此应是心知肚明的。不信，你看这诗中的最后两句话："解释春风无限恨，沉香亭北倚阑干。"无限恨，恨什么？从字面上看，并非解释春风，而乃春风解释。为协调平仄，调换了位置。主语是春风，谓春风把无限恨释放出来。从字义上看，刚刚说"两相欢"，马上说

"无限恨",到底为什么呢？为了警告当事人：不要得意忘形,高兴得太早；同时,也为警告自己,警告所有的人：花不常开,月不常圆,人不常好。字面、字义弄清之后,即可明白,于沉香亭北倚阑干,即诗人的一种揭示与思考。依我看,这是全诗真正的意蕴所在。也就是说,淡荡春风,往往给人带来无限烦恼。这就是无限的恨,在这个世界上,相信谁也不能幸免。这位倚阑干者,就是诗中的李白。李白在赞颂皇帝、皇妃的同时,对官僚显贵却取"平交王侯"的故态。这也正符合诗人李白的性格逻辑。

诗人李白向来是不肯谨小慎微、屈己下人之人。这次进京曾发生的令高力士脱靴的故事,便充分显示了他的兀傲精神。他才气横溢,受玄宗青睐,这本已招致旁人嫉恨；侍从之暇,在长安的市上游冶饮酒,不拘礼法（杜甫在《饮中八仙歌》中称他"天子呼来不上船,自称臣是酒中仙"）,那就必定要受到排挤打击。结果表明,因谗言所及,玄宗也看不惯他了,说"此人固穷相"（《西酉杂记》）,"非廊庙器"（《本事诗》）,从而打消了原先任他为中书舍人的打算。据李白晚年朋友魏颢说,进谗言者是玄宗爱婿、翰林学士张垍。又有一种传说是高力士的诬陷。高挟脱靴之怨,摘李白《清平调》词中"可怜飞燕倚新妆"之句以讽刺杨贵妃。总之,李白自知在京城已待不下去了,终于认清了唐玄宗对自己只不过是"珠玉买歌笑，糟糠养贤才"，并无重用之意。当初想成为朝廷中"辅弼"之臣的希望已成南柯一梦，梦醒之后的李白便立即上书请还。最后，他怀着悲凉、怨愤而依恋的心情，高吟着"凤饥不啄粟，所食唯琅玕，焉能与群鸡，刺蹙争一餐"（《古风》四十）的高傲诗句，离京东去。

　　长安曾给了李白憧憬和喜悦，最后也给了李白清醒和解脱。对于李白来说，二次进京，好像是一场梦。梦想成真的时候也是梦醒来的时候。当他想到唐玄宗御赐一块金牌还美其名为"赐金还山"，只不过是一种高明的"逐客令"时，恰如大梦醒来。其后不久所作的《梦游天姥吟留别》正是这一段生活的形象化总结：

　　　　唯觉时之枕席，失向来之烟霞。
　　　　世间行乐亦如此，古来万事东流水。
　　　　别君去兮何时还？且放白鹿青崖间，
　　　　须行即骑访名山。
　　　　安能摧眉折腰事权贵，使我不得开心颜。

从诗中看得很清楚，诗人的怨愤难以消平。

　　从天宝元年秋天满怀希望进京，到天宝三载春天完全失望离京，前后只有一年零五个月，此时李白才43岁。李白的二次进京,使他目睹了朝廷内部的黑暗腐朽,清醒地认识到大唐的"盛世"已经过去(之后不久即发生了安史之乱)。以"赐金还山"作为分界线,其后期作品不仅数量,而且以深刻的社会内容为内涵的质量,远远超过了前期。此时的李白犹如一梦醒来,诗才毕现,从而真正成为这个时代的卓越歌者。

皖南山水李白行

如果说，皖南很美，那必是山美水美，当然也是李白倾情于山水之乐的向往地，更确切地说，是他"一朝去京国，十载客梁园"(《书情赠蔡舍人雄》)之后，深感唐帝国危机严重，而又无能为力，唯有高举远引、以避祸乱的一种必然选择。

天宝十二载(753)秋天，李白离开梁园，穿着道服，佩上丹囊，走马行舟，取道历阳(今安徽和县)横江浦渡江南下，一气未歇地来到皖南宣城城北的敬亭山。

敬亭山是因南齐诗人谢朓任宣城太守时建造的一个敬亭而得名。谢朓是李白最敬仰的诗人。他在《金陵城西楼月下吟》中吟道："月下沉吟久不归，古来相接眼中稀。解道澄江净如练，令人长忆谢玄晖。"因此，李白到此不无得意地宣称："我家敬亭下，辄继谢公作。相去数百年，风期宛如昨。"(《游敬亭寄崔侍御》)李白追念古贤是值得赞叹的，由此我们可以理解李白诗歌里的纵深感。李白喜爱敬亭山水，他在诗中为我们展现了一幅幅清幽秀美的山水画卷：

敬亭白云气，秀色连苍梧。
下映双溪水，如天落镜湖。

《赠宣州灵源寺仲濬公》

檐飞宛溪水，窗落敬亭云。
猿啸风中断，渔歌月里闻。

《过崔八丈水亭》

洗心向溪月，清耳敬亭猿。
筑室在人境，闭门无世喧。

《别韦少府》

溪月可以洗心，猿声可以清耳。此时的李白，似乎在过"无世喧"的隐士生活了。可是李白的精神世界是在另一个维度里。他生在宇宙间，抹不掉巨大的孤独感。他在敬亭山下盘桓，形单影只，无所归依，不禁高吟：

众鸟高飞尽，孤云独去闲，

醉听清吟

相看两不厌,只有敬亭山。

《独坐敬亭山》

天地间只有敬亭山和他相对而视,诗人似乎找到了知音,找到了慰藉。他以结交山水来突破孤独,以泰然自乐来应对落寞。

一个真正的诗人,并不惧怕孤独。就像一个流浪歌手,越是孤独,往往走得越远。一直以来他迷恋谢朓,来到宣城,他无法将目光避开谢公当年的游冶世界。于是诗人就有《秋登宣城谢朓北楼》诗:

江城如画里,山晚望晴空。
两水夹明镜,双桥落彩虹。
人烟寒橘柚,秋色老梧桐。
谁念北楼上,临风怀谢公。

诗人选取了两水、双桥、橘柚、梧桐等特定景物,又饰以明镜、彩虹等鲜艳色调,渲染了寥廓晴空、清寒孤寂的天边秋色,展现出"江城如画"的优美图景。李白在这样的"穿越"之中,得到了一种愉悦之感。

诗人曾在谢朓楼接待出使东南的本家族叔、监察御史李华,当时写过一首《宣城谢朓楼饯别校叔云》,诗中称:"人生在世不称意,明朝散发弄扁舟。""不称意"是真话。在李华离开宣城之后,李白又于天宝十三载(754)春、夏漫游金陵、扬州,后又折返南下南陵(今安徽铜陵,诗人天宝元年秋是从这里应诏二进长安的)。他不忘铜官山,满怀深情地说:"我爱铜官山,千年未拟还。"(《铜官山醉后绝句》)诗人更爱五松山:"我来五松下,置酒穷跻攀。征古绝遗老,因名五松山。五松何清幽,胜境美沃洲。萧飒鸣洞壑,终年风雨秋。响入百泉去,听如三峡流。"(《与南陵常赞府游五松山》)五松山原来是一座无名的奇山,山上有一棵老松树,一本五枝,苍鳞老干,翠色参天。李白问这老松的由来,当地土著也说不清楚,他就随兴将这座山命名为五松山。诗人以五松命名自有其用心。这在《于五松山赠南陵常赞府》中得到了回应:"为草当作兰,为木当作松。幽兰香风远,松寒不改容。松兰相因依,萧艾徒丰茸。"诗人以"寒不改容"的青松自喻。它苍翠挺拔,昂首天外,对那些一时丰茸的萧艾不屑一顾。这大概是李白"要须回舞袖,拂尽五松山"的真意所在了。这就是李白的世界,永远是睥睨自若、狂放不羁的。只不过,在这个世界里,他飞得太高、太远,必然是形单影只。终究,李白是一个活在自我世界里的人。

随后,他又来到秋浦县。今安徽池州西南七十里的秋浦,宛如潇湘洞庭。其中的秋浦河、清溪水一带山川风物,异彩纷呈,十分迷人,吸引了诗人在这里流连多日,先后写下七十多首诗篇。

逻人横鸟道,江祖出鱼梁。
水急客舟疾,山花拂面香。

《秋浦歌十七首》其十一

渌水净素月,月明白鹭飞。
郎听采菱女,一道夜歌归。

《秋浦歌十七首》其十三

炉火照天地,红星乱紫烟。
赧郎明月夜,歌曲动寒川。

《秋浦歌十七首》其十四

诗人欣赏罗人矶、江祖潭的山光水色,感受舟行途中"山花拂面香"的美景;欣赏秋浦河畔的"月明白鹭飞"的夜行和采菱女夜归途中的歌声;欣赏秋浦冶炼工场"炉火""红星"的瑰丽场景和冶炼工人一边劳作一边引吭高歌的动人豪情。这些饱含生气、多具动感的描写，是景语，是画语，亦是情语，表露了诗人一路愉悦舒畅的心情。

此外，诗人在这里还写了不少歌咏自然山水的诗章。如"水从天汉落，山逼画屏新"（《赠崔秋浦》）；"人行明镜中，鸟度屏风里"（《清溪行》）；"山光摇积雪，猿影挂寒枝"（《游秋浦白笴陂二首》），都形象地再现了秋浦风光，无疑也给独行的李白带来些许快慰。

及至初冬时节，李白还应青阳县令韦仲堪的邀请，游览了九华山。九华山在青阳境内，群山连绵，其中一峰突起，有如众星拱月，奇秀非凡。李白在《改九子山为九华山联句》序言中写道："青阳县有九子山，山高数千丈，上有九峰如莲花。按图征名，无所依据。太史公南游，略而不书。事绝古老之口，复缺名贤之纪，虽灵仙往复，而赋咏罕闻。予削其旧号，加以九华之目。""九子"与"九华"一字改动，境界全出。

　　妙有分二气，灵山开九华。　（李白）
　　层标遏迟日，半壁明朝霞。　（高霁）
　　积雪曜阴壑，飞流喷阳崖。　（韦权舆）
　　青莹玉树色，缥缈羽人家。　（李白）

醉听清吟

　　李白与几位友人在九华山下夏侯回家的客厅里，一边饮酒，一边联袂吟诗，把九华山的山光景色描写得"穷形尽相"，熠熠生辉。从此，九华山声名鹊起，引来八方游客。李白对这件事颇为得意，后来他还写了《望九华赠青阳韦仲堪》一诗：

> 昔在九江上，遥望九华峰。
> 天河挂绿水，秀出九芙蓉。
> 我欲一挥手，谁人可相从。
> 君为东道主，于此卧云松。

诗人十分赞赏九华山的景色，甚至想约东道主韦仲堪同隐九华山。

　　李白止步九华未去歙县黄山，只是听过别人的介绍，对黄山做了一些概括性的描述，以示眺望中的惊叹之情。如"黄山四千仞，三十二莲峰"（《送温处士归黄山白鹅峰旧居》）；"秋浦猿夜愁，黄山堪白头"（《秋浦歌》其二）；"叠岭碍河汉，连峰横斗牛"（《过汪氏别业二首》）。

　　李白还到过泾县。泾县境内有泾溪，源出深山，风光奇绝。李白认为胜过著名的会稽若耶溪："泾川三百里，若耶羞见之。锦石照碧山，两边白鹭鸶。佳境千万曲，客行无歇时。"(《泾川送族弟錞》)泾川流经县城西郊,岸畔有水西山,山中有天空水西寺。李白游此,极为赞赏:"天宫水西寺,云锦照东郭。清湍鸣回溪,绿水绕飞阁。凉风日潇洒,幽客时憩泊,五月思貂裘,谓言秋霜落。石萝引古蔓,岸笋开新箨……"(《游水西简郑明府》)晚唐诗人杜牧曾慕名来游。他曾在《念昔游》诗中念念不忘当年游水西的情景:"李白题诗水西寺,古木回岩楼阁风。半醒半醉游三日,红白花开山雨中。"

泾川最负盛名的地方,还是城西南的桃花潭。家住桃花潭畔的汪伦陪同诗人游览了桃花潭以及上游的名胜逻浮潭、三门六刺滩等地,令诗人心情十分愉快。李白在这里住了数日,汪伦经常"酝美酒以待"。少却鲜活、素却堪饱的饭菜;俗却知礼、非亲懂爱的人品,让李白感受到了人世间的温暖。李白临走的时候,汪伦同村民赶到渡口,载歌载舞地为他送行。诗人立即口占绝句一首《赠汪伦》:

李白乘舟将欲行,忽闻岸上踏歌声。
桃花潭水深千尺,不及汪伦送我情。

汪伦曾任泾县县令,任满辞官居住在桃花潭。此潭非彼潭,只是因为一经诗人吟咏,这位名不见经传的七品县官，也连同此潭一起名传千古。

李白乘舟辞别汪伦后，并没有止步漫游之旅。不过，此前他曾收到宗氏夫人从梁园捎来的一封信，希望李白尽快回梁园团聚。李白为此写了《秋浦寄内》一诗作答：

> 我今寻阳去，辞家千里余。
> 结荷倦水宿，却寄大雷书。
> 虽不同辛苦，怆离各自居。
> 我自入秋浦，三年北信疏。
> 红颜愁落尽，白发不能除。
> 有客自梁苑，手携五色鱼。
> 开鱼得锦字，归问我何如。
> 江山虽道阻，意合不为殊。

这是李白漫游皖南山水三年（天宝十二载秋天至天宝十四载，即753—755年）之间的唯一一封家书，看似热切，实则平淡，给人的感觉是诗人对于妻子可能产生的闺怨并不在意，他只用一句"红颜愁落尽"做了解释。对于他自己为何不相守这一点，他只用"白发不能除"（看上去十分苍老）以作应对。从这个意义上说，李白"怆离"宗氏游寓宣州，不完全出于政治失意的原因，如前所说，是他在"赐金还山"和梁园再婚之后,身心疲惫,需要独处的一种不二选择。

"我今寻阳去,辞家千里余。"李白结束皖南之行后,即从泾县万村登旱路去庐山。迎接他的将是一排排列队的青山,他在路上,依然是一个独行者。

青山明月夜　千古一诗人

——李白在当涂

在李白人生旅行的版图上，有三个地方——绍兴、宣城、当涂，曾令他情有独钟、流连忘返。因为这三处都是诗人倾情山水的形胜之地，更是令他着迷和追求的千古风流和文人遗踪的向往处所。以青山（谢公山）和采石矶名胜著称的当涂是李白的终老之乡。由于谢朓的关系，青山自然成了李白追怀无穷的胜境，而长江边上的采石矶（原名牛渚矶）更是诗人多次游访吟咏之地。诗人曾叹息道："无风难破浪，失计长江边。"（《赠宣城宇文太守兼呈崔侍御》）诗人于"失计"之中，便引奔腾不息的大江为知己，所谓"长江远山，一泉一石，无往而不自得"（唐范传正《李公新墓碑并序》）。诗人多次徜徉于天门、牛渚之间，并把这种"自得"之情，倾注于一幅幅美妙的画卷中：

天门中断楚江开，碧水东流至此回。

两岸青山相对出,孤帆一片日边来。

《望天门山》

在一个晴朗的黎明,诗人从芜湖口驾轻舟扬帆起航,顺流而下。诗的前两句,借山写山,以"天门中断"的惊险感受,显示出浩荡江流的巨大冲击力。而这汹涌澎湃的江涛,却又被阻在天门脚下,回旋激荡,呈现出"惊险之地"无比壮观的景象。后二句犹如影视镜头的"特写":诗人乘一叶轻舟,迎着扑面而来的两岸青山,白帆上,则镀上了金色的朝晖。这简直就是一幅气势飞动、色彩绚烂的天门山水人物图。诗人由此而生的轻快愉悦之感,也就不言自明了。

牛渚西江夜,青天无片云。
登舟望秋月,空忆谢将军。
余亦能高咏,斯人不可闻。
明朝挂帆席,枫叶落纷纷。

《夜泊牛渚怀古》

这是诗人游采石矶留下的一首名诗。李白在诗题下自注:"此地即谢尚闻袁宏咏史处。"据史书记载:东晋袁宏少有才华,家贫,以运租为生。有次夜泊牛渚,放声吟诵其

《咏史》诗，时谢尚正在江中泛舟赏月，闻诗邀见，大加赞赏，引宏参其军事，于是袁宏名声日显，后官至东阳太守。诗题中的"怀古"，即指这个故事。诗的前四句，写诗人夜泊牛渚的特定场景，展现出青天澄碧、万里无云的空阔景象。主人公空舟望月，一片清辉，月色波光，融成一体，令人神往，由此而过渡到"怀古"。为什么是"空忆"呢？因为光是怀念，没有用。关键在于"空"字下面两句：我也想像袁宏那样高声吟诗，可是像谢尚那样的人却听不到。其意在抒写自己怀才不遇的苦闷。

实在地说，李白从"赐金还山"之后，心情一直不好，再加上后来浔阳入狱和长流夜郎的那番折腾，诗人已被折磨成身心疲弱的老人。就拿他时而爱水、时而重山的诗意来说，这本是热爱大自然的一种真态，可在诗人的内心却是十分彷徨苦闷的。我们从他在牛渚江边写的《献从叔当涂宰阳冰》一诗中可以看出他的困境：

> 弹剑歌苦寒，严风起前楹。
> 月衔天门晓，霜落牛渚清。
> 长叹即归路，临川空屏营。

李阳冰看出了李白的困境，遂把他安顿在当涂，让他能在这里度过人生最后一段岁月。李白虽知自己离大限不远,但却没有一丝一毫的狼狈。他认为,人活着,就要绚烂地生活。于是,他带着病体继续游览当涂。

当涂古迹甚多,城内的化城寺为吴孙权时所建。南朝宋孝武帝刘骏南巡,曾驻跸于此,增置二十八院。唐天宝年间,寺僧清升又建亭于寺旁西湖上,铸铜钟一。李白在《陪族叔当涂宰游化城寺升公清风亭》诗中,着力描写了寺的高大、亭的清幽:"化城若化出,金榜天宫开。疑是海上云,飞空结楼台……闲居清风亭,左右清风来。当暑阴广殿,太阳为徘徊。"在寺主的请托之下,李白还当场挥毫,写下了《化城寺大钟铭》。李白就是这样一种人,他一抖擞精神,就天阔地宽,所有的痛苦和忧伤都在炫目的阳光下,烟消云散。

当涂城北五里,有著名的黄山,高四十丈,拔地而立。上有南朝刘宋时所建的凌歊台,它高出云表,四望无际。李白在《登黄山凌歊台送族弟溧阳尉济充泛舟赴华阴》诗中,描写了登台纵目江天空阔的情景:"送君登黄山,长啸倚天梯。小舟若鳧雁,大舟若鲸鲵。开帆散长风,舒卷与云齐。日入牛渚晦,苍然夕烟迷。"李白另有《夜泊黄山闻殷十四吴吟》诗:"昨夜谁为吴会吟,风生万壑振空林。龙惊不敢水中卧,猿啸时闻岩下音。我宿黄山碧溪月,听之却罢松间琴。"按《李太白全集》王琦注:"其处在太平州当涂县",

即确指今天当涂县城北的黄山。

当涂县东北六十里处有座道教名山横望山（亦称横山），南朝梁时的名士陶弘景曾炼丹修道于此。横山西南两壁相峙如门，上有摩崖石刻"石门"二字。李白去世那年（762）春天，曾重游于此，并写下《下途归石门旧居》一诗。有诗家说，这是"李白最好的诗之一"，是诗人对自己62年生活的总结。（见郭沫若《李白与杜甫》）诗中提及的吴筠是唐天宝年间的著名道士，与李白是志同道合的朋友。天宝元年春夏之交，李白从鲁郡南下，与吴筠同居剡中。后吴筠被唐玄宗征召入京，他在玄宗面前推荐了李白。这年秋，唐玄宗也征召李白入京，二人同为待招翰林，成为天子的"近臣"。但不久后，吴李二人都先后离开了长安。

天宝三载夏，李白离开长安在洛阳遇杜甫，开始了李、杜的梁宋、齐鲁的漫游。李白就在这一年受道箓。及至天宝五载，李白还去当涂横望山隐居颇久。因此，横望山也是李白隐居学道比较熟悉的地方。不过，临终前的李白对于"学道"已湛然清醒，正如他自己所言"如今了然识所在"，他已经从心底对之说"拜拜"了。我们来读李白这首诗的最后一段：

石门流水遍桃花，我亦曾到秦人家。

> 不知何处得鸡豕，就中仍见繁桑麻。
> 翛然远与世事间，装鸾驾鹤又复远。
> 何必长从七贵游，劳生徒聚万金产？
> 挹君去，长相思，云游雨散从此辞。
> 欲知怅别心易苦，向暮春风杨柳丝。

"石门"，是指横望山中一带风光奇特的所在。此处的石山左拥右抱，罗列拱揖；内有渊渊泉水，萦绕如练；四季景色，变幻无穷。但是，李白再度游此，他所关注的并不是此地胜景，而是关乎农民生活的"鸡豕"和"桑麻"之类。比起超脱现实空想的"装鸾驾鹤"（仙人生活）则更是远远有着间隔了。他似乎从仙境中回过神来，并宣告"云游雨散从此辞"。这不仅是对昔日道友吴筠的诀别，更是对神仙迷信的诀别。没想到原有多个人生立面的诗人李白如今真的是又回到食人间烟火的现实世界里来了。

当涂城南十里有龙山。因其蜿蜒如龙，蟠溪而卧，故称。据传：晋征西大将军桓温，曾于重阳率众宾僚游龙山。时参军孟嘉帽子被风吹落，竟然不知，谈笑自若，成为佳话。李白于临终这年九月九日游龙山，次日复游，追踪前贤，作诗寄慨："九日龙山饮，黄花笑逐臣，醉看风落帽，舞爱月留人。"（《九日龙山饮》）"昨日登高罢，今朝更举觞。菊花何太苦，遭此两重阳。"(《九月九日即事》)这时的诗人穷途末路，贫病交集，已非早年铜官山醉酒的意态，只是顾影自怜，逐臣与黄花共苦而已。如果我们把登龙山二首和归石门旧居一诗合在一起来读，就不难发现生不及禄、沉抑下寮的诗人此时的梦想与仙幻俱灭，天色"向暮"了，他的人生也"向暮"了，因此，才有"大鹏飞兮振八裔，中天摧兮力不济"(《临路歌》)的临终绝唱。这年冬，李白辞世，终年62岁。

李白去世后，初葬龙山，后移葬青山。因为李白生前曾有向往青山之情："宅近青山同谢朓，门垂碧柳似陶潜。"(《题东溪公幽居》)

李白一生钟情于皖山皖水。他曾打算"结茅茨"于宿松沙塘陂，"投迹"于潜地皖公山，"下筑"于泾县落星潭和太湖县的司空原。甚至在流放途中，还神游于秋浦桃花陂，幻想"三载夜郎还，于兹炼金骨"(《忆秋浦桃花旧游时窜夜郎》)。最后，他终于找到了最理想的归宿地——当涂青山。从此，当涂青山成为凭吊李白的胜地，获得了历代诗人的咏赞。晚唐著名的九华山诗人杜荀鹤，在他的《经青山吊李翰林》诗中，怀着无限景仰的心情写道：

谁谓先生死？先生道日新。
青山明月夜，千古一诗人！

此生那老蜀　不死会归秦

——杜甫在成都草堂时期的生活

唐天宝十四载的安史之乱爆发后，大唐的两座京都长安、洛阳都遭到不同程度的破坏。唐肃宗乾元二年，又因关内大旱，48岁的杜甫难以养家，只好弃官举家西迁。他从华州西行，渡关陇，滞秦州，困同谷，在荒山寒峡之间艰难跋涉，风餐露宿，终于抵达成都。

从肃宗上元元年春在成都浣花溪畔建草堂开始，杜甫在成都断断续续地住了五年。在这里，诗人杜甫身边发生了哪些故事？留下了哪些著名的诗篇？草堂生活到底又是怎样的？这些都是很值得我们去探究的。

百家输捐建草堂

杜甫一家人由同谷入蜀，初到成都暂居在成都以西七八里处浣花溪畔的草堂寺。当时的彭州刺史、大诗人高适得知老友杜甫来此，立即赋诗表示慰问。杜甫接到高适的诗后，也立即写出《酬高使君相赠》作答：

> 古寺僧牢落，空房客寓居。
> 故人供禄米，邻舍与园蔬。
> 双树容听法，三车肯载书。
> 草玄吾岂敢，赋或似相如。

可以确定这是杜甫乾元二年年底抵达成都之后写得最早的一首诗。高适是杜甫的好友，而与杜甫在凤翔任职时就相识的裴冕，当时也在任成都府尹和剑南西川节度使。诗中记载了杜甫到成都时的生活点滴，其无疑得到了裴冕、高适等人的帮助。但寄居草堂寺，显然不是长久之计，杜甫必须赶紧修筑自己的住宅。但"羞涩囊空"，袋中仅"留得一钱看"的杜甫，又怎么会有能力盖房子呢？

首先，出手相助的似是杜甫的表弟王十五。有诗为证：

> 客里何迁次，江边正寂寥。
> 肯来寻一老，愁破是今朝。
> 忧我营茅栋，携钱过野桥。

他乡唯表弟，还往莫辞遥。

《王十五司马弟兼出郭相访兼遗营草堂赀》

这个"表弟"有人猜测应该是杜甫父亲的一个同父异母妹妹嫁给了王氏宗族所生的儿子。他在成都府当司马（跑腿一类的小官），杜甫到成都来建宅，他送点钱来为杜甫解困，是情理之中的事。

但是，修建草堂并不是一件简单的事。根据郭沫若的考证，草堂起初的面积并不大，只有一亩地光景。杜甫在《寄题江外草堂》一诗中说得很明白："诛茅初一亩，广地方连延。"这就需要方方面面的帮助。于是，杜甫开始以诗代信求助，向各方朋友索要桃树、绵竹及瓷碗一类的实用家什。《萧八明府实处觅桃栽》一诗是他给县令萧实写信索要桃树苗：

奉乞桃栽一百根，春前为送浣花村。

河阳县里虽无数，濯锦江边未满园。

《从韦二明府续处觅绵竹》是向绵竹县令韦续索要绵竹：

华轩蔼蔼他年到，绵竹亭亭出县高。

江上舍前无此物，幸分苍翠拂波涛。

诗人其实是非常爱竹的。他在《寄题江外草堂》诗里写道："我生性放诞，雅欲逃自然。嗜酒爱风竹，卜居必林泉。"杜甫写了很多咏竹诗，这正合中国士大夫历来崇尚"无竹使人俗"的传统。他的咏竹诗名句"新松恨不高千尺，恶竹应须斩万竿"，有人说，给竹赐以恶名未免有欠公平，其实，杜甫在这里是有所讽喻，"新松"指有品格的士大夫，"恶竹"是指多如牛毛的外寇或者"盗贼"。据说，草堂成园后，栽植的竹林占地百亩以上。

杜甫对布置草堂还是颇费心思的。他不仅重视景观，也很重视实际效用。比如他写《凭何十一少府邕觅桤木栽》一诗向绵谷县尉何邕索要数百棵桤树苗：

草堂堑西无树林，非子谁复见幽心。
饱闻桤木三年大，与致溪边十亩阴。

看来，桤木属速生树种，三年成材，既可为薪，枝干还可以当柴烧，嫩叶子晒干后，还能当茶叶。

杜甫也曾做过长远打算，他写《凭韦少府班觅松树子》向涪城县尉韦班索要松树苗：

落落出群非榉柳，青青不朽岂杨梅。
欲存老盖千年意，为觅霜根数寸栽。

诗人知道榉柳虽亭亭而立，高如松树，但易凋朽；而杨梅虽经冬不凋，但枝干矮小，不若松树落落出群。他希望此刻栽下的松树，能荫垂后世千载。

有树成荫仍是不足，杜甫觉得草堂里花果太少，接着写了《诣徐卿觅果栽》，向住在果园坊的徐卿索要果树苗，无论绿李或黄梅都照单全收：

草堂少花今欲栽，不问绿李与黄梅。
石笋街中却归去，果园坊里为求来。

花草树木都已齐全了，最后还有日用家什，他听说韦班家里收藏了不少大邑窑的白瓷碗，轻巧而结实，颜色剔透赛过霜雪，轻敲时能发出玉石般清脆的声音，于是写了《又于韦处乞大邑瓷碗》一诗给他：

大邑烧瓷轻且坚，扣如哀玉锦城传。
君家白碗胜霜雪，急送茅斋也可怜。

上边的种种事项都是我们从杜甫的诗歌描写中得知的。由此不难看出,杜甫草堂的修建是一个名副其实的吃百家饭、穿百衲衣的典型,实际上是当地至少有大小十几位官员输捐所建。

刚刚来到成都的杜甫,似乎境遇还比较顺利,经历了这么许久的漂泊困顿,似乎也可以好生歇息一回了。自从安史之乱起,诗人几乎就没能过上一天安稳的生活,直到上元二年暮春,草堂终于建成。杜甫在《堂成》一诗首句写道:"背郭堂成荫白茅,缘江路熟俯青郊。"说明草堂是茅草覆盖的房子,所处地势较高,而且面对郊原,景色十分可人。那年,杜甫正好50岁。

又遇贵人解困厄

草堂建成之后,杜甫收到的馈赠钱物大概也都花光了。家小生活依然处于贫困之中。大概在上元元年春天随着友人裴冕从成都离任后,诗人很难指望得到更多的帮助。在《狂夫》一诗中,杜甫甚至担心自己一家会饿死。

万里桥西一草堂,百花潭水即沧浪。
风含翠筱娟娟净,雨浥红蕖冉冉香。

> 厚禄故人书断绝，恒饥稚子色凄凉。
> 欲填沟壑唯疏放，自笑狂夫老更狂。

末二句是说尽管全家眼看就要饿死，还是一味疏狂，不能改其故态，仰面向人。因此，在《因崔五侍御寄高彭州适》中，他就直接开口要求老友高适救济。

> 百年已过半，秋至转饥寒。
> 为问彭州牧，何时救急难。

草堂初成第二年，即上元二年秋天，杜甫写了一篇为后世所熟知的《茅屋为秋风所破歌》，这是一首名诗，对后来大诗人白居易和大政治家王安石以及其他广大的读者都起过很大的教育作用。一场秋风可以说验证了"屋漏偏逢连夜雨""灾祸专触霉运人"这类谚语。可是，这对于"穷年忧黎元"的诗人杜甫来说，正是体现他忧国忧民和舍己利人精神的最佳时机。这首诗之所以出名主要是因为最后几句："安得广厦千万间，大庇天下寒士俱欢颜！风雨不动安如山。呜呼！何时眼前突兀见此屋，吾庐独破受冻死亦足！"一个没有遮身之所的老人还想到要解决普天之下劳苦大众的住房问题，这就像战场上快死去的战士梦想着世界和平一样。这样的诗篇是人类情感最高贵的表现。

正在诗人处于困顿、难熬、求助无门的时候，上元二年冬，诗人的老友严武来成都任职。杜甫同严武的关系，也可以说是诗人与贵人的关系。他们同是和房琯接近的人。房琯系玄宗、肃宗时宰相，与杜甫交厚，且举荐过严武。后因得罪肃宗而被降职。杜甫、严武也因房琯的失败而受到蹭蹬。不过，严武不久之后又恢复了他的宦海航程，一帆风顺；杜甫则是闲散或沉滞在下寮，一直郁郁不得志。

杜甫于唐肃宗乾元二年十二月至成都，时年 48 岁。隔了两年的上元二年十二月，比他小 14 岁的严武被任命为成都府尹兼御史大夫，充剑南节度使。当时是合剑南和东西川为一道，因此，杜甫在成都的生活便得到严武的照顾。李唐时期，诗是全社会通行的流行符号，上自皇帝，下到草民，大家都能写几句。严武虽是军阀身份，也喜欢吟风弄月。《全唐诗》收严武存诗六首，其中有三首是写给杜甫的。这一来一往的唱和，便是文人们称道的雅事，从中也可窥见杜、严之间非同一般的关系。

严武一到成都，就先拜访了杜甫。然后，时而赠诗杜甫，时而携酒馔亲访草堂与杜甫对饮，常有诗歌唱和。喝酒时，免不了分韵作诗，杜甫拈得"寒"字，有几分得意地写道：

竹里行厨洗玉盘，花边立马簇金鞍。

非关使者征求急，自识将军礼数宽。

百年地辟柴门迥，五月江深草阁寒。

看弄渔舟移白日，老农何有罄交欢。

《严公仲夏枉驾草堂兼携酒馔（得寒字）》

严武回赠杜甫一首七律《寄题杜拾遗锦江野亭》：

漫向江头把钓竿，懒眠沙草爱风湍。

莫倚善题《鹦鹉赋》，何须不著鹔鹴冠。

腹中书籍幽时晒，肘后医方静处看。

兴发会能驰骏马，应须直到使君滩。

"莫倚善题《鹦鹉赋》"用的是东汉末年的典故：文士祢衡性格刚强傲慢，不为权贵所容。曹操召见，他称病不往，被曹操强行罚作鼓吏。祢衡当众裸身击鼓，羞辱曹操。曹操大怒，将他遣送到刘表处，刘表又将他转送江夏太守黄祖。黄祖的儿子黄射为章陵太守，尤其敬重祢衡。一次，黄射大宴宾客，有人献上一只鹦鹉，黄射举起酒杯对祢衡说："愿先生赋之，以娱嘉宾。"祢衡即席作《鹦鹉赋》，一挥而就，辞采华丽异常。后世常用这个典故比喻文士富于才华。鵔鸃，即锦鸡，用锦鸡之毛羽饰冠，汉以后为皇帝的近臣所戴。严武以此句劝杜甫不要单纯以文才自恃，应积极出仕，当侍奉皇帝左右的近臣。

严武还向朝廷举荐杜甫，但是自经历人生低谷后，杜甫渐渐有了归隐的想法，所以第一次召补京兆功曹，被杜甫以"懒性从来水竹居"、"幽栖直钓锦江鱼"（《奉酬严公寄题野亭之作》）为由拒绝了。杜甫说自己天性疏懒，魏晋时的名士如阮籍、谢安——阮籍蔑视礼法，纵酒佯狂以避世；谢安快意山水，风波险恶何所惧。自己注定走不了循规蹈矩之路，只希望严武能常来草堂坐坐，这能让寒舍生辉。但严武不死心，仍苦口婆心地劝说："试回沧海棹，莫妒敬亭诗。"（《酬别杜二》）可杜甫似乎毫不动心。

在杜甫的年代做一个职业诗人，是一件铤而走险的事。首先就是家人有冻饿之虞，因为职业诗人无自治生计，只能靠朋友接济。杜甫入蜀前屡遭困厄，唯独入蜀后，得到严武的接济，才过上一段相对平静而优游的日子。

这段时间，杜甫对严武充满感激之情。秀才人情纸半张，杜甫只能用诗来回报，而严武本来就是一个热爱风雅的大员，这正如赠好饮者以美酒，送壮士以宝马一样，双方都正中下怀。

但严武第二次入蜀，为期不久，只有半年多点。代宗宝应元年四月，玄宗、肃宗父子相继去世，父先子后，相隔仅14日。七月，严武被召回长安，充山陵桥道使，监修玄、肃父子的陵墓。严武入京时，杜甫依依惜别，先是送到距成都三百余里的绵州，后又送到离绵州三十余里的奉济驿。二人有诗唱和。杜甫诗曰：

> 远送从此别，青山空复情。
> 几时杯重把？昨夜月同行。
> 列郡讴歌惜，三朝出入荣。
> 江村独归处，寂寞养残生。
>
> 《奉济驿重送严公四韵》

杜甫这首诗，堪称此类诗作之翘楚。青峰伫立，途程几转，然而送君千里，也终须一别。奉济驿在今天的四川绵阳，"严公"即严武。严武出身名门，是盛唐有权有势的诸侯。"列郡讴歌惜，三朝出入荣"，便是说他于玄宗、肃宗、代宗三朝守外郡或入处朝廷，都荣居高位。所谓重送，是因杜甫此前已为严武写了一首《同严侍郎到绵州同登杜君江楼宴》。四韵，是指律诗双句押韵，八句诗有四个韵脚。后人评曰："上半叙送别，已觉声嘶喉哽。下半说别后情事，

彼此悬绝,真欲放声大哭。送别诗至此,使人不忍再读。"(清·仇兆鳌《杜诗详注》卷十一)

没过多久,严武第二次镇蜀。杜甫得知严武归来的消息,欣喜异常:"殊方又喜故人来,重镇还须居世才……身老时危思会面,一生襟抱向谁开。"(《奉侍严大夫》)严武再次邀请杜甫入幕府,杜甫不好拒绝,终于答允。有学者认为,杜甫之所以如此决定,是由于代宗继位后,翻了一些肃宗所主的旧案,一些遭贬斥的旧臣又得以起用,杜甫的许多故人也相继应诏入京,于是他的心情不再平和,对于一辈子心怀"致君尧舜上,再使风俗淳"政治理想的杜甫来说,这是一次难得的机遇。于是,诗人又萌发了重新参政的想法,写下"飘飘风尘际,何地置老夫?于是见疣赘,骨髓幸未枯"(《草堂》)的诗句,大有"主动请缨"之意。

广德二年(764)三月,杜甫入严武幕府。严武上书,表奏杜甫为节度使参谋、检校工部员外郎,赐绯衣、鱼袋。这是杜甫一生最高的官衔,也是"杜工部"之称的由来。节度使参谋归节度使管理、任命、给俸,检校工部员外郎属于荣誉官职,不是真的去工部上班,属于从六品上。唐制,五品以上赐绯衣、鱼袋,故对杜甫属于"恩上加恩"。

严武为杜甫奏请官职,一方面是出于私交愿意提携杜甫,另一方面也是彼时的幕府风气——各节度使为了笼络人才，竞相为属下加官。朝廷不耗费任何资费，授予这类空职，也算是顺水人情。

杜甫比严武大十余岁，有资料称，杜甫是严武父亲严廷之的朋友，两人是世旧。论理，从年龄上讲，杜甫应该是兄长；严武的官场地位一直比杜甫高，加之他为人倨傲，杜甫对他总有些敬畏的成分。这从现存杜甫诗中最早跟严武有关的篇什就可以看出来。如《奉赠严八阁老》云：

> 扈圣登黄阁，明公独妙年。
> 蛟龙得云雨，雕鹗在秋天。
> 客礼容疏放，官曹可接联。
> 新诗句句好，应任老夫传。

"客礼容疏放"一句，就透出二人地位的高下之别。这种因官场地位而致的疏离，在杜、严的交往中，始终是摆脱不掉的阴影。可以说，严武对杜甫的关照，并不完全是晚辈对父执的优渥，不论是饮宴之间用来作为附庸风雅的装饰品也好，还是野心勃勃地希望通过这些诗歌流芳千古也罢，他需要别人为他吹拉弹唱。

尽管"加官晋爵"，杜甫的幕府生活却并不顺利。久而久之，杜甫对严武的"穷极奢靡、赏赐无度"产生了不满，并作诗文进行讽喻和谏诤；同时又打起退堂鼓，在诗中表示后悔入幕，"胡为来幕下，只合在舟中"（《遣闷奉呈严公二十韵》）；与同事多有不合，"平地专敧到，分曹失异同"（同上）；每日上班多辛苦，"晓入朱扉启，昏归画角终"（同上）；不自在，"束缚酬知己，蹉跎效小忠"（同上）；感觉如鸟入樊笼，"信然龟触网，直作鸟窥笼"（同上）；思念江湖山薮，有辞职归隐的意愿，"主将归调鼎，吾还访旧丘"（《立秋雨院中有作》），"浣花溪里花饶笑，肯信吾兼吏隐名"（《院中晚晴怀西郭茅舍》）。

杜甫反复要求离开严武幕府，这使严武颇为心烦，也颇为心寒，对杜甫也逐渐冷淡。事后，杜甫虽然也作有《敝庐遣兴寄严公》一诗，盼望严武再次光临茅屋，但是从此再也看不到杜甫入府赴宴的诗，也看不到严武曾来"席门"的痕迹，甚至连诗歌上的唱酬也几乎没有了。

这段时间，杜甫与严武的关系急转直下，其依据有二。

一是杜甫在成都草堂种花植树，纵酒啸咏，与当地的庄稼汉、老农夫混在一起，"相狎荡，无拘检"，大概是指责他身为朝廷命官——工部员外郎，竟然混迹于"群氓"之中，当严武携带着美酒佳肴到他家拜访时，杜甫依然蓬头散发，既不裹一块头巾，也不戴一顶帽子，一副自由散漫的样子。

二是杜甫酒后对严武失礼的事。《旧唐书·杜甫传》云，一天，严武将杜甫邀请至自己的官署中款待时，杜甫喝得醉醺醺的，竟然登上严武之床，当众指着严说："没想到严廷之还有这样的儿子！"当着别人的面直称其父名讳，即使平民百姓也会视作一种不能容忍的挑衅和侮辱，何况严武这种带甲十万、开府一方的诸侯？

对杜甫的无礼，严武动了杀机。史称他"眦目久之"——所谓"眦目"，就是非常愤怒地盯着看。此时，不仅左右在为杜甫捏了一把汗，诗圣的酒也被吓醒了。

于是，接下来的故事就有两个版本。一个版本是，严武说："杜审言的孙子，你想捋虎须吗？"杜审言是杜甫的祖父，严武也直喝其名，以作回敬。旁人听到此处，都假装十分有趣的样子大笑起来，以便一笑了之。

另一个版本是，自知失言的杜甫在严武的逼视下，忙自找台阶，他对严武说："我乃是杜审言的孙子。"他用自呼祖父名讳的方式表示已经烂醉，刚才说的都是酒话，长官你不要计较，这才缓解了气氛。

两个版本的指向是一致的：出于种种考虑，严武好歹没有当场发作，至于心里，从此对杜甫就留下了一个解不开的疙瘩。《新唐书》说，"（严）武亦暴猛，外不若忤，中衔之"，表面上不露声色，做出宰相肚里能撑船的样子，其实内心却狠狠地记下了这笔账。

严武虽然"最厚杜甫",却又"欲杀甫数矣"。终于有一天,严武打算杀掉杜甫和梓州刺史章彝,他已命令将吏们都集合于辕门了,可能想在大会上先把两人痛批一顿,再押到刑场。不巧,就在严武要出至中堂时,官帽却一连三次挂在帘钩上。就这么一耽搁,左右侍从中有人急禀告其母裴氏。裴氏力劝,杜甫方才得以保全。唯独章彝晦气,无人相救,不幸赴难。

我们通读杜甫和严武之间的往来诗篇,有两个耐人玩味的细节:一是从数量上看,杜甫写给严武的,远远超过严武写给杜甫的;二是杜甫写给严武的诗,一般都是恭恭敬敬地称严武为严公、严静公、严中丞、严大夫、严侍郎,而严武仅有一篇称老杜为杜拾遗,其余都是毫不客气地称"杜二"。尽管唐人喜欢用排行称呼朋友,并含有热情之意,但严的表面热情与内外恭谦流露的,仍是两人交往的不平等。尽管有严武的收留与接济,杜甫的生活仍然捉襟见肘,仕途上也并没有什么转机。但严武的收留与接济,毕竟使杜甫在四川这几年过得相对平稳,这也是杜甫出作品最多的几年。

永泰元年(765)正月三日,杜甫正式辞职回浣花溪草堂。是年,年仅40岁的严武暴死于成都。杜甫彻底失去依靠,所承受的打击是十分沉重的。一般说来,杜、严之间的关系还是比较有始有终的。虽然之间总不免有些扞格，但他同严武依然维持着正常往来的关系。杜甫是一个十分讲情义的人。这有杜甫回草堂后的《敝庐遣兴寄严公》一诗可证：

> 野水平桥路，春沙映竹村。
> 风轻粉蝶喜，花暖蜜蜂喧。
> 把酒宜深酌，题诗好细论。
> 府中瞻暇日，江上忆词源。
> 迹忝朝廷旧，情依节制尊。
> 还思长者辙，恐避席为门。

杜甫热诚地希望严武有暇的时候下访草堂，煮酒论诗，但又怕他回避自己的以席为门户的陋室。诗中的"节制""长者"，都是指严武，显得很温婉。杜甫心中，一直认为严武是朝中很有文才、有武功的人物。严武之死，杜甫的伤感是长久的。作为后死者，愈久愈回念故人的情谊，耿耿难忘。在两年后，杜甫在夔州写了八首长诗，即《八哀诗》，悼念他所尊敬的八位人物——王思礼、李光弼、严武、李琎、李邕、苏源明、郑虔、张九龄。在悼念严武的诗中有句云：

>　　诸葛蜀人爱，文翁儒化成。
>
>　　公来雪山重，公去雪山轻。

他将严武比作诸葛亮，比作汉武帝时使蜀郡文化发展起来的文翁。严武的一去一来，使蜀中的崇山峻岭为之载轻载重，对于严武可谓推崇备至。严武早逝，他又比之以颜回，比之以贾谊，反复咏叹，一往情深。诗的最后两句是："空余老宾客，身上愧簪缨。"——以老幕僚自居，感怀思谊，蒙他使自己成为朝廷的命官，未能尽职，不免惭愧。

老病身残且放歌

自肃宗上元元年春，草堂在成都浣花溪畔建成开始，杜甫在这里断断续续住了五年，此间曾因避乱流亡梓、阆二州。卜居他乡，栖身草堂，杜甫一家人的生活还没有得到完全的保障。加之诗人年迈力衰，体弱多病（他在几年前写给皇帝的表奏上就说自己患有肺病），实际上"已是一个残废的老头了"（萧涤非语，见《杜甫诗选注（增补本）》，人民文学出版社，2017年版，第159页）。可是，在诗歌创作上，杜甫还是"老当益壮"的。从某种意义上说，写诗是他生活的全部。杜甫在成都五年，写下了485首诗，连同其后移居夔州两年写的437首诗，合计写了922首诗。这是他一生中写诗最多的时期。于他而言，写诗是有为而作，无体不备，但他从来不以一篇或一句而自矜得意。这些诗歌在急剧变化的时代藏着某种永恒，为我们后生者提供了生生不息的某种信念。

由于时代、生活和年龄的关系，杜诗这段时期的基本特征是诗的抒情性质。也就是说抒情诗特别多，纯粹的叙事诗很少。这些抒情诗的内容也是多种多样的，有咏怀古迹的，有追忆往事的，有描写景物的，有写家居和劳动生活的。当然，干谒、酬和的诗也不少，这也是大唐社会士人生活不可或缺的组成部分。我们今天读他的诗，必须这么全面地去看。

杜甫是一个热衷于游历的人，他曾宣言"平生为幽兴，未惜马蹄遥"（《陪郑广文游何将军山林十首》其一），王安石说杜甫一生是"饿走半九州"（《杜甫画像》），应该是指杜甫的后半生。其实他的一生可以说是屐痕处处。他到达成都之后的头几个月可能就是四处观光，《蜀相》《琴台》就是他凭吊古代先贤、借古叙今，抒发内心的情怀，表达忧思的作品。

我们先读《蜀相》：

醉听清吟

> 丞相祠堂何处寻，锦官城外柏森森。
> 映阶碧草自春色，隔叶黄鹂空好音。
> 三顾频烦天下计，两朝开济老臣心。
> 出师未捷身先死，长使英雄泪满襟。

诗人之所以到武侯祠凭吊，全是因为仰慕诸葛亮。首联一问一答自开自合，点明祠堂之所在。颔联写景，通过"碧草自春色""黄鹂空好音"反映诗人当时的心境。但是，诗人并未因赏景、闻啭而忘记"有一丞相于胸中，而至此地"（金圣叹语，《杜诗解》卷二）的目的。所以紧接着颈联即写武侯的生平，"三顾频烦""两朝开济"，写诸葛亮才德，已括尽一生。尾联惋惜武侯壮志未酬的结局。"出师未捷身先死，长使英雄泪满襟"为杜诗名句，抒凭吊之感。用"长使"说明这一感叹是全方位和久远的，此后历代诸家写诸葛亮的历史地位开始稳步上升与此诗的流传甚广应该是有密切关系的。

《琴台》一诗是这么写的：

> 茂陵多病后，尚爱卓文君。
> 酒肆人间世，琴台日暮云。

野花留宝靥，蔓草见罗裙。

归凤求凰意，寥寥不复闻。

  毫无疑问，诗人是在一种轻松的心情下写这首诗的。公元前1世纪的司马相如是蜀地最杰出的文学家之一。由于患有消渴之症（糖尿病），他回到蜀地，在这里遇到卓家守寡的女儿卓文君。文君喜欢音乐，司马相如便挑之以琴声，弹奏了一曲《凤求凰》。文君夜探司马相如，两人一起私奔到另一个地方，后来在那里买了一个酒肆，文君卖酒，相如涤器。故事大致是如此的风流浪漫。琴台毫无疑问是当地的好事之徒给浏览者建造的一个纪念建筑物，不能不说这个建台之人是非常有眼光的。

  杜甫从住进百花潭边的草堂开始，就已成为蜀地的一个农夫。尽管他的健康状况欠佳，生活也很窘迫，生计主要还要靠朋友们的慷慨接济维持。但不管怎样，我们的诗人一家在这里和一群气味相投的人为邻，并不时还能得到善意的邀请，因此全身心地体会到快乐——也许是自他结婚成家以来这么多年中最快乐的时候。为此，他很感激。他是那种能从些许贫乏生活中找到很多乐趣的人。在成都居住的头几个月是他一生中最快乐的时候，下边的几首诗明显地说明了这一点。

醉听清吟

为　农

锦里烟尘外，江村八九家。
圆荷浮小叶，细麦落轻花。
卜宅从兹老，为农去国赊。
远惭句漏令，不得问丹砂。

这是开始入居成都草堂所作，标志诗人新生活的开始，自有一点喜不自禁。杜甫自言不能如葛洪（"句漏令"指晋人葛洪）一样弃世求仙，所以说"惭"，其实是一种姑妄言之的戏语。

江　村

清江一曲抱村流，长夏江村事事幽。
自去自来堂上燕，相亲相近水中鸥。
老妻画纸为棋局，稚子敲针作钓钩。
多病所须唯药物，微躯此外更何求？

一种怡然自足的情调跃然纸上。

进　艇

南京久客耕南亩，北望伤神坐北窗。

昼引老妻乘小艇，晴看稚子浴清江。

俱飞蛱蝶元相逐，并蒂芙蓉本自双。

茗饮蔗浆携所有，瓷罂无谢玉为缸。

至德元载（756）唐玄宗避禄山之乱来成都，因称成都为南京，上元元年罢。诗作于初罢不久。诗人一家人划小船游乐，虽无美酒佳肴，但所用盛茶浆之器比之富贵人家所用的玉缸并无逊色。喜悦之情溢于言表。

江畔独步寻花七绝（之一）

黄四娘家花满蹊，千朵万朵压枝低。

留连戏蝶时时舞，自在娇莺恰恰啼。

此诗题为"独步寻花"，蝶时时舞，而莺则非时时啼，今独步来时，莺歌适起，有似迎客，故特觉可喜耳。这诗写得非常美妙，也饶有情趣。我们从中可以窥见，唯有在一种安静平和的心态下，诗人才能有此等闲情逸致来与花花草草、舞蝶啼莺这些别类的生命对话。在这类诗中，正是杜甫心灵的平静造成了乡村生活的恬静之美。正如俞陛云所云："人既闲雅，故诗自有闲雅之致。"（俞陛云《诗境浅说》，中华书局，2016年版，第188页）

醉听清吟

当诗人用一颗平静的心去看待世界的时候,他会发现生活中有许多美好的事物。一般来说,诗人们看到细雨蒙蒙的景况,往往会黯然神伤,觉得那仿佛是剪不断、理还乱的哀愁。可是,初春时节,当杜甫看到斜风细雨时,却吟出了《春夜喜雨》这样的千古名篇:

>好雨知时节,当春乃发生。
>随风潜入夜,润物细无声。
>野径云俱黑,江船火独明。
>晓看红湿处,花重锦官城。

这首诗作于杜甫入草堂第二年春。不用多作解释,这一首《春夜喜雨》,既富有田园之趣,又隐含忧国之情。全诗围绕一个"喜"字,为我们展现了一幅生动的"春夜细雨图"。诗歌用拟人化的手法,赋予春雨以人的知觉,她在万物复苏的春节来临,充满着柔情,悄然地滋润着万物,给乡村增添了无比的美感。这首诗之所以言"喜",是因为诗人虽流寓他乡,不能施展政治抱负,但他却从细微之处关心农民的生活。由小家而想大家,由大家而想家国,由家国而思考人生的终极意义。

"随风潜入夜,润物细无声",今天已经成为我们日常生活中的熟语，它与"夜来风雨声，花落知多少""野火烧不尽，春风吹又生"等诗句一样，具有了哲理的意味，成为千百年来人们日常生活的警句。

杜甫入居成都草堂，虽然不像在长安、华州、秦州、同谷那样天天有衣食之忧，但生活并不十分优裕，"竟日淹留佳客坐，百年粗粝腐儒餐"（《有客》），就是家里来了贵客，整日也只能吃上粗糙的食物；哪怕来的是相知之客，招待也十分简单，"盘飧市远无兼味，樽酒家贫只旧醅"，市远家贫，只能吃简单的菜，喝陈旧的酒（唐代以饮新醅的酒为时尚）。这不是诗人小气，而是诗人家境确实比较贫困。我们再来读他于草堂写的《屏迹三首之二》一诗吧：

> 晚起家何事，无营地转幽。
> 竹光团野色，舍影漾江流。
> 失学从儿懒，长贫任妇愁。
> 百年浑得醉，一月不梳头。

这是一种散淡生活的真实写照。诗人百事不问，连饭食短缺他也不管，只要有小酒喝，一个月不梳头也不算什么大事。这就是我们见到的诗人，谈不上过的是什么"地主的生活"（郭沫若《李白与杜甫》，中国长安出版社，2010年版，第184页)或者是什么"缙绅"的生活(洪业《杜甫——中国最伟大的诗人》,上海古籍出版社,2011年版,第154页)。

懒散的节奏,加上乡村的景物人情,本身就是诗料。杜甫更是一个动物爱好者。天上飞的,地上跑的,水中游的,一旦走入他的诗篇,无不栩栩如生、惹人爱怜。请看下边这首家喻户晓的诗:

> 两个黄鹂鸣翠柳,一行白鹭上青天。
>
> 窗含西岭千秋雪,门泊东吴万里船。
>
> 《绝句四首》其一

这是诗人于广德二年春回草堂时所作。全诗四句皆对,一句一景,似乎各不相干,其实是一个整体,因为具有同一的喜悦情调。杜甫曾说"藩篱无限景,恣意买江天"(《春日江村五首》),这就是他买得的景色了。

也有人说,这首诗很可能让他想起正在东吴的李白。其实,李白两年前已经病逝于江东当涂。据说杜甫此前已经听过类似的传说很多次,一直将信将疑。大概在杜甫的心目中,李白这种人早已成仙,虽死犹生。李白生死未卜,严武的英年早逝却是杜甫亲眼所见。刚刚40岁的严武是地位仅次于郭子仪的中兴名将,谁也没想到风华正茂的他会死在病床上。

失去靠山的杜甫于永泰元年正月三日，正式辞职回浣花溪草堂，并决定离开四川。其实，杜甫早已有此想法了。杜甫到四川是情不得已，虽然他在成都过着较为安逸的生活，但他仍然想念着洛阳老家，也仍然挂念着长安，心心念念的是"不死会归秦"。广德元年春他在梓州闻官军平乱获胜的消息，喜极欲狂，冲口而唱出的七律名篇《闻官军收河南河北》便有此意：

> 剑外忽传收蓟北，初闻涕泪满衣裳。
> 却看妻子愁何在，漫卷诗书喜欲狂。
> 白日放歌须纵酒，青春作伴好还乡。
> 即从巴峡穿巫峡，便下襄阳向洛阳。

历代诗家都极为推崇这首诗。浦起龙在《读杜心解》中盛赞此诗为杜甫"生平第一首快诗"。"白日放歌须纵酒，青春作伴好还乡"，这样的句子极像李白的风格。杜甫快乐的时候，很懂得人活着应该好好唱唱歌，好好喝喝酒，应该青春作伴，回到故乡。"即从巴峡穿巫峡，便下襄阳向洛阳"这句诗天下闻名，脍炙人口。里面用了四个地名，很像四个蒙太奇画面，充满了速度感。通过这首诗，我们不仅可以看出杜甫爱国的精神,天真的性格,充沛的热情,而且可以看出他那"炉火纯青"的功力。

诗人不幸国家幸。正是这些磨难使我们多了一位伟大的诗人。李白在民间的名声比杜甫响亮,但杜甫在诗人中的影响又在李白之上。王安石说:"世之学者至乎甫,而后为诗,不能至,要之不知诗焉尔。(世上学习作诗的人到了杜甫这里然后才能作诗,如果到不了这里,你根本就不知道诗在哪里。)"(《老杜诗后集》序)只有真正的诗家才可以这么说。因为李白的天才只能崇拜、难以模仿,杜甫的诗歌却可学、可模仿。谁知,杜甫最后也跟着李白的脚印走去。就在乾元二年李白离开三峡七年之后,杜甫也来到白帝城。李白千里江陵一日还,杜甫却拖家带口体弱多病,一路走走停停。这一段归乡路竟然走了四五年,直到生命的尽头也没有走到终点。

半官半隐亦逍遥

—— 王维归隐之谜

> 无才不敢累明时，思向东溪守故篱。
> 岂厌尚平婚嫁早，却嫌陶令去官迟。
> 草间蛩响临秋急，山里蝉声薄暮悲。
> 寂寞柴门人不到，空林独与白云期。
>
> 王维《早秋山中作》

这似乎是王维少有的七言诗，一出手就不同凡响。诗题虽言"早秋山中"，实则却从山外发端。首二联不言山中之事，却自嘲无才不得重用，不如趁早归隐。这让人不由想起他的好友孟浩然因有诗云"不才明主弃，多病故人疏"（《岁暮归南山》），得罪了皇上而被弃置，终身不仕。王维则把身段放得很低，温厚平和，只自愧无才，不做他论。五、六句描摹早秋声响，急切的蟋蟀和悲戚的秋蝉错落迭出，宛如一部交响乐，将早秋的凄厉和阴冷表现得淋漓尽致，末二句则避开心情怨愤和秋景萧瑟，只写孤独寂寞。在王维诗中，"白云"是一个典型意象，它仿佛诗人的心情日记，记录下"行到水穷处，坐看云起时"(《终南别业》) 般的自由，以及"空林独与白云期"般的落寞、孤独。

这该是王维在天宝年间的作品。因为他在开元二十九年（741）到天宝三载的三四年间，就曾隐居过长安附近的终南山，以后又经营蓝田辋川别墅，作为他和母亲奉佛修行的隐居之所。"却嫌陶令去官迟"，其真意是对前辈诗人辞官归田的佩服心仪并引为榜样，并无嫌意。王维隐居时的年龄与陶渊明41岁隐居的岁序大致相当。不过，王维采取的是一种半官半隐、亦官亦隐的方式，而且这种方式一直延续至诗人生命的终点。这在历代的隐士中实属罕见，因而也成了一个谜点。

王维出生于一个官宦之家，少年早慧，"九岁知属词"（《新唐书》本传）。开元三年（715），15岁的王维离开家乡赴长安，开始了求仕之路，进出两都，周旋于长安、洛阳的达官贵人之间，23岁中试以后就被任命为大乐丞，相当于今天国家交响乐团的负责人。这是一个可以亲密接近王公贵妇的重要职位。王维是个绝顶聪明之人，他充分利用这个机会，展示了他的音乐天赋、表演才能，以及他的诗歌书画方面的成就，得到众星拱月的奇效。"凡诸王驸马豪右贵势之门，无不拂廊迎之，宁王、薛王待之如师友。""尤为齐王所眷重。"(《旧唐书》本传) 这些过程，王维分别用心地写在《从岐王过杨氏别业应教》《从岐王夜宴卫家山池应教》《敕借岐王九成宫避暑应教》里，从中我们可以窥见风流倜傥的诸王兄弟是何等得意和欢畅。岐王是当朝皇帝最宠爱的弟弟，"座客香貂满，宫娃绮幔张。洞花轻粉色，山月少灯光"(《从岐王夜宴卫家山池应教》)。"林下水声喧语笑，岩间树色隐房栊，仙家未必能胜此，何事吹笙向碧空"(《敕借岐王九成宫避暑应教》)。这都是王维进士及第之前，在长安交友干谒的盛况记录，其中有许多不可言明的东西可以寻觅和归纳，但其情其景足以羡煞与他同时代的李白、杜甫、孟浩然等大诗人。所有这些，都体现了王维在都城的根基和人脉资源，在关键时期调度起来可以为王维所用，也为王维其后半官半隐的生活奠定了一定的社会基础。

相比之下，与王维同龄的"长漂一族"李白，第一次进入长安就得不到这种如鱼得水的幸运了。王、李是同龄诗人，但王维的诗名在当时却比李白高出一格。唐代宗曾称王维为"天下文宗""名高希代"。其中一个重要原因是李白属体制外的飘零者，他所结交的多为布衣和底层平民，虽然经过张说、张垍父子推介，牵上了权势煊赫的玉真公主（唐玄宗李隆基、金仙公主同母妹）的关系，但只能住上她在终南山犹存若弃的别馆，苦苦等待而最终无缘面谒公主的尊容。李白有一首《玉真公主别馆苦雨》的诗，这样写道：

> 秋坐金张馆，繁阴昼不开。
> 空烟迷雨色，萧飒望中来。
> 翳翳昏垫苦，沉沉忧恨催。
> 清秋何以慰，白酒盈吾杯。
> 吟咏思管乐，此人已成灰。
> 独酌聊自勉，谁贵经纶才。
> 弹剑谢公子，无鱼良可哀。

你看，大诗人李白此时是多么清冷！多么郁闷！那寂寞无望的等待，只能让你白酒盈杯，无聊地独酌自饮。谁看得起你那绝世诗才？李白最后只得灰溜溜地淹塞而归。

根据记载，王维在终南山一段的隐居是辞官之后，但辋川时期的隐者王维是担任公职的。因为王维属于体制内的"在编人员"，即便在阴险专横的李林甫执政时期，他还不断地得到改职升迁的机会，天宝元年，王维转左辅阙，以后，又屡迁侍御史、库部员外郎、库部郎中等职。但是，朝政日坏，他深深地感到过去的开明政治已经消失。他对李林甫一伙是不满的，曾在《重酬苑郎中》说："仙郎有意怜同舍，丞相无私断扫门。扬子解嘲徒自遣，冯唐已老复何论。"表露了心中的牢骚。《冬日游览》中的"鸡鸣咸阳中，冠盖相追逐。丞相过列侯，群公饯光禄"等诗句，对李林甫一伙的煊赫权势还有所讽刺。他是不愿意献媚自进、同流合污的。但是，由于性格中妥协和软弱的一面，他没有毅然辞官归隐，同李林甫集团彻底决裂，而是采取了一种半官半隐、亦官亦隐的方式，周旋合作，得过且过。这在当时的杜甫看来是一种高人作为。他在《解闷十二首·八》中这样描述王维："不见高人王右丞，蓝田丘壑漫寒藤。最传秀句寰区满，未绝风流相国能。"在这里，"诗圣"杜甫钦羡地称王维为"高人"。

按照今天的理解，王维必有相当的技巧和学问，甚至有某种"狡猾"伎俩，至少有一番对付李林甫防范周旋的功夫。他甚至在诗中曾与李林甫唱和："长吟吉甫颂，朝夕仰清风。"（《和仆射晋公扈从温泉》）李林甫和王维作为扈从陪驾唐玄宗临幸温泉宫，李林甫作诗《扈从温汤》，王维则和诗盛赞宰相，不仅颂其政治清明无为而治，而且足智多谋文才出众，虽是违心应酬之作，倒也写得讲究，阿谀之意还是十分明显的。李林甫死后是杨国忠执政，李、杨二人执政期间，诗人往来之人多为操守正直的大臣，记载中诗人对李、杨并无攀附之意，但也没有表现出多少反抗之心，与李、扬之间一直保持着某种正常的状态。诗人一方面对奸臣专权的黑暗政治感到不满，另一方面又走上一条与现实妥协、随俗浮沉的道路，但是这样做，他的内心又是矛盾和痛苦的，因此便转向佛教，企图用佛理来消除内心的痛苦，获得精神上的安慰。

王维的归隐，是由于政治理想同黑暗现实的矛盾所致。他即使在晚年，儒家兼济苍生的理想也仍然没有完全丧失。在《魏居士书》中，他明确表示不赞成许由的"捐瓢洗耳"、嵇康的"顿缨狂顾"和陶渊明的弃官致穷，宣扬他的人生态度是："无可无不可。可者适意，不可者不适意也。君子以布仁施义、活国济人为适意，纵其道不行，亦无意为不适意也。苟身心相离，理事俱如，则何往而不适？"这段话是诗人在"亦官亦隐"道路上的自我表白。他试图将儒家"达则兼济天下，穷则独善其身"的理论，同佛、道的随缘任运、是处适意的处世哲学统一起来。在这里，我们看到了王维兼具儒、释、道三家思想的复杂的精神世界。

王维的亦官亦隐缓和了他同李林甫集团的矛盾，他的官职也能如前所述按常度升迁。半官半隐使他保持了洁身自好，获得一种平静宁和的心境，又使他得以从混沌的官场脱身出来，投入大自然的怀抱。他在溪山如画的辋川，"与道友裴迪浮舟往来，弹琴赋诗，啸咏终日"（《旧唐书》本传）。他站在理想的高度，追求自然的美，努力发掘自然美的奥秘，创作出大量意境壮美或幽美的山水田园诗。如《终南山》《山居秋暝》《辋川集》等。

天宝十四载，王维55岁。这年十一月，安史之乱爆发。次年六月，长安陷落，玄宗仓皇奔蜀。王维当时任给事中，扈从皇帝不及，被叛军俘获。他不愿做伪官，服药取痢，伪称瘖疾。安禄山将他囚禁于洛阳菩提寺，迫以伪署。七月，肃宗即位于灵武，改元至德。八月，安禄山宴其群臣于洛阳禁园中的凝碧池，命梨园诸工奏乐，诸工皆泣。王维闻此事遂含泪赋成《菩提寺禁裴迪来相看说逆贼等凝碧池上作音乐供奉人等举声便一时泪下私成口号诵示裴迪》一诗：

> 万户伤心生野烟，百官何日再朝天？
> 秋槐落叶空宫里，凝碧池头奏管弦。

抒发出对帝都沦陷的悲痛和对李唐王朝的思念之情。

至德二载，唐军收复两京。由于王维的"凝碧池"诗早就传到肃宗那里，受到肃宗嘉许，加上弟弟王缙平乱有功，愿削官为兄赎罪，因此，王维得到特别的宽恕。乾元元年春复官，责授太子中允，加集贤殿学士。同年，又升迁为太子中庶子、中书舍人。乾元二年复拜给事中。上元元年，王维60岁，升任尚书右丞，此时王维已经是正四品下之高位了。

王维毕竟是一个有自知之明的人。职位越高，他对于自己"没于逆贼不能杀身，负国偷生"（《责躬荐弟表》）的行为越感愧疚。自此之后，他曾一再要求皇帝把他"放归田里"，他愿"苦行斋心""奉佛报恩"（《责躬荐弟表》《谢除太子中允》），辞官之后就在古寺中了断一生。可是皇帝却始终不允，直至他升任为尚书右丞，而弟弟王缙也被召回长安就任左散骑常侍时，才了却此心愿。王维感恩地再度上书，表示自己的谢意。此时的他，所有的心思已经了断，结束了半在官场、半在山林那沉沉浮浮的生活，获得了一生渴望追求的最后的自由，能在无为无争的佛性中逍遥从容地在辋川山水相伴中走向人生的尽头。

南宋诗人徐钧赋诗曰："凝碧池头听乐时，不能生死但能悲。辋川他日成名胜，藉得朝天一首诗"（徐钧《王维》）。没有王维的半官半隐，就不会有"辋川别业"。这或许是"诗佛"超人的造化。因此，辋川别业更加成了诗人生活中不可或缺的一部分，辋川美好的山光水色，迷醉了诗人的心。在这里，他且行且停，像一只自由自在的飞鸟，不为心机所累，不为官场所缚，心中所想，唯有山川而已。辋川别业就是这样为隐所置，也一样为隐所用，让诗人时官时隐，二者并获，乐在逍遥。这在官史上，在诗史中都是独一无二的鲜例。

两个韩愈

"文起八代之衰"的唐代散文家韩愈,在许多人的印象中是中国儒家道统的卫道士。"五四"以来的文人学士对他多有贬斥。他首先被人品议的是他为了"润笔"(稿费)而写了不少吹捧死人的华而不实的碑文。元人王若虚这样讽刺过他:"韩退之不善处穷,哀号之语,见于文字。"他很会用吹捧死人的"事功"来赚钱。他的友人刘禹锡曾这样形容:"一字之价,輦金如山。"此举被世人讽为"谀墓",实为盛德之玷(《新唐书·韩愈传》附《刘叉传》)。

还有一件事,就是他给京兆尹李实写过效忠信。人们对给主子写效忠信的人往往非常不齿。李实其实不是韩愈的什么主子,可他当时在朝廷中是个炙手可热的人物,也是当朝最贪、最坏的官员。明明京郊大旱,为了讨好主子,李实却向唐德宗报告说"今年虽旱,而谷甚好",不肯减免租税,害得农民只得拆屋卖瓦木、卖青苗交赋税。优人(今天应称为艺人或文艺工作者)成辅端写了一首讽刺诗,李实知道后,给他一个"诽谤朝政"的罪名而"杖杀之"。京师人没有不恨李实的。大概是行情看涨吧,韩愈竟给这位"首都市长"写了一封效忠信:"愈来京师,于十五年,所见公卿大臣不可胜数,……未见有赤心事上,忧国如家如阁下者。"(《上李尚书书》)你看,肉麻不肉麻,一个高雅无双的文人写出这等令人汗颜的文字来,真叫人咋舌。吹捧一个置人民死活于不顾而横征暴敛的混蛋官员,简直是助纣为虐。韩愈此举的目的无非是乞求李实在唐德宗面前美言几句,弄个更大的官当当罢了。后来,李实因作恶多端而在唐顺宗(李诵)时被贬,韩愈的态度也来个一百八十度大转弯,在他任史馆修撰时修的《顺宗实录》中这样写李实:"实诒李齐远,骤迁至京兆尹,恃宠强愎,不顾文法。"你看,一个前后对比,韩愈自己打自己的嘴巴,活画出一个文人的德行来,所谓义人无行者是也。当然,关于韩愈的《上李尚书书》之事,今人也有为之辩说的。认为这只不过是因为韩愈当年求差事,不免恭维的几句话,真正的著述与应用书信是有所不同的。"韩愈往往因耐不住贫贱,就枉尺直寻,虽于整个人格无损,但不免为人所讥了。"(李长之《韩愈》,新世界出版社,2017年版,第55页)

韩愈在正史中是个好官,还能写一手好文章;做官,在监察御史任上,敢于向唐德宗提意见,反对"宫市",还曾有谏迎佛骨、祭鳄鱼的"壮举",这就不免让人想到韩愈的另一面。

近日,闲来翻读《韩愈文选》(人民文学出版社,1980年版),使我对韩愈在深通人情、明察世态上,似乎有些新的"发现",另一个并不十分道统的韩愈生生地站在我的面前。

首先读到我中学时代就熟背过的韩愈名篇《师说》,那句"弟子不必不如师,师不必贤于弟子,闻道有先后,术业有专攻"至今不忘。可就是这篇最熟悉的文章,至今我才弄清,它是一篇直接抨击当时所谓世禄之家的檄文。韩愈说,那些士大夫一族,自恃高贵,看不起别人,既不肯奖励后进,也不愿推崇前辈,更不肯从师学习,其实是一些不学无术之辈!柳宗元对韩愈此说极为推崇:"作《师说》因抗颜而为师,……愈以是得狂名。"(《答韦中立书》)当时世禄之辈一向骄傲自满,从来没有听到还要他们去从师学道的批评,且韩愈又以术业与道并重,大有不全为"道统"所囿之态,俨然是一位可贵的"狂生"了。

韩愈还有一篇《原毁》,也可作反道统读。这里,他把毁谤根源归结为懒惰和嫉妒,因为懒惰而自己不能优秀,因为嫉妒而怕别人优秀。他以自己的切身体会讲了两条处世经验:凡是当众夸不在场的某人,结果必是那人的朋党、与那人没有利益竞争的人以及惧怕那人的人表示赞同，其余则一概不高兴；凡是当众贬斥不在场的某人，结果必是上述三种人表示不赞同，其余则一概兴高采烈。韩愈的这"两个凡是"，我以为是中国古今职场中不变的潜规则，因此，我觉得他是一个非常聪明可爱的文人！

在《与崔群书》中，韩愈可以说是发了一通牢骚。他说，自古贤者常不得志，不贤者则志满气得。这于封建专制下的官场似乎又是一条"放之四海而皆准"的真理。他在初涉充满倾轧和变数的官宦生涯之后能一下子就清醒地看出这个问题，实属难能可贵，可是他并不敢深究问题的根本原因。他或许了解每当社会风气递嬗变革之际，士之沉浮即受当权者的拿捏和摆布（他给李实的效忠信即是一例），品行不端的奸小之人，往往富贵显荣、身泰名遂，多享快乐；而拙者贤者，则往往固守气节，沉沦不遇。韩愈毕竟不是现代民主社会的斗士，他不可能从制度层面上追根溯源。不过，他在给好友崔群的信中，还是坦率而沉痛地陈述了在受挤压的官场中难觅知己的心情："初不甚知，而与之已密，甚后无大恶，因不复决舍"，以致"于己已厚，虽欲悔之不可"。这是在说，他平生交往的朋友不少，浅者不去说，深者也无非是因为同事、老相识、某方面趣味相同之类的表层原因，还有的是因为一开始不了解而来往多了，后来不管喜欢不喜欢也就这么好上了。我真佩服韩愈人性中的随和笃厚。他是把自己还原为平常人之后去解剖自己与朋友之间的关系的。人如浮尘，游弋世间，因有了情义，才聚聚依依、温温和和的，也才有了人性之美。

至于那篇《祭十二郎文》，韩愈好像在与早逝的侄儿十二郎对话，文字不加浮饰，琐琐絮絮；他的"衔哀致诚"的真情，读来不能不叫人抹下眼泪。苏东坡称之为"其惨痛悲切，皆出于至情之中"。但是，十分崇拜韩愈的欧阳修却好像不太喜欢他的这类文字，批评他"其心欢戚，无异庸人"。我则以为，再高蹈老迈之士也除却不了对苍生、家园的忧虑情结，这恰是他的可贵之处，是他扯掉官场伪道学面具而成为常人的真情表达。这样一个内心有至情，又能冷眼看世相人心的韩愈，虽然一生挣扎于宦海，却同时向往着"坐茂树以终日，濯清泉以自洁。采于山，美可茹；钓于水，鲜可食。起居无时，唯适之安"（韩愈《送李愿归盘谷序》），我对此是丝毫不感到奇怪的。可惜的是，在实际上，他忧患了一生，死后仍摆脱不了无尽的毁誉。

待人之仁也

——韩愈的尚友精神

在《孟子·万章下》中有这样一句话:"颂其诗,读其书,不知其人,可乎?是以论其世也。是尚友也。"

所谓"尚友",主要是指,与他人为友,既不对其仰视,也不低看,而是尊崇、注重将他人看成与自己平等的精神主体,与之对话,让朋友获得最高的尊重与致敬。

唐代诗人韩愈就是这样的人。你读韩诗,读着读着,就会因激动而站立起来,并长长地为此感叹,甚至会羡慕起他的朋友来。

韩诗中,第一个引人注目的名字就是张籍。张籍,和县人,字文昌,行十八,历任太常寺太祝、水部员外郎、国子司业等职,故世称张司业或张水部。韩愈初识张籍就写下《病中赠张十八》。当时张籍尚未中进士,没有一官半职,自己觉得"略无相知人,暗如雾中行"(《祭退之》)。后来他经孟郊推荐认识韩愈,韩愈对这位后进青年大加赞赏:

"文章自娱戏，金石日击撞。龙文百斛鼎，笔力可独扛。谈舌久不调，非君亮谁双？"

此后，韩愈陆续写了许多赠张籍的诗，十分感人。比如《此日足可惜赠张籍》写道："此日足可惜，此酒不足尝；舍酒去相语，共分一日光。""对食每不饱，共言无倦听。连延三十日，晨坐达五更。"

《赠张籍》写道："吾爱其风骨，粹美无可拣。试将诗人授，如以肉贯弗。"

《咏雪赠张籍》写道："惟子能谙耳，诸人得语哉。……莫烦相属和，传示及提孩。"这些诗句，不仅记录了韩、张之间深厚的友情，而且让我们看到韩愈交友的真诚。与孔子批评的那种"匿怨而友其人"（《公冶长》）的做法相反，他总是捧着一颗真心与同门友人交往。

诗之美需通过语言的雾障，方可直指诗人兴象葱茏、天际流转的心灵，达成生命和生命的相互感发，以及刹那的温柔交汇。这就要提到韩、孟之交的故事了。作为"韩孟诗派"的代表人物，韩愈与孟郊过从甚密。孟郊是唐代苦吟诗人的代表，不仅写诗苦，生活也苦。宋代苏东坡提出的"郊寒岛瘦"说法，恐怕非指他的诗作，与他早年生活的清寒窘迫有一定的关联。孟郊和贾岛都是韩愈的好朋友，但韩愈对孟郊的评价要高于对贾岛的评价。他说孟郊的诗"横空盘硬语,妥帖力排奡",就是说他总有创新,不落窠臼。可是,孟郊命运多舛,前半生科举屡试不第,46岁才登进士第。忽一天,他兴奋至极,一改平时苦吟之状,随口吟出一首快诗:"昔日龌龊不足夸,今朝放荡思无涯。春风得意马蹄疾,一日看尽长安花。"其实,他之后仕途一直不顺,没有出现过春风得意施展人生抱负的机会,直到50多岁才谋得一个溧阳尉的微职。因为孟郊怀才不遇和处境艰难困惑,韩愈写下了许多为之鸣不平、表同情和向人推荐他的诗,如《孟生诗》《荐士》《孟东野失子》等,而《醉留东野》则是感人至深的友情颂歌:"昔日因读李白杜甫诗,长恨二人不相从。吾与东野生并世,如何复蹑二子踪?……吾愿身为云,东野变为龙?四方上下逐东野,虽有离别无由逢!"这里说的李、杜二人不相从,指的是杜甫一直深切地关心着、思念着李白,写下了多首无比感人的诗篇,为世人留下诸如"白也诗无敌,飘然思不群""世人皆欲杀,吾意独怜才"等催人泪下的诗句。《春日忆李白》甚至创造出一个形容友情的成语"春树暮云"。可李白呢?在韩愈看来,总是表现得酷酷的,似乎不太在意杜甫对他的记挂。可是韩愈对孟郊却不是这样:"四方上下逐东野,虽有离别无由逢!"这种尚友精神感人至深。因此,宋人梅尧臣《永叔赠绢二十四匹》中有"韩孟最相善"句,说两个人关系极好。"韩孟"并举,应该还有两人诗作风格相近的缘故,所以后世才有"韩孟诗派"之说。这样对我来说,孟郊的身份也简单明了:《游子吟》的作者,韩愈的朋友。至于他"春风得意马蹄疾,一日看尽长安花"之后任了何官行了甚事,于我来说都是不值一提的。

大凡诗,我以为有情就有了一切。中华文明一个重要的原点,即万物归于"情"。因此,朱熹在与弟子论诗时,十分强调涵咏,所谓涵咏,须是读熟了,文义都晓得了,读取百来遍,方见得那好处,那好处方出,方见得精怪。涵咏不是对诗词文意的简单把握,而是深深沉浸于言辞话语中,体会其中的意蕴与深味,是心灵相通,是与好友相会时的灵犀一点。诚如孔子所说:"工欲善其事,必先利其器。居是邦也,事其大夫之贤者,友其士之仁者。"(《论语·卫灵公》)工匠做精巧之事,必有精良之器。而一个有德行才能的人要想在一个国家成就一番事业,就要侍奉大夫中的贤者,与士中的仁者交友。能够奉行仁义之道的人,才值得交往。韩愈的难能可贵之处,便在于此。他能在那个时代,奉行仁义之道,尚友通情,"用心若镜",所以他能有号召力、能结成派,再加上他有煽动力的笔锋、雄辩的文辞,古文运动之成功于韩愈之手,不是偶然的。他的人格也是极有吸引力的。在他笔下,还出现过张署、刘师命、张建、窦庠、郑

群、卢仝、贾岛等诸友,其中值得一提的就是刘师命了。他也是士大夫中的一位贤者。韩愈为他写了《闻梨花发赠刘师命》:

> 桃溪惆怅不能过,红艳纷纷落地多!
> 闻道郭西千树雪,欲将君去醉如何?

刘师命曾到阳山探访逆境中的韩愈,此前韩愈因关中大旱,曾上书请宽税钱,为幸臣所谮,从监察御史位上被贬为阳山令,处境维艰。在韩愈诗中,刘师命的身影永远和如雪的梨花相掩映。因此,苏轼在元祐年间作《潮州韩文公庙碑》时则称颂韩愈"文起八代之衰而道济天下之溺"的伟大功绩;同时又在《韩愈论》一文中对韩愈"待人之仁也"的尚友品质大加赞赏。

这里提及的韩愈与张籍、孟郊、刘师命相交的关系,实际上是诗人之间互动的关系。"人的本质在其现实性上是一切社会关系的总和"(马克思语)。没有关系,就没有生命,生命就是人与人之间的关系进行的过程,这过程是情感、体贴、抚慰、调适,其中也有退让,以求活得快乐,而不是为了征服什么人。在这里,韩愈总是以尚友的态度,平等地对待他人,在诗中为他们留有一席之地。细察之,这些人也都是与他同辈的诗人,韩愈以更为细腻的感受、悲悯的情怀、尊重和平等的态度,诉说着这些诗人的不同境遇和才情,而这正是韩诗中最为动人的精彩之处。

曼妙清风今何在

—— 重读《陋室铭》

唐代诗人刘禹锡被谪和州时，在刺史任上写过一篇脍炙人口的《陋室铭》，全文81字。诗人随意将名不见经传的当地风物写成名山灵水，气象非凡，成了《古文观止》里最短小精粹的散文名篇。因为该铭文通篇押韵，且多对句，读来朗朗上口，所以我从来都把它当作诗来诵咏。

记得我少年就读的和县初中就建在距陋室很近的历阳镇东北角的城垛边，铭文首字的"山"就是我和同学们晨读的好去处。每当朝霞将"有仙则名"的山丘镀上金色的时候，我们便踏着薄霜，伴着鸟鸣在山边的林间读书。这情景真好，真是有朝气。此起彼伏的读书声和奔涌而来的阳光照亮了陋室，也照亮了我们手捧的书页。那时正是新中国成立初期的宁和年代。我们在背诵诗人铭文里的"斯是陋室，惟吾德馨"一句时，最初感悟到的那种沁人肺腑的清风香气，永生难忘，至今依然有一种追之不归的惋惜。

不过，少年读书往往望文生义，不求甚解，以为刘禹锡不过是一介穷诗人耳,身居斗室而甘于清贫,弹奏朴实无华的古琴,阅读泥金书写的佛经,且怡然自乐,并不像贫病交加的诗人杜甫,因栖身茅屋为秋风所破,而大声疾呼"安得广厦千万间,大庇天下寒士俱欢颜"那种"民,吾同胞;物,吾与也"的激情抒怀。

经过几十年历练,我也学会一点思考,今日重读《陋室铭》,已读出诗人文外的一些意味来。

刘禹锡,唐德宗贞元九年中进士,21岁授太子校书,12年后又迁任监察御史,分察百僚,巡按郡县,纠视刑狱,整肃朝仪,让朝廷内外百官颇为忌惮。然而,由于其积极参加以王叔文为首的革新集团,失败后他与柳宗元等八人被贬为边郡司马,史称"八司马"事件。刘禹锡先被贬为连州刺史,很快又改为郎州司马,在那不毛之地一待就是10年。后被召回长安板凳还未坐热,又被踢出朝廷,到和州任刺史时已经54岁。

长庆四年(824)冬,刘禹锡为了记述自己自夔州赴和州途中的见闻感受,写了一首被诗界称为长律中奇作之一的《历阳书事七十韵》,开篇曰:"一夕为湖地,千年列郡名。霸王迷路处,亚父所封城。"出语雄健不凡,最后愤愤然地喊出"齿衰亲药物,宦薄傲公卿"的不平之声。这与诗人其后于此地写的《陋室铭》中的"斯是陋室,惟吾德馨"之句正相呼应。说明诗人始终保持着高傲的本色,从不改容。刘禹锡到和州，恰遇上灾荒，但他勤于政事，安定农桑，并亲历各处考察，深知民间疾苦，爱憎分明，其不屈服的斗争精神依然是极其顽强的。

刘禹锡贬任和州刺史（刺史相当于今日的地级市市长），按唐律，应享有15间房屋的待遇，但由于诗人失宠，住房一再削减，最后居然削减到一间半。让一个被贬22年的有才有识之士身居逼仄的陋室，那不仅是一种不公，而且是一种肆无忌惮的侮辱，其心境自然是十分凄凉的。我们可以从"无丝竹之乱耳，无案牍之劳形"中读出他在超脱与闲适中的苦涩和自嘲；从"谈笑有鸿儒，往来无白丁"中读出他在清雅与自负中的苍凉和孤独；从"调素琴，阅金经"中读出他在安宁与悠然中的寂寞和郁闷。所谓满纸潇洒言，谁解其中味，是也。

然而，也正是在官场与世俗的磨砺中，刘禹锡坚守着，抗争着，升华着；愤怒出诗人，出精品，不朽的名篇《陋室铭》诞生了。那曼妙的清风正气，分明是对古往权势、奢豪与炎凉的不满；那高洁的志行，分明是对今来文场之假、官场之丑、职场之浊的烛照与鞭挞。

陋室是一个真实的存在，如今已成了游人寻古探幽的一个著名景点。可是，在弥漫着物质主义熏风的当下，究竟有多少人重归陋室，重温《陋室铭》，能让浮躁的心渐渐沉静下来呢？

暂凭杯酒长精神

—— 刘禹锡的英雄情怀

唐代诗人里,除却我最喜欢的"诗仙"李白之外,当然还有"诗豪"刘禹锡了。李白是狂放,属于天上神仙一路;刘禹锡是豪放,属于人间英豪一脉。

有人说,刘禹锡是匈奴人,因为他的七世祖刘亮在北魏做过官,随魏孝文帝迁都洛阳,故改刘姓。他父亲刘绪因避安史之乱,南迁浙江绍兴。刘禹锡生于海边,他自称是汉中山靖王后裔,似乎想和刘备攀亲,其实这只不过是他向往英雄的一种情结使然。

刘禹锡在贞元九年(793)即 21 岁时考中进士,接着又登博学鸿词科。他在杜牧祖父淮南节度使杜佑帐下做了几年幕僚,回到长安就任监察御史。后因参加以王叔文、王伾为首的"永贞革新",被贬为朗州(今湖南常德)司马,直至元和九年(814),也就是"二王八司马"事件十年后,朝中有人想起他和柳宗元,认为他们还是挺有才干的人物,才把他们从贬谪之地召回朝廷。

经过十年的贬谪和消磨,很多人雄心不再,或者别开人生境界,比如柳宗元,就在贬谪之地永州,像《江雪》中写的那样,重新找到自我,与山水自然达成和解。回到京城的时候,柳宗元就写诗表白"直以慵疏招物议,休将文字占时名",装懒装傻,甘为人臣。虽然还有些悲愤,但锐气消磨尽净。可刘禹锡不是这样。他回到京城发现满朝文武都是在他走后上位的新人,立刻写了一首诗《玄都观桃花》,这是后人的简称,原诗题很有意味,叫《元和十年自朗州召至京戏赠看花诸君子》,诗云:

> 紫陌红尘拂面来,无人不道看花回。
> 玄都观里桃千树,尽是刘郎去后栽。

从原诗题中一个"戏"字,到诗中的揶揄语气,尽显诗人一脸的不屑。那些踏着紫陌红尘喧嚣而来喧嚣而去的新人争看的那上千株的桃树,都是我刘禹锡当年被贬之后栽的啊!

据说当时权相武元衡看到此诗之后,颇为震怒,说刘禹锡讥讽朝廷是因为贬得不到位。那么,好,再往下贬,往最远最苦的地方贬,还要与他亲密的好友柳宗元一起贬。这下刘禹锡被贬到最苦之地的播州(今贵州遵义)任刺史。后当朝宰相裴度站出来说情，才将其改刺广东连州，后来又辗转到四川夔州、安徽和州。这一次离开京城十四年，直到调任主客郎中才回到长安。

朝政起伏，风云变幻。回到长安之后，刘禹锡并没有像常人那样小心避讳，而是又以重游玄都观并再次赋诗和权贵们较劲儿。

百亩庭中半是苔，桃花净尽菜花开。

种桃道士归何处，前度刘郎今又来。

这首七绝《再游玄都观》，和当年那首《玄都观桃花》相呼应。你看玄都观中，今天怎么样？世事沧桑变幻，现在百亩庭中青苔满布，桃花也不见踪影，换的是普通的菜花金灿灿一片。时间是最公正的。当年那些鸟人又哪里去了？刘禹锡生性达观，寿高命长，他的那些政敌如武元衡之辈已先他而逝。诗人本来以为当朝权贵会气得七窍生烟，他也做了再次被贬的准备，并安排了南下的行程，结果却毫无动静。

两首玄都观桃花诗，可以看出刘禹锡的性格，可以看出他的豪放，这是英雄本色的豪放。刘禹锡与他的好友柳宗元，两人性情真的是大不一样。柳宗元在打击面前，另寻自我，别开天地；刘禹锡在打击面前，却坚持自我，永远做那本真的自我——我与世周旋，我与我周旋，我就是我，宁做我！所以他在接下来的贬谪生活中，依然故我，不改本色。最后还是朝中好友裴度出面给刘禹锡安排在洛阳做了几年无聊的分司官，后又推荐他做了礼部郎中、集贤院学士。刘禹锡一直想在苏州做官，裴度在退休之前帮他实现了这个心愿。刘禹锡离开苏州后又去了汝、同二州，最后以太子宾客分司东都回到洛阳，从此开始陪同裴度、白居易饮酒，观棋，赋诗，谈天说地，直至终老。

刘禹锡的坎坷一生，早年得到杜牧祖父杜佑的关照，中年以后受到裴度的眷顾，以他的才能加上前后两位著名宰相的欣赏，只要不和那些当朝权贵顶牛，他完全可以青云直上，一如其《陋室铭》所云："山不在高，有仙则名。水不在深，有龙则灵。斯是陋室，惟吾德馨。"也正因为刘禹锡心胸有如无尘之境，故而能够写出如下的快乐之歌："江南江北望烟波，入夜行人相应歌。桃叶传情竹枝怨，水流无限月明多。"(《堤上行之二》)他还有一首宛如三月春光般明媚的《竹枝词》，这样写道：

杨柳青青江水平，闻郎江上唱歌声。
东边日出西边雨，道是无晴却有晴。

醉听清吟

　　把世间男女爱情写得如此天然清丽，有唐一代，唯诗豪刘梦得耳。诗风的明媚，源自心胸的敞亮。在坎坷的遭际面前，柳宗元不敢大声作不平之鸣，而刘禹锡却不只是戏谑而已。此乃梦得"信道不从时""忧国不谋身"的英雄情结之谓也。

　　诗人不幸诗家幸。假如刘禹锡没有那二十几年被贬谪的生活，又怎么可能写出震烁千古的《金陵怀古》和那些脍炙人口的竹枝词呢？又怎么能写下与白居易扬州初会时的《酬乐天扬州初逢席上见赠》那样举世无双的神品？

　　　　巴山楚水凄凉地，二十三年弃置身。
　　　　怀旧空吟闻笛赋，到乡翻似烂柯人。
　　　　沉舟侧畔千帆过，病树前头万木春。
　　　　今日听君歌一曲，暂凭杯酒长精神。

　　这首诗写于唐敬宗宝历二年（826）。刘禹锡从贬谪的和州刺史任上返回洛阳，同时白居易也从苏州刺史任上返回洛阳。他俩在扬州不期而遇，喜出望外，置酒唱和。首先是白居易赋诗：

　　　　为我引杯添酒饮，与君把箸击盘歌。

诗称国手徒为尔，命压人头不奈何。

举眼风光长寂寞，满朝官职独蹉跎。

亦知合被才名折，二十三年折太多。

《醉赠刘二十八使君》

白居易的赠诗，引动了刘禹锡的心思。他想，自己和白居易都是五十开外的人了，已近老境。过去的众多好友如王叔文、韦执谊、柳宗元、吕温、韩愈等都先后去世。但时代在发展，新的生命仍在继续，这是自然规律。想到此，便也随心回复了以上那首七律。

刘禹锡的即席和诗，借用"山阴闻笛"和"王质烂柯"两个典故，慨叹人事皆非。而"沉舟侧畔千帆过，病树前头万木春"两句，实为自然造化，清末民初诗评家俞陛云（俞平伯之父）说，此诗"悟彻菀枯，能知此旨，终生无不平之鸣矣……五六久推名句，谓自安义命，勿羡他人。试看沉舟病树，何等摧颓，若宇宙皆无情之物，而舟畔仍千帆竞发，树前仍万木争荣。造物非厚于千帆万木，而薄于沉舟病树，盖行所不得不行，止所不得不止，造物亦无如之何，深合蒙庄齐物之理矣。末句归到席上见赠，不言借酒浇愁，而言精神更长，所谓空肠得酒芒角出，绝不作颓丧语。与始闻秋风诗同其豪迈也"（俞陛云《诗境浅说》，中华书局，2016年版，第80—81页）。白居易曾感叹刘禹锡的沉舟病树这两句诗："真谓神妙矣。在在处处，应有灵物护持。"（宋·计有功辑撰《唐诗纪事》上）简单说来，"沉舟"一联，体现了诗人的豁达大度。千帆竞发，万木逢春，大好局面啊！个人的不幸，就那么回事吧，让它过去吧，英雄无悔嘛！向前看。

刘禹锡与白居易同年出生，"同年同病同心事"，两人简直就像孪生兄弟。他们都曾贬官长江三峡，做过苏州刺史，晚年都以太子宾客分司东都。那时德高望重的裴度做了东都留守，修筑绿野堂养老。白居易、刘禹锡都是绿野堂常客。刘禹锡有生死之交柳宗元，白居易有生死之交元稹，各自失去生死之交后，他们成了最后的好朋友。

会昌二年（842），71岁的刘禹锡去世，白居易写了《哭刘尚书梦得》进行哀悼：

> 四海齐名白与刘，百年交分两绸缪。
> 同贫同病退闲日，一死一生临老头。
> 杯酒英雄君与操，文章微婉我知丘。
> 贤豪虽殁精灵在，应共微之地下游。

"杯酒英雄君与操，文章微婉我知丘。"白居易认为他和刘禹锡都以天下为己任，故以英雄相许，而且最了解刘禹锡的微言大义。前一句白居易自注:"曹公曰,天下英雄唯使君与操耳。"后一句同样有注"《春秋》之旨微而婉也"。据孔子修完《春秋》后曾慨叹:"知我者其唯《春秋》乎?罪我者其唯《春秋》乎?"我以为,此谓孔子论史,实为人格之品题。毫无疑问,刘、白都应知道曹操煮酒论英雄的故事,这与刘禹锡在扬州初会白居易赋诗中的"暂凭杯酒长精神"的英雄情怀正相契合。当然,刘、白也都应该明白春秋大义。人生啊,就应该具备这种舍我其谁的气概,有这种知我罪我的操守和坚持。这就是一种豪情,一种英雄本色。

惟歌生民病　愿得天子知

——读白居易《寄唐生》

唐元和元年（806），白居易罢校书郎后，登才识兼茂明于体用科，授官周至县尉。这是一个不足道的小官。然而，在两年的县尉任内，诗人亲身经历了官僚政治的腐败，也同时切实地体会到人民生活的困苦，从而使他很快地写出了脍炙人口的《长恨歌》和著名的讽喻诗《观刈麦》。

不久，白居易被调回长安，从翰林学士升为左拾遗。这是一个谏官的职位，有机会直接向皇帝进谏。"位卑不敢忘忧国"，白居易似乎有了一种报国有门的感觉。此时，他意气风发，诗兴如潮，写了大量为民请命的讽喻诗。《寄唐生》就是这个时期写的一首特别的诗：

> 贾谊哭时事，阮籍哭路岐。
> 唐生今亦哭，异代同其悲。
> 唐生者何人，五十寒且饥。

不悲口无食，不悲身无衣。
所悲忠与义，悲甚则哭之。
太尉击贼日，尚书叱盗时。
大夫死凶寇，谏议谪蛮夷。
每见如此事，声发涕辄随。
往往闻其风，俗士犹或非。
怜君头半白，其志竟不衰。
我亦君之徒，郁郁何所为？
不能发声哭，转作乐府诗。
篇篇无空文，句句必尽规。
功高虞人箴，痛甚骚人辞。
非求宫律高，不务文字奇。
惟歌生民病，愿得天子知。
未得天子知，甘受时人嗤。
药良气味苦，琴澹音声稀。
不惧权豪怒，亦任亲朋讥。
人竟无奈何，呼作狂男儿。
每逢群盗息，或遇云雾披。
但自高声歌，庶几天听卑。
歌哭虽异名，所感则同归。
寄君三十章，与君为哭词。

元和四年（809），唐宪宗任宦官头目吐突承璀为招讨使，白居易上书《论承璀职名状》极力反对，说宪宗是"自损圣名"，当"取笑于万代之后"。白好生大胆，竟然斥责皇帝老子，宪宗大为不悦，谓李绛曰："白居易小子，是朕拔擢至名位，而无礼于朕，朕实难奈！"幸亏李绛从中化解，说白居易"非轻言也"（以上见《旧唐书·白居易传》），让白居易逃过一劫。不过，诗人不久便改官京兆府户曹参军，仍充翰林学士。可这只是一个闲职，把白居易晾在那儿。白居易就是在这样的情况下写下此诗，不能不说白居易还真的有点牛脾气，虽遭打击，然无所畏惧，心中有气，借寄抒发，表现出刚直忠义而敢言直谏的精神。

这首诗写了两个人，一唐生，一自己。前半部分写唐生，后半部分写自己。唐生是个善哭者，作者是个善歌者。二人都是正直的志士，因为共同的心怀忠义而不满弊政的思想基础，二人交谊甚笃。

唐生即唐衢，其实也是个诗人，他因屡应进士不第，善为诗歌，意多感发，是白居易"新乐府"诗的最早知音之一，"惟有唐衢见，知我平生志"（《伤唐衢二首》其二），"有唐衢者，见仆诗而泣"（《与元九书》）。

此诗开篇，以贾谊、阮籍二哭典为例，以写唐生，贴切而生动。"唐生今亦哭，异代同其悲"二句，出语胆大，用笔狠重,不仅将唐生与古人相类比,意味唐生亦如前贤,而且将今时与古代类比,意味今世已同前朝。都是一哭,不为一私,所悲忠义,哭之性质无异。开篇的四句,深意微妙,矛头直指弊政,直指当国者。

唐生何以动辄便哭呢?诗中告诉我们,原来唐生不为己悲,而为段秀实太尉、颜真卿尚书、陆长源大夫而哭,为他们感召日月的忠义精神和报国壮举而哭。"声发涕辄随"句谓,不哭则已,哭必号啕而老泪纵横。唐生善哭,爱我所爱而悲我所悲,哭必哭得理直气壮,哭必哭得感天动地。善哭之唐生为诗人所盛赞,却饱受凡夫俗子所揶揄,"往往闻其风,俗士犹或非"二句,既是对世俗的顺带一刺,又是自然收束而转场,由写唐生之哭,而转向写自我之诗。

唐生长哭当歌,而诗人则是长歌当哭。"我亦君之徒,郁郁何所为?不能发声哭,转作乐府诗。"诗人自比唐生,人善哭而我善诗。而我之诗与唐生之哭无异,目的只有一个:"惟歌生民病,愿得天子知。"这乃是白居易乐府诗的写作宗旨和创作宣言。这与其《与元九书》所阐述的"志在兼济,行在独善,奉而始终之则为道,言而发明之则为诗"的创作动机是一致的。"篇篇无空文,句句必尽规"二句,侧重于内容上说,即如实揭露权贵欺压百姓巧取豪夺的丑恶,针砭时弊,反映生民疾苦,为百姓而呼吁,不写无病呻吟的空洞文字。而"非求宫律高,不务文字奇",侧重于形式上说,即语言朴实无华,表达直截了当,不求音节新奇和辞藻华丽,走通俗化、平易化之路。而这种诗歌改革主张,全是为了达到讽喻的目的。不管这讽喻的写法为人所不理解,与唐生的哭一样受人讽刺,只要"庶几天听卑"而"不惧权豪怒,亦任亲朋讥"。为了天子不受蒙蔽而能够改革弊政,诗人"甘受时人嗤",甘被呼为"狂男儿"。真是好一副绝不退让的决斗士的精神面貌,让人感佩之至也。

诗的最后,以"歌哭虽异名,所感则同归"二句,照应全篇,合二为一。此二句意味因其弊政而作诗和唐衢因忧愤而悲哭,性质完全一样,都是忠义之举。故南宋黄彻《巩溪诗话》评曰:"忠臣义士,欲正君定国,惟恐所陈不激切,岂尽优柔婉晦乎?"

《寄唐生》一诗,让我们看到,白居易对自己的诗歌创作有一种期待,那就是"非求宫律高,不务文字奇。惟歌生民病,愿得天子知"。他认为文学里的格律、形式、文字都不重要,真正重要的是三个字——"生民病",也就是老百姓的疾苦,要反映出来让天子知道。如果这样的东西天子看了还没有感觉,他就甘愿为世人所嘲笑。这是非常大胆的言论。皇帝看了都不懂吗?没有感觉吗?可能皇帝根本没有看到,诗人就已招致了利益集团的怨恨。年轻的谏官何尝知道，在封建专制下的"纪检"工作只不过是悬在朝廷上面的一块金字招牌，做些欺人自欺的表面文章未尝不可，如果动起真格来，上下还能找出几个廉洁干净的好官？这岂非挖天朝的根基？其实，当时白居易已经身处逆境，险象环生。他一首接一首不断问世的讽喻诗，已使"权豪贵近者，相目而变色"，使"执政者扼腕"，使"握军要者切齿"，然而他仍然书生气十足，对自己所处的状态并不在意，竟然大大咧咧地当面指责唐宪宗招讨宣慰使的错误，使皇帝勃然大怒。虽经说情后幸免处分，但"纪检"的职位是无从保全了。此后而被调任左赞善大夫，并最终因年轻气盛，在新职位上仍不能安分守己，落得个被逐出京城、贬谪江州司马的结局。

人生何处是皈依

——读白居易的佛理诗

唐代的佛教发展进入鼎盛时期,僧尼阶层成为社会的一大力量。"礼佛"在唐代已蔚然成风,尤其是士大夫阶层相习成俗,盛唐的诗佛王维,中唐的诗魔白居易,就是其中最为著名的代表人物。

白居易在18岁那年就认识了名僧正一上人,从他写给这位和尚的诗里,可以知道他对"空门"的无限向往:

> 今日阶前红芍药,几花欲老几花新。
> 开时不解比色相,落后始知如幻身。
> 空门此去几多地?欲把残花问上人。
>
> 《感芍药花寄正一上人》

贞元十六年(800),诗人进士及第,东归洛阳时,结识了凝公大师。大师曾教他八言:"曰观,曰觉,曰定,曰慧,曰明，曰通，曰济，曰舍。"全是禅语。诗人心领神会，说自己已做到"入于耳，贯于心，达于性"的地步。贞元十九年（803）八月，凝公大师在洛阳圣善寺塔院迁化。第二年春天，诗人由徐州到洛阳时，乃作八渐偈以纪念其师。其主要目的，是"欲以发挥师之心教，且明居易不敢失堕"。他对佛教的信仰是何等虔诚！

唐元和五年（810），诗人因丁母忧，乡居于下邽渭村。继而爱女金銮子病死。诗人思母念女，哀痛重重，几乎失去生活的力量。在这期间，诗人感念佛理的支撑：

> 我闻浮屠教，中有解脱门。
> 置心为止水，视身如浮云。
> 抖擞垢秽衣，度脱生死轮。
> 胡为恋此苦，不去犹逡巡。
> 回念发弘愿，愿此见在身。
> 但受过去报，不结将来因。
> 誓以智慧水，永洗烦恼尘。
> 不将恩爱子，更种忧悲根。
>
> 《自觉二首》之二

元和十年（815），诗人贬谪江州司马时，精神异常烦苦，幸赖佛典相伴，才得到一定的安静，他在诗篇中不断流露出当时的心情：

> 壮日苦曾惊岁月，长年都不惜光阴。
> 为学空门平等法，先齐老少生死心。
> 半故青衫半白头，雪风吹面上江楼。
> 禅功自见无人觉，合是愁时亦不愁。
>
> 《岁暮道情二首》

元和十三年（818）冬天，诗人改除忠州刺史的时候，出世思想渐渐浓厚起来，显然也是受了佛家思想的影响。到忠州之后，心情极不愉快，每天的生活不外是打坐和讽经：

> 闲吟四句偈，静对一炉香。

长庆二年（822），诗人除杭州刺史。杭州是个僧道云集的城市，三年中，他经常访问名刹古寺，有时就住在寺里与僧众谈禅论道。诗人对当时奉佛生活情状有诗记之：

> 小书楼下千竿竹，深火炉前一盏灯。

此处与谁相伴宿，烧丹道士坐禅僧。

《竹楼宿》

在佛寺中的放松心态，也使诗人偶然会露出文人幽默的一面。白居易任杭州刺史时，还写下两首以花为主要意象的赠僧诗，一为《题灵隐寺红辛夷花戏酬光上人》："紫粉笔含尖火焰，红胭脂染小莲花。芳情乡思知多少，恼得山僧悔出家。"一为《题孤山寺石榴花示诸僧众》："石榴花似结红巾，容艳新妍占断春。色相故关行道地，香尘拟触坐禅人。瞿昙弟子君知否，恐是天魔女化身。"花在佛教中的多重意蕴，既有大迦叶拈花微笑的顿悟，也有象征感官虚幻的过眼空花，以及《维摩诘所说经》中象征着修行未足的"沾衣天花"。而这里诗人则将花比作女子，以戏谑的口吻告诫僧人勿被色相所扰。

宝历元年（825），诗人改守苏州，生活情状大致与杭州相同。苏州著名的灵岩寺，是他常去的地方。向佛之心，愈来愈烈：

高高白月上青林，客去僧归独夜深。
荤血屏除唯对酒，歌钟放散只留琴。
更无俗物当人眼，但有泉声洗我心。

醉听清吟

> 最爱晓亭东望好,太湖烟水绿沉沉。
>
> 《宿灵岩寺上院》

太和三年(829),诗人以太子宾客分司东都(洛阳),到会昌六年(846)病故之间,"佛事"做得更多了。为了行愿"功德",曾重修香山寺。为了"拔苦施乐",曾开凿龙门八节滩、九峭石。为憧憬佛家所说的"极乐净土",舍俸钱三万,命工人画《西方世界》一部。为了完成"三宝"之愿,在香山寺内兴建一个规模宏大的藏经堂,并亲自整校新旧大小乘经律论集凡五千二百七十卷,作六藏分护之。同时,又修缮一个简俭严净的道场,诗人就常常在这个道场中坐禅。

会昌二年,诗人以刑部尚书致仕,乃与香山僧如满结香火社。诗人寄居香山的时间比在洛阳城内还要多些。正如诗人自己所说:"家酝满瓶书满架,半移生计入香山。"

仕途之扰与流光之迅,无一不在提示诗人当及早跳出尘网,回归清净本心。我们从其晚年分司洛阳的诗作中可以窥见这种心态更显豁:"我年日已老,我身日已闲。……吾道本迂拙,世途多险艰。尝闻嵇吕辈,尤悔生疏顽。巢悟入箕颍,皓知返商巅。岂唯乐肥遁,聊复祛忧患。吾亦从此去,终老伊嵩间。"(《晚归香山寺,因咏所怀》)对烦琐的公务感到倦怠，对艰险的仕途感到畏惧，并联系古人遭遇和《周易》"遁"卦，肯定了知足保和的隐居生活。这种隐遁往往是逃向诗人脑海里所建构的僧侣生活："爱风岩上攀松盖，恋月潭边坐石棱。且共云泉结缘境，他生当作此山僧。"（《香山寺二绝》）罗宗强先生说白居易信佛是真信，"他的这类诗，读了真的使人感受到了无争竞、消烦恼的处世态度"（《隋唐五代文学思想史》，中华书局，2019年版，第313页）。但白居易作为同时深受儒学思想浸染的官员士大夫，是很难与世俗生活，特别是政治生活划清界限的。他只能借佛教寻求一种心灵的超越，而不是肉体的疏离。

会昌五年（845），诗人在老病的侵袭之下，衰退已极，但对"佛事"仍不稍歇：

眼暗头旋耳重听，唯余心口尚醒醒。

今朝欢喜缘何事，礼彻佛名百部经。

《欢喜二偈》之二

纵观诗人一生与佛教的关系，至为密切。自壮及老，结交僧徒甚广：或受教，或听经，或言禅。足迹所到之处，一有寺院，必拜谒，或题诗，或寄宿，或沐浴，或斋戒。足证诗人对佛教的信仰，是久而弥笃的。

诗人虽然一生信仰佛教，但并不迷信。其实他的思想是由儒、释、道的思想杂糅而成，底色是儒。他认为佛教的全部教义都已寓于儒、道思想之中，他对佛、道的接受，完全是以儒学为尺度去衡量的。他说：

> 若欲以禅定复人性，则先王有恭默无为之道在。若欲以慈忍厚人德，则先王有忠恕恻隐之训在。若欲以报应禁人僻，则先王有惩恶劝善之刑在。若欲以斋戒抑人淫，则先王有防欲闲邪之礼在。虽臻其极则同归，或能助于王化；然于异名则殊俗，足以贰乎人心：故臣以为不可者以此也。
>
> 《策林》六十七

白居易出生于千年之前的唐朝中叶，十几岁时就深受战乱之苦。当他写出"离离原上草，一岁一枯荣"这首诗时便踏上了仕途。他的前半生一直在官场上奋斗，或升或贬，或浮或沉，让他逐渐释然，最终也让他醒悟："宦途自此心长别，世事从今口不开。"(《重题》)他醉心于佛理，但本质上是一个深受儒家思想熏陶的士大夫。在官场，平顺时，他善用儒家的中庸之道处理人事；受挫时，则用佛教的"忍辱"之法调理心情。花开生两面，人生佛魔间，执着了大半生的信念或许也会在瞬间放下。古稀之年，自号"香山居士"的诗人长居洛阳香山寺，过上了无忧无虑的生活："眼下有衣兼有食，心中无喜亦无忧。正如身后有何事？应向人间无所求。"（《偶吟二首》之一）这种"知足"思想，包含着儒家的"达人知命"，道家的"知足不辱"。白居易的晚年生活，表面上醉心佛门，其思想实质是儒、道合融的出世主义，诗人自己所说的"上遵周孔训，旁鉴老庄言"，意即在此。诗人的晚年生活即在诗酒、琴书、礼佛、修道中展开，看来是那样的平淡无奇，但对诗人来说，这才是他追求一生想要的结果。这或许是他人生中最快乐的生活。人生何处是皈依？诗人自己最终找出了正确的答案。

十年一觉扬州梦　赢得青楼薄幸名

——杜牧的扬州梦和他的青楼诗

杜牧是晚唐著名诗人，与李商隐齐名，并称"小李杜"。杜牧生于官宦之家，经历无多坎坷，自称"北阙南山是故乡，两枝仙桂一时芳"。杜牧祖父杜佑曾任三朝宰相，杜牧25岁中了进士，"两枝仙桂"当是傲然自喻了。杜牧23岁作《阿房宫赋》，文采飞扬，直击"秦爱纷奢"（暴秦奢侈腐败），从此名震四方。他一生诗赋，或感慨江山，或唏嘘女人。向来喜好风华，不自检束，故诗有"十年一觉扬州梦，赢得青楼薄幸名"句。

唐文宗太和七年（833），杜牧由宣城转至淮南节度使幕府任推官转掌书记，居扬州。此时，他三十一二岁，灼灼其华，正好宴游，这似乎是他前生的约定，至此，让他对扬州一见钟情。在《寄扬州韩绰判官》一诗中他这样写道：

青山隐隐水迢迢，秋尽江南草未凋。

二十四桥明月夜，玉人何处教吹箫。

扬州有座桥名曰二十四桥，据说古代有二十四位美女曾吹箫于此。这首优美的诗篇，十足地表现了诗人对友人的怀念，对江南美丽风光的向往，以及对扬州红衣美女的眷恋。

扬州地处大运河要冲，地理位置十分独特，而且风光秀丽，秦楼楚馆，歌伎宴乐，其繁华程度在唐代仅逊于长安。因此，杜牧一到扬州，其纵情声色、放浪不羁的性情就被彻底激活了。我们来看他的两首写给情人热辣辣的《赠别》诗吧。

娉娉袅袅十三余，豆蔻梢头二月初。
春风十里扬州路，卷上珠帘总不如。

《赠别二首·其一》

这是诗人赠别青楼歌伎的一首诗。用"二月初"的豆蔻花来比喻"十三余"的小歌女十分精妙，写出人似花景，花因人艳，使一切"如花似玉""倾城倾国"的比喻都黯然失色。诗的后两句是说，看遍十里扬州长街里的佳丽，卷起珠帘卖俏粉黛，没有人比得上他所喜爱的绝色美人。因为扬州路上不知有多少珠帘，所有珠帘下不知有多少红衣翠袖的美女，但"卷上珠帘总不如"！

> 多情却似总无情，唯觉樽前笑不成。
> 蜡烛有心还惜别，替人垂泪到天明。
>
> 《赠别二首·其二》

齐梁之际的著名诗人江淹（就是史称"江郎才尽"的那个诗人）曾将赠别的感情概括成"黯然销魂"四个字，因为这也是难以用"悲"或"愁"二字所能表达的。人间离别的感情千头万绪，可是诗人在这里偏从"无情"入手，并着一"总"字加强了语气，带有浓厚的感情色彩。因为爱得太深、太多情，以致他觉得无论用什么方法都表达不了内心的多情。可是诗人别出心裁地用"笑不成"三个字来表达。因为感伤离别，却挤不出一丝笑容来。想笑是由于"多情"，"笑不成"则是由于太多情，说得委婉尽致，极有情味。后两句，诗人借物抒情把蜡烛拟人化了。在诗人眼里，它那只彻夜流溢的烛泪，就是在为男女主人的离别而伤心流泪了。

从表面看，这些是典型的艳情诗，是诗人情不自禁地流露与所爱的情人在一起的享乐和温馨。甚至有研究者说，杜牧大官人面对女性只有欲念，了无温情（李劼《唐诗宋词解》，上海三联书店，2018年版，第95页）。但在我看来，今人观古人所为，不必那么简单附会。有唐一代，从元稹、白居易到李商隐、杜牧这一干诗人，常用精练流畅、清爽俊逸的语言，表达悱恻缠绵的情思，风流蕴藉，意境深远，余韵不尽。这些在风气开放的唐代，可能是诗界的一种习俗，不必见怪。杜牧为人刚直有节，敢论列大事，却也不拘小节，好歌舞，风情颇张，上列小诗亦可见此意。

具体说来，杜牧之于扬州，或扬州之于杜牧，诗人之于女人，或女人之于诗人，他们之间所构成的亲密友情的关系，最终得到了相互映照的效果。因此，可以这么说，扬州之于杜牧，或女人之于诗人，在这里或许具有一种更加宽泛而亮丽的精神指向的意味，让他迅速从一般意义上的文人群体中凸现出来，变成一个特立独行、自带光芒的耀眼诗人。

自杜牧来过之后，扬州就成了杜牧的扬州，所以我可以称他为"扬州牧"。这点可与其后的宋代诗文大家苏东坡之于杭州做一比较。苏轼于杭州曾赋一诗"水光潋滟晴方好，山色空蒙雨亦奇。欲把西湖比西子，淡妆浓抹总相宜"（《饮湖上初晴后雨》）。美妙无比，令人神往，让杭州由此脱颖而出。但杭州却不是苏东坡一生最重要的地方，黄州似乎才是他的立命之地。你看他那些最重要的诗文和他那著名的东坡名号都来自黄州。巧合的是，杜牧也做过黄刺史，不过，他在这里回望的还是扬州。他的"十年一觉扬州梦"，正是他出刺黄州时所做的青楼梦。如果黄州山水有灵，为什么没有襄助杜牧？可见诗人和山水之间也要投缘。

性格决定命运。这句老生常谈在杜牧身上得到最好的体现。杜牧从来笑口常开，爱江山也爱美人。所以他在扬州看到的风景，除了山水，就是美人。无论如何，扬州便成了杜牧的才情毕现之地，让他写出了许多名动天下的金句："谁家唱水调，明月满扬州"(《扬州三首》)，"纤腰间长袖，玉佩杂繁缨"(《扬州三首》)，"谁知竹西路，歌吹是扬州"(《题扬州禅智寺》)，"扬州尘土试回首，不惜千金借与君"(《润州二首》)，等等。这些飘逸美妙的诗篇，奠定了诗人在世人眼中风流倜傥、纵逸轻狂的形象，给人以追求享乐的纨绔印象。根据《唐才子传》记载，杜牧在牛僧孺幕下，白天办公，夜晚便出去狎妓饮宴，过他的风流生活。牛僧孺卸任临行时，取出一个大盒子，交给杜牧。杜牧打开一看，都是牛僧孺部下探子的报告，一条一条写着："某月某日，杜书记在某处饮宴。""某月某日夜，杜书记在某妓院中歇宿。""某月某日，杜书记与某人在某处游览，有某某妓女陪同。"杜牧一看，大为羞惭，同时也深深地感激牛僧孺对他的宽容。牛僧孺稍稍教训他一番，劝他检点品德，不要太浪漫了。杜牧对牛僧孺是非常感恩的。牛死后，他的墓志铭便是杜牧作的。其后，我们就看到杜牧在外迁转任黄州刺史时写了如下一首忏悔诗《遣怀》：

落魄江湖载酒行，楚腰纤细掌中轻。
十年一觉扬州梦，赢得青楼薄幸名。

这首诗是他回望扬州这一段浪漫生活的总结，也是对牛僧孺爱惜他的情感回应。牛僧孺任淮南节度使前后大约五年，杜牧诗云"十年一觉扬州梦"，如果不是夸张，必是在此前后还住过四五年。"十年一觉扬州梦"，这是发自诗人内心的感叹。而这感慨又完全归结在"扬州梦"的"梦"字上：往日的放浪形骸，沉湎酒色；表面上的繁荣热闹，骨子里的烦闷抑郁，是痛苦的回忆，又是醒悟后的感伤。匆匆十年过去，那扬州往事不过是一场大梦而已。"赢得青楼薄幸名"，连自己曾经迷恋的青楼最后也责怪自己薄情负心。"赢得"二字，实属调侃，自嘲自悔之情不可掩饰。因此，结论只能是：十年扬州生活恍惚如梦，不堪回首！

毫无疑问，杜牧是唐代写女性诗的高手。无独有偶，与他同时代的李商隐也是一位写爱情诗的大师。但李商隐对杜牧很尊重。他赠杜牧的诗说："高楼风雨感斯文，短翼差池不及群。刻意伤春复伤别，人间唯有杜司勋。"（《杜司勋》)这里所说的"刻意伤春复伤别"恰恰是对杜牧女性诗的绝妙概括。当然这里还应包括杜牧所写的《张好好诗》《杜秋娘诗》《叹花》,还有《赤壁》之中的"铜雀春深锁二乔",《过华清宫绝句》里的"一骑红尘妃子笑",以及《泊秦淮》里的"商女不知亡国恨"等,皆如是。或歌赞,或悲鸣,或遐想,或评议,或撩拨,或嫉恨,不一而足。但只要你一读出声,就总能感到有一种"伤春伤别"之情又要袭来。

伤春、伤别,揭示了晚唐那个时代所特有的感伤情调的艺术风格。"刻意"二字特别暗示他所说的"伤春伤别",并非寻常男女相思离别,伤心人别有怀抱。"人间唯有杜司勋",则表达了李商隐自愧不如之感,实际上含有引杜牧为同调之意,既为评杜,又属自道。

大约在宣宗大中三年(849)前后,李、杜两位诗人久别之后,终于聚合了。李商隐、杜牧同时生活在晚唐牛僧孺和李德裕两党朝争缠斗的40年间。朝中文人士大夫未能卷入牛李党争者少。李商隐从李党,杜牧向牛党,但从未见他们有相互伤害之言。诗坛两个扛鼎人物同回长安,都已近晚境。这时,他们都已放松下来,相互之间有着频繁的相处交游和密切的来往酬唱。在《全唐诗》的《李商隐卷》中,除了"人间唯有杜司勋"的《杜司勋》外,还有一首《赠司勋杜十三员外》：

> 杜牧司勋字牧之，清秋一首杜秋诗。
> 前身应是梁江总，名总还曾字总持。
> 心铁已从干镆利，鬓丝休叹雪霜垂。
> 汉江远吊西江水，羊祜韦丹尽有碑。

讲究曲折含蓄、隐晦奥秘的李商隐，总是不愿意将诗写得很明白。可是他在这里却写下如此绝对的评语，表明他对杜牧诗坛领衔地位的肯定已达到了无以复加的地步。这是一种跳出文人圈子的由衷赞美，也是我们今天全面正确地认识和研究杜牧诗歌的定调之笔。

最后的悔恨

——读王安石《千秋岁引》

王安石是中国历史上颇具争议的政治改革家。

他一生胸怀大志,并为之奋斗、拼搏,沉迷在自己的世界里。38岁那年(1057),他游安徽含山褒禅山时曾写了一篇千古名文《游褒禅山记》,并发出感慨:"世之奇伟瑰怪非常之观,常在于险远,而人之所罕至焉,故非有志者,不能至也。有志矣,不随以止也,然力不足者,亦不能至也。有志与力,而又不随以怠,至于幽暗昏惑,而无物以相之,亦不能至也。"细读这段文字,我总觉得青年王安石是在渴望着改变什么。实在地说,在王安石走上变法之路后,不畏"险远",不惧"幽暗昏惑",不"止"不"息",一条道路走到底,才知他一直是以一种色调示人,并想将这单一色调演绎得五色斑斓。这就要说到王安石变法。

王安石实行新法,是从他北宋熙宁三年(1070)任宰相时开始的,史称"熙宁变法"。他首先推行的是青苗法。但变法一启动守旧派官僚司马光、文彦博等人就以"祖宗之法不可变"来抗衡，王安石则提出"天变不足畏，祖宗不足法，人言不足恤"来回击。在最困难的时候，连一直支持他变法的宋神宗也动摇了，拿出一堆弹劾奏章给他看，说这么硬干行吗？王安石的回答是："朝廷制法，当内自断以义，而要久远便民而已，岂须规规恤浅近人之议论？"（《续资治通鉴长编》卷二二三）关键时刻，若不是王安石有"志"与"力"，坚持变法不动摇，皇帝早就打退堂鼓了，变法就会半途而废。

王安石一生以"拗"著称，人称"拗相公"。他的这种"拗"，未尝不是坚持原则。正是这种执着，使他在变法中还大胆地触及政治领域，反对"恩荫制"。用今天的话来说，就是在反特权、限制"官二代"做官方面不遗余力地做了一些事情。比如新法里有裁减宗室授官之法，用以限制皇亲国戚的做官特权。据宋人周密《齐东野语》载："王介甫为相，裁减宗室恩数，宗子相率诉马前。"王安石从车里钻出来，沉声道："祖宗亲尽，亦须祧迁，何况贤辈！"就是老祖宗，这次也得服从新法，何况你们这些晚辈？你看，多有气魄！为了使改革能进行下去，他不惜与众多朋友、同事，甚至皇亲国戚反目，就是把天下人都得罪光了，他也从不畏惧，这叫作"以一人之力战天下之人"。

醉听清吟

王安石变法中最重要的是青苗法，其内容是在每年春夏青黄不接的时候，政府放粮给农民，归还利率是二成。可是施行时地方官吏想尽办法从中盘剥，暗中加息变成高利贷，结果导致农户逃亡，"过眼青钱两手空"，造成青苗法实施的失败。这时，反对派的代表人物韩琦等不断地在神宗皇帝耳边诋毁新法，神宗不胜其烦，终于在熙宁七年（1074）下诏扣留半数常平钱物备灾，不许出放。这给王安石变法大业以致命一击，也使王安石丢失了话语权，舆论形成了一边倒的局面。读宋代正史，我们很容易找到许多对王安石不利的记载，却很少找到王安石为自己辩解的内容。他自己这样说：说我好的，不足为喜；说我坏的，不足为怒。王安石远远超出了他的时代几百年，甚至千年。超前，势必受到旧传统与旧势力的强烈反抗。这注定了王安石是一位伟大的孤独者，也宣告了他的改革必然惨遭失败。

变法真的不简单。王安石新法某些条文本身并没有错，但一到贪官污吏手里便走了样。在吏治不清廉、官僚地主的阻力没有扫清之前，变法会遇到许多意想不到的困难。王安石是在宋神宗支持下变法的。神宗死后，以司马光为代表的旧党当权，新法尽废，王安石罢相归去。

晚岁的王安石潜恨退居江宁，置办的宅院名叫"半山园"。由于年老体弱，他平素宅家也多是看看书、吟吟诗、会会友，出行也只是骑着小毛驴，在乡间转悠，实际上过着隐逸不羁的田园生活。但他并不是无事可做，除了参禅问道（崇儒是他终生不变的底色），作为一位大文学家，他早年写过很多翻案诗，可是到了江宁之后，他开始注重创作新奇工巧、含蓄深纳、雅丽精绝的诗词，风格为之一变。我们且看他此时写的那首《千秋岁引》：

> 别馆寒砧，孤城画角。
> 一派秋声入寥廓。
> 东归燕从海上去，南来雁向沙头落。
> 楚台风，庾楼月，宛如昨。
>
> 无奈被些名利缚。无奈被他情担阁。
> 可惜风流总闲却。
> 当初谩留华表语，而今误我秦楼约。
> 梦阑时，酒醒后，思量着。

作为唐宋八大家之一的王安石不是以词名世（现存词20余首），而是以诗文见长。但是，我以为此词应是他晚年一篇重要的代表作品。

此词上片写秋风之触人，下片写悔恨之潜心。

上片起三句写秋声惹愁。"别馆"传"寒砧",设家人之念想;"孤城"听"画角",见闻者之心凉。次二句再从物着想,写候鸟之来去,以雁、燕衬客子之归心。结句叹惜往日的盛举不可再得。楚台纳风,随时讽谏;南楼咏谑,赏心畅怀。"宛如昨",写顺心之事,记忆犹新。

下片换头三句写空抛"风流"的悔恨,"名利缚""情担阁"都是愤激之情、直露之语。次二句写学仙、出尘,皆曲折之语、牢骚之言。"当初谩留""而今误我"均见悔恨之强烈。结三句写痛苦的回忆。梦尽之时,酒醒之后,其思愈苦。

全词上景下情,即景生情。上片描秋光之图,其寂寞景色,隐隐在目;下片写人生之感,其激愤牢骚,句句在闻。总括全篇,这无疑是一个伟大的独行者归隐后的秋日苦吟。思念旧情,感到自己辜负别人——尤其在梦结束时、在酒醒后,在想起自己一生往事的那一刻。梦和酒,令人浑浑噩噩,暂时忘却了心头的烦乱,然而梦终究要做完,酒也有醒时,一旦梦回酒醒,那忧思离恨岂不是更深入地噬人心胸吗?这里的梦和酒也不单纯地是指实在的梦和酒。人生本是一场大梦,《庄子·齐物志》上说只有从梦中醒来的人才知道原先是梦。而世情混沌,众人皆醉,只有备受艰苦如屈原才自知独醒,因而,此处的"梦阑""酒醒"正可视为作者历尽沧桑后的憬然反悟。

作为一代风云人物的政治家，王安石也并未摆脱旧知识分子的矛盾心理：在兼济天下与独善其身两者中间徘徊。一方面，他一生以雄才大略、执拗果断著称于史册；另一方面，在激烈的政治旋涡中也时时泛起急流勇退、功名误身的感慨。上面这首小词便是他后一方面思想的表露。无怪明代的杨慎说："荆公此词，大有感慨，大有见道语，既勘破乃尔，何执拗新法，铲除正人哉？"（《词品》）杨慎对王安石的评价未必得当，但以此词表现了作者思想中与热衷于政治相反的另一个侧面，则还是颇有见地的。

看来，荆公退隐后并没有逃避什么，而是站在更高点上看自然世界，感慨人生。何得何失，何贵何贱，所谓的是非功业，又有什么意义呢？不如归隐田园，回归自然，追求个体生命的价值。这是一个拼搏一生的政治斗士最后说出来的最柔软的话，也许，已经没有人去听了，也许，他自己也不愿听了。

王安石晚年的心境相对于早年确实有所变化，从倾向于改造世俗世界转向追求个体生命的价值。他个人的自由在他心目中变得更加重要，他已经超出了入仕与出仕的分别，进入了更高的境界。

真没有想到，一个"名高一时，学贯千载"，"靡然变天下之俗"的"希世之异人"(苏轼《王安石赠太傅》)最后发现自己的悔恨,让人感叹:问世间官为何物,直叫人终身难解。

一生像清风一样飘过

—— 苏轼的咏竹诗

竹文化是中国特有的文化,它应是与儒文化相得益彰的文化。在竹子身上,儒生们或看到了气节、风骨,抑或看到了虚心、恭谦。于是,竹的形象与风姿也就常常出现在文人学士的诗词中。

中国文人中与竹子最亲近的当首推蜀人苏轼,他的名诗"宁可食无肉,不可居无竹。无肉令人瘦,无竹使人俗。人瘦尚可肥,士俗不可医"(《于潜僧绿筠轩》),道出了苏东坡酷好竹子的心态,而他策竹杖而行的风姿,也从此凝固为一种"何妨从容且向前"的造型,如果没有竹林衬托在苏东坡的身后,他迷人的魅力定会大打折扣的。

苏轼的诗歌创作活动从北宋嘉祐四年(1059)至建中靖国元年(1101),这43年正处于宋代历史上社会矛盾尖锐、变革动荡的年代。苏轼青年时就"奋厉有当世志",踏入仕途后,锐意改革,卷入了激烈的政治斗争旋涡。《宋史·苏轼传》从传统的观念出发，高度赞扬了苏轼的政治品格，认为其"器识之闳伟，议论之卓荦，文章之雄隽，政事之精明，四者皆能以特立之志为之主，而以迈往之气辅之。故意之所向，言足以达其有猷，行足以遂其有为。至于祸患之来，节义足以固其有守，皆志与气所为也"。这里所谓的"志与气"，是我国传统观念中儒家道义的体现。苏轼自称"道理贯心肝，忠义填骨髓"，"有可尊主泽民者，便忘躯为之"（《与李公择书》），可见，忠君、泽民的信念化为我国封建社会士大夫道德规范的最高准则，也就是儒家提倡的"气节"。苏轼正是在这种精神力量的支持下勇于同一切邪恶势力做坚决斗争的。他相信唐代诗人卢仝《月蚀诗》中所表示的蛤蟆啖日只是暂时现象："地上虮虱臣仝告愬帝天皇，臣心有铁一寸，可刳妖蟆痴肠。"在御史台狱中，苏轼受苦不少，差点儿丢掉性命。但他绝不向权贵佞臣李定、舒亶、何正臣等人屈服。在狱中咏竹的"萧然风雪意，可折不可辱"（《竹》），正表现了他刚直不阿的崇高气节。

苏轼第一次遭贬到黄州时，不以谪居为苦，而是乐得其所，对于谪为检校尚书水部员外郎既自安又自嘲，他的《初到黄州》诗云：

自笑平生为口忙，老来事业转荒唐。

长江绕郭知鱼美，好竹连山觉笋香。

逐客不妨员外置，诗人例作水曹郎。

只惭无补丝毫事，尚费官家压酒囊。

苏轼描绘大自然的笔墨，常常饱含爽朗的感情，寄托着他不畏险阻、傲视磨难的襟怀。虽然遭谪，他反觉安闲，一句"长江绕郭知鱼美，好竹连山觉笋香"，让我们能听到他的情感之弦的振动，有喜悦、有愉快、有梦幻的觉醒、有顺从的忍受。他接着说："少年辛苦真食蓼，老景清闲如啖蔗。饥寒未至且安居，忧患已空犹梦怕。穿花踏月饮村酒，免使醉归官长骂。"（《次韵前篇》）他在谪所任性逍遥，穿花、踏月、饮酒、游玩，可谓用特殊的方式在斗争。这时，儒家的道义与佛老的人生哲学对苏轼产生了奇特的精神影响。且看他一次在黄州道上与同行人突遭雨淋的故事。当时一个个都成了落汤鸡，唯独苏东坡全不当回事。他写词吟道：

莫听穿竹打叶声，何妨吟啸且徐行。

竹杖芒鞋轻胜马。谁怕？一蓑烟雨任平生。

《定风波》

苏东坡不用"不听"，而用"莫听"。莫听，是你可以选择听，但声音也只是外物，你的心可以决定听不到，着一"莫"字，境界就从容自主起来。苏老先生拄着竹拐杖，穿着草鞋，从头到脚尽湿，像个落汤鸡，一步一步地走着。但他说："竹杖芒鞋轻胜马。谁怕？"从自嘲发掘出乐趣，雨中持杖穿轻便草鞋，比骑马还轻松呢。雨停了，经典之句又来了：

> 料峭春风吹酒醒，微冷，山头斜照却相迎。
> 回首向来萧瑟处，归去，也无风雨也无晴。
>
> 《定风波》

是啊，人这一生不只"春风得意马蹄疾"，也许更多的时候是"走麦城"，这时我们可学习苏老，转身走开，吟啸："也无风雨也无晴。"这就是苏东坡，一个玩兴十足的苏东坡，一个充满童趣的苏东坡，一个有些痴狂的苏东坡。一句"竹杖芒鞋轻胜马"极显其潇洒自若的名士风度。在黄州，诗人还常常曳竹杖潇洒地来往于东坡道上："莫嫌荦确坡头路，自爱铿然曳杖声。"（《东坡》）一个朝廷官员，一个文化学者，往来于山间，劳作不歇，其乐陶陶。苏东坡说："明月清风我。"（《点绛唇·闲倚胡床》）苏东坡又说："虽一毫而莫取。"（《前赤壁赋》）这些都表现了苏轼在困境中的坚守,他的豁达,他的无畏,他的豪迈,他的乐观主义精神。

苏轼的诗无论是写景还是咏物,都不是滞于物象,常常于神思驰骋中翻新出奇,即使是年复一年、司空见惯的自然现象,在苏轼笔下展开的也是一幅生机盎然的动人画面:

> 竹外桃花三两枝,春江水暖鸭先知。
> 蒌蒿满地芦芽短,正是河豚欲上时。
>
> 《惠崇春江晓景二首》其一

这并不是一幅万紫千红、春色满园的山水大画,而只是一幅俯拾即是、尽人皆知的田野小景。整个画面,桃花、蒌蒿、芦芽和水上鸭,都以竹林为背景,让人读来情趣融融,浮想联翩。

你再看,苏轼笔下的发生于某个月夜的故事:

> 元丰六年十月十二日,夜。解衣欲睡,月夜入户,欣然起行。念无与为乐者,遂至承天寺,寻张怀民。怀民亦未寝,相与步于中庭。庭下如积水空明,水中藻荇交横,盖竹柏影也。何夜无月,何处无竹柏,但少闲人如吾两人者耳。
>
> 《记承天寺夜游》

张怀民无疑为东坡之友,这里,东坡以"竹柏"自喻,不经意之中,却淡淡地述说了一种情调,一种节操,一种特别的感情。

苏轼自青年入仕以来,仕途一直不得意。有人用"8341"一组数字来总结他的一生:"8"是他先后任过八州(密州、徐州、湖州、登州、杭州、颍州、扬州、定州)太守;"3"是他先后担任三部(吏部、兵部、礼部)尚书;"4"是他先后四次被贬到黄州、汝州、惠州、儋州;"1"是"一任皇帝秘书"。他任"翰林学士知制诰"两年多,起草诏书800多道。然而,他深陷大宋王朝党争与变法的泥潭,一生遭贬的时间长达12年。因此,在他走向生命旅程终点的时候,他曾说"问汝平生功业,黄州惠州儋州"(《自题金山画像》)。对于兴邦治国的"功业"来说,这是一句自嘲的反语,但又是他值得自豪的总结。苏轼曾这样独白道:"冷翠多崖竹,孤生有石楠。"(《入峡》)诗人的孤傲,非常人可及。王安石变法,他受到排斥(他并不全面反对变法);后来,同党首领司马光还朝主政,全面清算王安石变法,苏轼因表示不能全盘否定变法,又受到贬斥。了解他气质的人,都知道他的宦海生涯不会太久。他被一贬再贬。这时,他对"奸小之境"的官场也不胜其烦。的确,政治这台戏,对此有爱好的人,会感到甚是好玩;而对那些不爱此道,认为要丧失人格尊严才能取得某种威权与虚荣的人,却感到并不值得。苏轼的心始终没放在政治的游戏上。正如宋人王十朋所说:"东坡先生之英才绝识,卓冠一世,平生斟酌经传,贯穿子史,小至小说、杂记、佛经、道书、古诗、方言,莫不毕究。故虽天地之造化,古今之兴替,风俗之消长,与夫山川、草木、禽兽、鳞介、昆虫之属,亦洞其机而观其妙,积为胸中之文。"(《百家注东坡先生诗序》)很显然,苏东坡的咏竹诗便是他以主观抒情方式抒发积于胸中的感情和现实感受的一种方式。

苏轼不仅是一位"卓冠一世"的诗词文赋大家,而且也是一位书法绘画高手。他善画墨竹,与当年尤长于画竹的大画家文与可齐名且交谊深厚。元丰二年(1079)正月,文与可病逝。七月苏轼在湖州曝晒书画,看到与可赠给他的遗作,"废卷而哭失声",遂写了《文与可画筼筜谷偃竹记》。这是一篇记述他俩友情及与可画竹的经验和理论的文艺随笔,其中"画竹必先得成竹于胸中"一语此后成为人们熟悉的"胸有成竹"的著名语典。苏轼一生赏竹、画竹,深得其高风亮节的清韵,他有诗曰:"洞外复空中,千千万万同。劳师向竹颂,清是阿谁风。"(《和庐山上人竹轩》)并自吟道:"清风定何物,可爱不可名。所至如君子,草木有嘉声。"(《与王郎昆仲及儿子迈绕城观荷花登岘山亭晚入飞英寺分韵得月明星稀四首之二》)现代文化大师林语堂为之作传,说他66岁客死常州时依然是个穷书生,并说"他的一生像清风一样飘过"。我以为这是对苏轼一生最为美好的赞誉,也是苏轼留给世间最为曼妙的一道风景。

  苏轼是永恒的。

浩然天地间　唯我独也正

——读苏轼的岭海诗

苏轼晚年谪居岭南和海南时,已是身心疲弱的老人。然而,当他离开虚伪、污秽的官场生活,很快又适应了"蛮烟瘴雨"的岭海环境。他初来惠州第一次食荔枝时就显得特别高兴:"人间何者非梦幻,南来万里真良图。"(《四月十一日初食荔枝》)他感到来南国真的不错啊。经过几度迁居,他很快又在白鹤峰处筑有足够一家三代20多人安住的新居。整饬雅洁的新居内还辟有书房,并取名于孔子对《诗经》的评价,曰"思无邪斋"。他家门朝北,有小河流过,放眼望去,一抹绿野;近处的白水山和隐隐可见的罗浮山也尽收眼底。远远近近,处处是浓绿的草木和亚热带水果,真的是"岭南万户皆春色"。闲来他以食荔枝为乐,并作诗吟道:

罗浮山下四时春,卢橘杨梅次第新。

醉听清吟

> 日啖荔枝三百颗，不辞长作岭南人。
>
> 《食荔枝》

这次谪徙岭南，是苏轼在政治上受到的又一次沉重打击。官场上的彻底失意，生活上成为一个不折不扣的农夫，但他与当地的居民相处得十分亲密，他自己甚至说"鸡犬识东坡"。上边那首舒展开来的小诗，重现了诗人"不屈己，不干人"的愉悦心情。他要把羁留在这里的时光酿造成生命的蜜月。

苏轼一生忧患，一生写诗作词。当年，他从湖州太守任上因写有"根到九泉无曲处，世间唯有蛰龙知"的两句咏老柏的诗被认为是对皇帝的大不敬而获罪，下过大狱，差点儿丢掉性命，后被贬黄州。这就是发生在北宋神宗年间有名的"乌台诗案"。他住在长江边上一个穷苦小镇边，筑有"雪堂"。他甘愿做个农民，躬耕东坡，自得桑田之乐。此时，他常呼朋唤友，引舟夜游，以诗酒邀月，写下了诸如《念奴娇·赤壁怀古》、前后《赤壁赋》以及《承天寺夜游》等多篇精妙、幽玄的神品。如今，他又被贬住在岭南这荒蛮的瘴疠之地，于"思无邪斋"写下《食荔枝》诗篇。从"雪堂"到"思无邪斋"，都是诗人以平常慧心参悟宇宙人生的最好居所，也表明诗人不再"心为形所役"，明了生命的真趣，不为物役而保有内心的清明。且看他在宋元祐年间为颂扬韩愈功绩而作的《潮州昌黎伯韩文公庙碑》中借孟子的"吾善养吾浩然之气"以自砺而写的:"不依形而立,不恃力而行,不待生而存,不随死而忘者矣。故在天为星辰,在地为河岳;幽则为鬼神,而明则复为人。此理之常,无足怪者。"当年韩愈因《论佛骨表》中有"事佛求福,乃更得祸"二句触犯了唐宪宗的忌讳曾被贬谪岭南潮州,而今苏轼又踏上这被贬谪之路,一样的羁旅,一样的命运,他傲然挺立在大庾岭上,朗声高吟:

> 一念失垢污,身心洞清净。
> 浩然天地间,惟我独也正。

《过大庾岭》

南迁途中,已是59岁的苏轼觉得自己曾在那个污秽不堪的红尘世界中度过了几十年,而今终于消除了忠而见谤的怨愤之心,也泯灭了垂老远谪的悲愁之感,他决心斩断前缘,追求精神上的新生。虽然饱经忧患,其个人的心境却是澄澈安详的。他以了生死、忘宠辱的旷达态度对待不幸的命运,高高超越于蝇营狗苟的政治勾当之上。今读此碑文,和他那《过大庾岭》的诗篇,感到诗人是那么老而弥坚,字里行间流淌的还是那种浩气四塞的声音。

　　正当苏轼辛苦经营建造的白鹤峰新居落成，将要安心过着道健朴茂的生活的时候，不幸的消息又传来了。绍圣四年（1097）朝廷加重对元祐党人的处理，四月诰下，责授苏轼琼州别驾昌化军安置，不得签署公事。昌化古称儋耳，即今海南省儋州。此地的生活条件比在惠州艰苦得多，政治处境也险恶得多，古代迁客逐臣谪此少有生还者。但他总能以儒家的道义感激励自己，对邪恶势力始终保持着一种无畏的斗争精神。他晚年特别仰慕陶渊明"性刚才拙，与物多忤"，不肯为五斗米折腰而解甲归田的性情和为人。他视陶渊明为精神挚友，在《和陶咏三良》中提出"事君不以私"的看法："杀身固有道，大节要不亏。君为社稷死，我则同其归。顾命有治乱，臣子得从违。"他大胆地否定了对皇帝的愚忠，这是苏轼政治认识上的一大进步。

　　苏轼晚年还是个超级学术男。他在海南完成了对《论语》《尚书》《易经》三书的注解，同时写了120多首和陶诗，或咏史，或描写海南生活，更多的是抒写自己"有志不获骋"的抑郁心态。如《和陶岁暮作和张常侍》中把自己比作被藤蔓缠绕的长松："有如千丈松，常苦弱蔓缠。养我岁寒枝，会有解脱年。"诗人已经是欲罢不能，欲进不成，但依然高扬"千丈松"的战斗品格，真可谓长歌当哭、精神飞扬了。

苏轼在南迁中有强烈的北归信念，元符三年（1100）五月得赦，六月北归，终得生还，他情绪激动，连续写了一些优秀诗篇。《澄迈驿通潮阁二首》是有名的诗篇：

余生欲老海南村，帝遣巫阳招我魂。
杳杳天低鹘没处，青山一发是中原。

结尾两句，表现了苏轼晚年诗艺的精纯成熟，达到了诗歌绝诣，所以清人纪昀认为它是"神来之句"（《纪评苏诗》卷四十三），难以企及。《六月二十日夜渡海》，也是苏轼北归时的一首名作，诗云：

参横斗转欲三更，苦雨终风也解晴。
云散月明谁点缀？天容海色本澄清。
空余鲁叟乘桴意，粗识轩辕奏乐声。
九死南荒吾不恨，兹游奇绝冠平生。

诗意含蓄，充满诗人斗争胜利的喜悦与自豪的情感。诗中妙于将眼前现实情景赋予象征意义：苦雨终风停止、云散月明，象征诗人苦难的谪居生活结束；天容海色原本澄清，象征诗人一贯独具的高洁超旷的情怀。自海外归来，犹余下夫子乘桴海之意，领会了黄帝"达于情而遂于命"的天乐，真正达到超然于物的高境。作者虽然也流露时光虚掷、人生易逝的晚年感慨，但回想起南荒七年，死里逃生，终觉欣慰；而且带着嘲讽的意味说：兹游奇绝，实为平生之冠。无怪乎前人因此怀疑苏轼"无省愆之意"（《苏海识余》卷一引）。此诗我以为可看作苏轼对他第二次贬谪生活的总结。

北归不久，历尽沧桑、忧患一生的一代文豪苏轼，终于在常州的家园病倒了。弥留之际，诗人作《答径山琳长老》："大患缘有身，无身则无疾。平生笑罗什，神咒真浪出。"作完便与世长辞了。苏轼的门人李廌在诔文中云：

皇天后土，知平生忠义之心；
名山大川，还千古英灵之气。

这一联语当时传遍天下，"士大夫称其词赅而美"，代表了古人对苏轼的最高评价。

诗文读赏

李白的酒歌

"何事文星与酒星，一时钟在李先生。高吟大醉三千首，留著人间伴月明。"这是晚唐诗人郑谷的绝句《读李白集》。诗与酒，在李白身上一直交融在一起，并伴之终生而行。

唐人崇尚任侠精神。李白"十五好剑术"，24岁"仗剑去国，辞亲远游"，可以说他一生过着宏放任侠、潇洒不羁的生活。司马迁写《史记》，为侠列传，歌颂侠的节义精神，那么，在李白眼里除了节义，还有一个特别的要素，那就是酒。酒在李白诗中，张扬着侠的豪情：

> 闲过信陵饮，脱剑膝前横。
> 将炙啖朱亥，持觞劝侯嬴。
> 三杯吐然诺，五岳倒为轻。
> 眼花耳热后，意气素霓生。

《侠客行》

诗人俨然像个侠士，将剑横在膝前，一边喝酒，一边就上烤肉，还举杯相邀侠肝义胆的古代英雄，这时，他的整个感觉已经飘飘然了。

李白的性格很明亮，像唐三彩上的釉。他喜欢夸张吹牛，特别是在饮酒微醺状态时，会说出别人可能说不出来的一些惊人之语：

  五花马，千金裘，
  呼儿将出换美酒，与尔同销万古愁。

《将进酒》

  抽刀断水水更流，举杯消愁愁更愁。

《宣州谢朓楼饯别校书叔云》

其实，李白醉酒是一种宣泄方式，当他把愁吐出来的时候，自己便释放了，但却给人带来一种高亢乐观的情绪。如果诗人是用愁开始喝酒的话，三杯进肚后，愁也就烟消云散了：

  兰陵美酒郁金香，玉碗盛来琥珀光。
  但使主人能醉客，不知何处是他乡。

《客中行》

本来是与主人惜别,但不悲悯,情绪却很高涨,很欢快,只要你给我酒喝,不管在哪里都是我的故乡,一点乡愁的影子都找不到。

还有一首对饮诗这样吟道:

> 两人对酌山花开,一杯一杯复一杯,
> 我醉欲眠卿且去,明朝有意抱琴来。
>
> 《山中与幽人对酌》

诗人很放松,两人对着山花美景喝酒,一杯一杯又一杯,喝到最后,什么愁也没有了,只想睡觉。

朋友们相逢,要喝酒,离别更要喝酒,要用喝酒来接风、洗尘,表示祝贺。李白有一首诗《叙旧赠江阳宰陆调》,写其欲与老友相会,首先想到要带些酒去:"多沽新丰醑,满载剡溪船。中途不遇人,直到尔门前。大笑同一醉,取乐平生年。"把新丰的美酒装满前往剡溪的小船,中途绝不停留,直接来到你的门前,我们两个大笑一醉那该是何等的快乐!所以李白在与友人饮酒的时候,都非常尽兴,没酒的时候,则会感到苦恼。

李白一生说起来多有磨难,然而在他的酒歌中,却始终充满了人生之乐:"大笑同一醉,取乐平生年"(《叙旧赠江阳宰陆调》),"三杯通大道,一斗合自然"(《月下独酌》其二)。即使在孤独无奈、失意痛苦时,他也能在月下独酌时邀月共舞:

> 花间一壶酒,独酌无相亲。
> 举杯邀明月,对影成三人。
> 月既不解饮,影徒随我身。
> 暂伴月将影,行乐须及春。
> 我歌月徘徊,我舞影零乱。
> 醒时同交欢,醉后各分散。
> 永结无情游,相期邈云汉。
>
> 《月下独酌(其一)》

李白此诗作于天宝三载,当时正是诗人被"赐金还山"之后,政治上受到一次沉重的打击,心情抑郁,明显地流露出世无知己的落寞之感,但字里行间却透出一股睥睨自若的豪气和放歌风月、挥洒风流的情感冲动。

读李白的诗使人感到:当他醉了的时候,是他最清醒的时候;当他没醉的时候,是他最糊涂的时候。李白的一生中,大概鲜有有酒不醉的事,而有酒不饮则更为罕见了。然而就在李白被"赐金还山"即将离开长安的时候,友人不惜设下"万钱"的盛宴为之饯行，可是，这位素以豪放著称的歌者，竟然抑制不住内心的痛苦和感情的冲动，推开了酒杯，撂下了筷子，拔剑四顾，心情茫然，愤慨地唱出了一曲《行路难》：

> 金樽清酒斗十千，玉盘珍馐直万钱。
> 停杯投箸不能食，拔剑四顾心茫然。
> 欲渡黄河冰塞川，将登太行雪满山。
> 闲来垂钓碧溪上，忽复乘舟梦日边。
> 行路难！行路难！多歧路，今安在？
> 长风破浪会有时，直挂云帆济沧海。

读此诗，你一开始会以为李白政治上失意，很沮丧，甚至怒气冲天，要拔剑杀人。杀谁呀？不知道。最后话锋一转："长风破浪会有时，直挂云帆济沧海。"你一下子又被他的乐观情绪感染了。李白就是这样一个亦梦亦幻、激情四射的歌者。

李白是有名的酒仙。他的诗，几乎篇篇有酒，最著名的就是那首《将进酒》了。诗一上来就说："君不见黄河之水天上来，奔流到海不复回。君不见高堂明镜悲白发，朝如青丝暮成雪。人生得意须尽欢，莫使金樽空对月。"说了金樽，接着说痛饮："烹羊宰牛且为乐，会须一饮三百杯。""呼儿将出换美酒，与尔同销万古愁。"这是一首劝酒歌，人生得意的时候要喝酒；人生苦短，感到悲哀的时候，也要喝酒。在李白看来，既然喝酒也死，不喝也死，那么为什么不喝！所以"古来圣贤皆寂寞，唯有饮者留其名"。由于做不成圣贤，无门报国，无处立足，所以借酒泄愤，用酒麻醉，"但愿长醉不愿醒"。

相比之下，杜甫不及李白狂放，但有时借助酒力也能狂他一狂，说出一些平常说不出的话来。如其《醉时歌》就说："得钱即相觅，沽酒不复疑。忘形到尔汝，痛饮真吾师。……儒术于我何有哉？孔丘盗跖俱尘埃！"怀疑学了几十年的传统儒术，而且将孔丘、盗跖打并一处，皆视为尘埃之物，对杜甫这位"奉儒守官"，看似老实巴交的文化人来说，讲出这种话，真的是要借助酒力才行。

李白和杜甫都是嗜酒的诗人。据郭沫若《李白与杜甫》统计，李白诗文中的饮酒诗170首，占其诗文的16%；杜甫的饮酒诗300首，占其诗文的21%。后来，葛景春在他的《李白与唐代文化》中做了更为精确的统计，说李白诗中出现的"酒"字有115处，"醉"字110处，"酣"字18处，"酌"字22处，还有些有关的字词，加起来总共322处。杜甫诗中提到的与酒相关的字词总计385处。杜甫的酒量绝不亚于李白。但在民间，自称"酒中仙"的李白名气却比杜甫大。如今我们只见到一些城乡酒店的酒帘上写有"太白酒家"或"太白遗风"等字样，却没有任何酒店打出过"少陵酒家"或"少陵遗风"的招牌。这是中国人对李白的自发性纪念，说明李白已成了中国酒文化的一个标志性人物。历史就是命运。我们不必怀疑杜甫是中国最伟大的诗人，但是，我们更不容怀疑"李白是浪漫主义全盛期的代表——上帝真是大导演，会选主角"（木心《文学回忆录》上册，广西师范大学出版社，2012年版，第263页），让他成为超级诗国中最杰出的代表。

李白二进长安被放还离京之后，已声名大著。此后直到安史之乱爆发的十多年里，他又开始了南北漫游，所到之处，经常"骏马美妾，所适二千石郊迎"，"满堂不乐，白宰酒则乐"（魏颢《李翰林集序》），可以想见他放浪豪宕的生活情景是多么得意。

但是，政治上的失意，生活理想的受挫，使他内心充满痛苦。出京后不久，他曾受道箓，企图在求仙学道的生涯中消磨壮志，寻求寄托。然而李白毕竟是李白。就是在这种情况下，他还是那样傲岸："下笑世上士，沉魂北罗酆。昔日万乘坟，今成一科蓬。"（《访道安陵遇盖还为余造真箓，临别留赠》)他以幻想的永恒,傲视炙手可热的权贵以至帝王。

说实在的,李白生活在那个盛唐时代,社会风气还比较开放,写诗是十分自由的,连皇帝也不会干涉。这对天人贯道、爱发牢骚的李白来说无疑是一种幸运,使他的把酒吟唱可达"登山则情满于山,观海则情溢于海"。越是生命力受到阻遏和压迫,就越能激发出他那强大而持久的生命征服精神。诸如"君不见黄河之水天上来,奔流到海不复回"(《将进酒》),"俱怀逸兴壮思飞,欲上青天揽明月""人生在世不称意,明朝散发弄扁舟"(《宣州谢朓楼饯别校书叔云》),"安能摧眉折腰事权贵,使我不得开心颜"(《梦游天姥吟留别》)等,这等一往豪情、恢宏壮美、直抵心灵的酒歌,世间只有李白才能一气呵成。

诗和酒,在李白身上表现的是风流倜傥、自由奔放的情致。酒的精神成全了李白醉后的许多好诗,也创造了"醉态盛唐"的诗的高峰。李白《月下独酌》(其二),几乎是酒的颂歌:"天若不爱酒,酒星不在天。地若不爱酒,地应无酒泉。天地既爱酒,爱酒不愧天。"在说了这样一些酒的好处之后,他又道:"三杯通大道,一斗合自然。但得酒中趣,勿为醒者传。"把天和地都拉来作为他颂酒理论的依据。李白对酒真的是有特殊的感情,他的《赠内》诗这么写道:"三百六十日,日日醉如泥。"《襄阳歌》更进一步:"百年三万六千日,一日须倾三百杯。"李白喝了酒之后,特别有侠气,于是,他在《侠客行》里讲:"三杯吐诺然,五岳倒为轻。"杜甫的《饮中八仙歌》既是为"醉态盛唐"拍摄的特写镜头,也是为李白拍摄的特写镜头。诗酒浑然为一种精神,李白或以醉态狂幻抒写之,或以巅峰体验挥洒之。你看李白在谢朓楼上的举杯把盏:

弃我去者,昨日之日不可留;
乱我心者,今日之日多烦忧。

昨日已去,时不我待;今日烦忧,无以名状,但是李白寻觅到了空间的"酣":"长风万里送秋雁,对此可以酣高楼"(《宣州谢朓楼饯别校书叔云》);同时也在醉心腾跳中,看到了生命的内在秘密:

屈平辞赋悬日月,楚王台榭空山丘。
兴酣落笔摇五岳,诗成笑傲凌沧洲。
功名富贵若长在,汉水亦应西北流。

《江上吟》

在李白看来,诗的生命是不朽的,可以与日月同辉,其巨大的力量可以摇动五岳，跨越江海；相比之下，楚王台榭那样的荣华富贵又算得了什么？联系到诗人在京任似官非官的翰林待诏时发生的御手调羹、贵妃捧砚、力士脱靴的故事，如果属实的话，那么李白那"府县尽为门下客，王侯皆是平交人"(《少年行》)的自诩绝不是一句空话，这是由李白卓尔不群的人格所决定的。1400年已经过去，我却分明听见，李白正举着盛满豪气与浪漫的酒杯，向着长长的从前与遥远的未来发问：还有哪一个文人学士能够像我这样敢于"一醉累月轻王侯"？尤其是当我们这个连酒里都已掺上堕落与庸俗的时代，我们该如何回答李白的发问？

李白晚年常漫游于江南一带，多次来往于金陵、当涂、宣城等地，62岁时客死当涂。因为诗和酒是李白身上不可或缺的两样精神道具，他最后一次来当涂登龙山是宝应元年秋，写下《九日龙山饮》：

　　九日龙山饮，黄花笑逐臣。
　　醉看风落帽，舞爱月留人。

第二天，李白再登龙山，又作了《九月十日即事》：

　　昨日登高罢，今朝更举觞。

> 菊花何太苦，遭此两重阳。

九日、十日李白两次登上龙山饮酒赋诗，以"逐臣"自喻，并言菊花两次遭到采摘，所以说菊花"太苦"。李白由菊花的两遭采摘，不禁想到自己遭谗离京、流放夜郎的两次不幸。语虽平淡，含义却颇为深远，好像是给自己唱的一首安魂曲。就在这年冬天，诗人因患"腐胁疾"不治，十月赋《临终歌》后而卒：

> 大鹏飞兮振八裔，中天摧兮力不济。
> 余风激兮万世，游扶桑兮挂石袂。
> 后人得之传此，仲尼亡兮谁为出涕。

《临终歌》实际上是李白一生的总结，无异于一篇自撰的墓志铭。这位诗国的大鹏，毕生未能施展自己非凡的宏愿，绝笔诗蕴含着深沉的悲愤，无限的孤寂凄凉。然而他相信后世是会有知音的，他对酒当歌的诗仙形象是不朽的。正如杜甫在《梦李白》中所云："千秋万岁名，寂寞身后事。"一代诗人的生命虽已终结，但他那心志高远的浪漫主义豪气的诗名是悬诸日月的。

李白的望月诗

在中国古代诗人中,李白应是对月亮最为倾心的痴人了。据统计,在李白诗歌中,提到月亮的诗句不下 300 处。其中最为著名的当是《静夜思》:

> 床前明月光,疑是地上霜。
> 举头望明月,低头思故乡。

自古以来,几乎所有牙牙学语,或接受启蒙教育的中国儿童,首先都要学会背诵此诗。

"静夜思"当然也可以说是"静夜曲"。故《静夜思》的"思",兼有动词和名词两种作用。诗从"疑"到"举头"到"低头",鲜明地勾勒出一幅生动的望月思乡图。光明而清冷的秋月,最容易触动游子的旅思情怀,更使诗人感到客况萧条,年华易逝。于是,诗人凝望月亮,月亮牵引着诗人的脚步,一步步走向来时的路。

这首小诗，是李白拟从古代民谣之体写就。它的最大特色是畅晓明白，理简情重。不用多作讲释，一读上口，终生不忘。它同孟浩然的《春晓》一样，传遍天下，传诵千古，这样的作品在唐诗中并不多见。就是凭着这首单纯至极的诗，单纯至极的美，李白被冠以"月亮诗人"的称号，这是一点也没有办法否认的。

李白24岁仗剑去国，辞亲远游，始则漫游成都、峨眉一带，然后买舟东下，行至渝州。其间，除了山水的熏陶、文化的熏染，蜀中盛行的佛、道二教也给他禅道的冥思。在戴天山和峨眉山，李白追寻著名僧人、道人的足迹，相传李白弹得一手好琴，就是居住在峨眉山上的一位名僧传授的。在这种游学中，李白一刻也没有停下自己的笔，著名的《峨眉山月歌》也就是在这个时候写的：

峨眉山月半轮秋，影入平羌江水流。
夜发清溪向三峡，思君不见下渝州。

此诗四句中，用五地名，却如珠走玉盘，马注峻坂，水流云行，一片清奇。清人王琦在《李太白文集》中注引王凤洲评此诗曰："此是太白佳境，然28字中有峨眉山、平羌江、清溪、三峡、渝州，使后人为之不胜痕迹矣，益见此老炉锤之妙。"又引王麟洲曰:"如太白《峨眉山月歌》,四句入地名者五,然古今目为绝唱,殊不厌重。"这些分析,都有助于鉴赏此诗之妙。但其中如说"炉锤之妙",全在文字之外,其所抒发者,乃是李白对峨眉山月的一片深情。诗人之所以对峨眉山月一往情深,正因这是家乡的一片月色。那半轮升起于峨眉山巅的月亮,将皎洁的清晖洒向大地山川,似乎是一位多情的友人,在送别年轻的诗人离开家乡,开始闯荡世界的旅程。它将月影映照到清澈的江面上,随着李白一路漂流而下,也安慰着诗人那颗隐隐不安的内心。此诗感动千古读者,正是这一片浓郁的思乡之情,山月特寄托之物而已。同其《静夜思》一样,都是望月思乡的绝唱。

在李白的抒情话语中,月亮的意象往往是与故乡紧密相关的。他在《渡荆门送别》一诗中,先说自己的远游之足迹,"渡远荆门外,来从楚国游",而后是目之所及,"山随平野尽,江入大荒流。月下飞天镜,云生结海楼"。一片开阔雄伟的景象,"山""江""月""云"构成气势飞动的大境界,其中蕴含欲要敞开的壮怀心事。结句"仍怜故乡水,万里送行舟"乃是写思乡之情绪,以一水流动牵着故乡与异地,细腻中有深情,此际,李白浮舟荆门而望蜀江,故乡尚在视线之内,"流目浦烟夕,扬帆海月生"。海上升起的明月牵系诗人无限情思。因壮志而出游,思乡描写中又难掩开阔之心胸，可谓含不尽之意见于言外。

　　蜀中四五年的游历生活对李白来说如同读书进学，只不过传道授业的老师是形形色色的人和事，是大自然中的山山水水、云云月月。峨眉山月带给他情思，而那些蜀僧道人又让李白的诗歌抹上了一缕哲思的色彩。这几年的游学生活对李白来说是至关重要的，也正因为如此，李白一生的作品始终不曾沾染上哪怕一丝一毫的权势之气。不管其后的命运把他送到多么辉煌耀目、高处不胜寒的地方，他永远也是巴蜀山水之子，情之所至，兴之所寄，一字一句皆出自自己的心念。他一生所求的正是让这原原本本的自己得到众人的认可，而不是按照别人的期望改变自己的模样。

　　李白望月抒情还常以比兴言志的方法，比拟讽兴，褒贬美刺，反映盛唐时代的兴衰治乱和诗人处世的是非好恶。他或借大鹏展翅抒发他的壮志凌云，或借行路艰难形容仕途坎坷，或借神仙幻境象征待诏翰林，或借生离死别寄托辞都之苦，或借日昏月食预言国运之衰，或借任侠饮酒一豁心中块垒，或借学道求仙暂释心底愤懑，而大量的历史题材更是他借古讽今的手段。下边的《古朗月行》就是他比兴言志的佳作：

　　　　小时不识月，呼作白玉盘。

又疑瑶台镜,飞在青云端。
仙人垂两足,桂树何团团。
白兔捣药成,问言与谁餐。
蟾蜍蚀圆影,大明夜已残。
羿昔落九乌,天人清且安。
阴精此沦惑,去去不足观。
忧来其如何,凄怆摧心肝。

这首诗通篇以月亮比喻朝政,寄寓诗人对开元盛世的怀念与对天宝季叶昏暗时局的殷忧。开元盛世如同儿时心目中的明月,像玉盘,似明镜,给人带来许多美好的幻想和希望。可到天宝后期,奸佞当道,朝政日渐沦替,如同蟾蜍蚀月,光华丧失殆尽。希望出现羿射九日,恢复"天人清且安"的局面,然而君主已经沉沦,大局无可挽回,诗人怀念国运,感到无比痛心。全诗以月亮为比兴,寄托忧国情怀,言近旨远,更加发人深思。

李白的诗歌,以自己率真的感情、充沛的气势、神奇的构思和清新自然的语言,构成了个性鲜明的艺术风格和动人心魄的艺术魅力,把我国古代的诗歌艺术推到了直上云天的高峰。特别是他抒写友情、思乡之情和家国之情的诗篇,以其情真词切赢得了人们广泛的共鸣。

> 杨花落尽子规啼，闻道龙标过五溪。
> 我寄愁心与明月，随风直到夜郎西。
>
> 　　　　《闻王昌龄左迁龙标遥有此寄》

诗友王昌龄被贬为龙标尉，李白听到他的不幸遭遇后深为忧虑，担心他贬谪千里路途险阻，到荒远之地，处境艰难。于是诗人要将满怀愁心寄予天上明月，让月亮飘到远方，与友人相随相伴，获得些许抚慰。诗人望月抒怀，对朋友痴心可鉴。

李白一直把月亮当作他的朋友，一见到月亮，就歌之颂之，愁之悲之，缠绵不绝。他还曾在安徽马鞍山采石矶（亦称牛渚矶）写过一首《夜泊牛渚怀古》的名诗：

> 牛渚西江夜，青天无片云。
> 登舟望秋月，空忆谢将军。
> 余亦能高咏，斯人不可闻。
> 明朝挂帆席，枫叶落纷纷。

古今长存的明月又成了诗人由今溯古的桥梁。"望""忆"之间虽有很大的跳跃，读来却非常自然合理，又十分牵魂摄魄。诗人对几百年前发生在此地的"谢尚闻袁宏咏史"情事的追忆中，发现了一种令人向往追慕的美好关系——贵贱的悬隔丝毫没有妨碍心灵的沟通；对文学的爱好和对才能的尊重，可以打破身份地位的障壁。而这，正是诗人在当时现实中求之而不可得的。李白写月亮的诗作多，唯有这一篇被清代主神韵的王士禛点评为"不着一字，尽得风流"（《带经堂诗话》卷三）。这该是李白望月所得的悠悠神远的感受所致。

每个人望月，都有一个心灵的选择。好像孟子在生和义的选择中，毅然选择义。俞伯牙在钟子期死后选择了永不弹琴来纪念友人，于是我们说他选择了象征友谊的月亮。陶渊明在滚滚红尘中不为五斗米折腰，毅然选择了隐身独善，采菊东篱，于是我们说他选择了象征超凡脱尘境界的明月。他们，都在心灵的天平上，选择了美好，选择了光辉。李白的望月诗，真的有不灭的美好和光辉，在它面前，任何选择它的人总会感动的，总会发出无条件的赞美，无论他信仰什么，无论他是哪里人。

李白一生写下很多流传后世的关于月色清晖的诗篇，《静夜思》《古朗月行》《关山月》《峨眉山月歌》《把酒问月》《月下独酌》等就是其中的代表作。李白笔下写月的名句更是俯拾即是，如"月下飞天镜，云生结海楼"（《渡荆门送别》），"明月出天山，苍茫云海间"（《关山月》），"举手可近月，前行若无山"(《登太白峰》)，"梦绕边城月，心飞故国楼"(《太原早秋》)，"却下水晶帘，玲珑望秋月"(《玉阶怨》)，"长安一片月，万户捣衣声"(《子夜吴歌》)，"暮从碧山下，山月随人归"(《下终南山过斛斯山人宿置酒》)，"人生得意须尽欢，莫使金樽空对月"(《将进酒》)等。甚至关于李白之死，民间都流传着一个美丽的"醉酒捉月"的故事。传说，李白晚年流落在马鞍山采石矶，有一天晚上，他喝得酩酊大醉，乘着酒意泛舟长江。此时，一轮皓月当空，满江水色如银，酒醉的诗人为眼前美景所陶醉，伸手去碰触水中的月影，却飘然落入水中，与明月、清晖融为一体。大概是人们知道李白太喜欢月亮了吧，所以才为诗仙安排了这样一个美妙而又浪漫的结局。

杜甫的酒趣

大唐多酒徒。杜甫的一首《饮中八仙歌》活画了唐代文场一个个酒汉放浪形骸于天地间的生动形象。这是一首极具情趣的"肖像诗"。八个酒仙嗜酒、豪放、豁达,各具特色,又异中有同。全诗一韵到底,幽默风趣,情调十分欢快。特别是写到李白:"李白斗酒诗百篇,长安市上酒家眠。天子呼来不上船,自称臣是酒中仙。"强烈地表现了李白放荡不羁、藐视权贵的性格。这正是千百年来人民所喜爱的极富浪漫色彩的李白形象。"饮中八仙"说的都是别人,但杜甫本身也是一个嗜酒之徒,虽不能成"酒仙",但也是个十足的"酒鬼"。

记得一位诗界大咖经过对杜甫与李白进行对比研究,认定杜甫"嗜酒终生",说他少年时代就是一个小"酒鬼":"往昔十四五,出游翰墨场……性豪业嗜酒,嫉恶怀刚肠……饮酣视八极,俗物都茫茫。"(《壮游》节选)请看,这就是少年杜甫:十四五岁时,他已经是位酒豪了!我们知道,"五花马,千金裘,呼儿将出换美酒,与尔同销万古愁"(《将进酒》),"古来圣贤皆寂寞,唯有饮者留其名"(《将进酒》),是李白嗜酒的名句;"莫思身外无穷事,且尽生前有限杯"(《绝句漫兴九首》其四),"酒债寻常行处有,人生七十古来稀"(《曲江二首》其二),则是杜甫嗜酒的名句。

天宝三载,杜甫与李白、高适相遇,同游梁宋。三位大诗人像三颗耀眼的明星化成一道美丽的彩虹,共同踏上漫游之路。他们开怀同饮,寻访古迹,畅谈古今,品评诗文,赏味人生,惬意万分。杜甫日后写道:"忆与高李辈,论交入酒垆。两公壮藻思,得我色敷腴。"(《遣怀》)说得特别有趣,高、李饮酒后才思焕发,老杜本人满面喜悦。后高适南下去楚地,杜甫又与李白搭伴同游齐鲁。这段漫游是杜甫一生最有乐趣的一段时光。李、杜二人互称兄弟,特别情投意合。有酒同醉,有被同眠,有景同登临,似乎比起一般的兄弟来还要亲热。

余亦东蒙客,怜君如弟兄。
醉眠秋共被,携手日同行。

这是杜甫《与李十二白同寻范十隐居》诗中的几句,正是他们在山东一带漫游的时候,他们是多么亲热啊!

醉听清吟

杜甫有《赠李白》七绝一首，大约是和《同寻范十隐居》一首同时作的。

> 秋来相顾尚飘蓬，未就丹砂愧葛洪。
> 痛饮狂歌空度日，飞扬跋扈为谁雄？

可见，杜甫与李白，同样好仙，同样好酒，同样"痛饮狂歌"，同样"飞扬跋扈"。杜甫少时自称"饮酣视八极，俗物都茫茫"，老来他还在说"自笑狂夫老更狂"（《狂夫》）。这里的"飞扬跋扈"是一种性情使然，真面毕现，绝不装成那种文质彬彬的圣人君子。

杜甫一次曾因献赋打动了唐玄宗，先封河西尉，被杜甫拒绝。后改任右卫率府胄曹参军，杜甫勉强上任，上任的原因竟然是"耽酒须微禄"（《官定后戏赠》）。也就是说官大官小无所谓，挣点酒钱要紧。"说诗能累夜，醉酒或连朝"（《奉赠卢五丈参谋（琚）》）的诗人，在饮酒上的消费却是很大的。他父亲杜闲（曾任兖州司马）去世后，家境逐渐颓败，此后杜甫诗里常常有感叹酒价太贵的话，有赊借一类的字眼，有因为潦倒不得不戒酒的牢骚，显得没有李白潇洒，因为李白的经济条件显得比杜甫要好，没有现钱的时候也还有裘皮大衣、五花骏马可以拿到当铺当了换酒。

杜甫的饮酒,有独酌,有邀约朋友同饮,也有向朋友索饮的。"重阳独酌杯中酒"(《九月五日》其一),"开樽独酌迟"(《独酌》),都明白地说到独酌,"醉里从为客,诗成觉有神"(《独酌成诗》)也是独酌的境界。杜甫的邀饮很有意思,"得钱即相觅,沽酒不复疑"(《醉时歌》),"径须相就饮一斗,恰有三百青铜钱"(《重过何氏五首(之三)》),写尽了穷朋友之间相约饮酒的欢愉。杜甫的诗友很多,苏涣、李白、高适、岑参、郑虔等都是,其中他晚年最为怀念的酒友是苏涣和郑虔。"早岁与苏郑,痛饮情相亲"(《寄薛三郎中(据)》)。杜甫诗集里也有几首诗记录了他向人家索饮的情况。其中最值得一提的是在四川的时候向唐肃宗的儿子李瑀索饮。李瑀因为喝酒误过大事,因此折节戒酒。杜甫听后,一口气作了三首诗给他,讽刺他"忍断怀中物,只看座右铭",并向他提出索饮要求(《戏题寄上汉中王三首》)。

杜甫饮酒虽然没有留下李白那样豪放飘逸的形象——李白因此成为中国饮酒界的形象代言人——但是他也留下了很有创意的喝法。有一次来了客人,可是家里没有储藏酒,去买又嫌路远,就向邻居暂借,于是就出现了这样的一幕:"隔屋唤西家,借问有酒不?墙头过浊醪,展席俯长流。"(《夏日李公见访》)最有意思的当数《客至》所描写的情景:

醉听清吟

> 舍南舍北皆春水，但见群鸥日日来。
> 花径不曾缘客扫，蓬门今始为君开。
> 盘飧市远无兼味，樽酒家贫只旧醅。
> 肯与邻翁相对饮，隔篱呼取尽余杯。

这一次的饮酒场景有点不好理解，既然客人已经进了蓬门，何须再来隔篱干杯呢？很可能是诗人在宴请熟人（前人指出：宾是贵介之宾，客是相知之客）的时候，爱酒的邻居也来凑兴。虽然酒菜简陋，但是有了隔篱对饮的别致场面，顿时显得"超脱有真趣"！

"浊醪谁造汝？一酌散千愁。"（《落日》）散了愁的诗人，就会显出种种可爱的醉态来。"前村山路险，归醉每无愁"（《题张氏隐居二首》其二），"身过花间沾湿好，醉于马上往来轻"（《崔评事弟许相迎不到，应虑老夫见泥雨怯出，必愆佳期走笔戏简》）。醉酒后，胆子变肥变大，相信醉过的人都是有体会的。但是，《九日蓝田崔氏庄》一诗所描写的诗人的风雅就是普通酒徒所可能拥有的：

> 老去悲秋强自宽，兴来今日尽君欢。
> 羞将短发还吹帽，笑倩旁人为正冠。

蓝水远从千涧落，玉山高并两峰寒。

明年此会知谁健？醉把茱萸仔细看。

前人读到这首诗的，留下了许多赞美之词，文雅旷达、慷慨悲凉、风流倜傥、趣味深长、悠然无穷，一大堆。读者只要读懂了这首诗，大概没有不表示赞同的。

回顾杜甫一生，除了壮年"快意八九年"和避乱入川后在成都和夔州过了六七年的安适生活外，大部分时间都是在战乱、逃难和贫病交加的困境中度过的，他只活了 59 岁。

毫不讳言，饮酒对他来说是为了增加生命的密度，当然也是为了追求乐趣。所以，自古以来，酒色游宴是寻常连称的。《古诗十九首》中就有"斗酒相娱乐，聊厚不为薄"，"不如饮美酒，被服纨与素"。如此看来，饮酒难道不就是一种人生的乐趣吗？

再回来补充一句，先后在长安活动的"饮中八仙"那种令人津津乐道的酒后言行，除了杜甫，还有谁能如此传神地将其雕塑成一组不朽的快乐群像呢？至少可以肯定，一个不会饮酒，没有深刻理解酒中之趣的人，是绝无可能做到的。

杜甫的文趣

诗圣杜甫出生于儒术为业的家庭，有浓厚的积极入世、忧国忧民的思想。他的诗作大多呈现一种沉郁顿挫的风格，并给人留下一个身体瘦弱、面容憔悴、眼神忧郁的落魄诗人的形象。但如果你认真仔细地研读他的诗作就会发现，真实的杜甫还有着非常生动的一面。他其实也是一个乐观旷达、幽默风趣的人。即便是那样的仕途蹭蹬，又遭乱世，历经颠沛流离，但是他对生活的态度始终是热情洋溢、兴趣盎然的。

杜甫极有才情，他的文化趣味十分广泛，琴棋书画样样都会。

先说琴。杜甫未必是弹琴高手，但他肯定是会弹的。夔州时期，在《过客相寻》一首诗里有这样两句："地幽忘盥节，客至罢琴书。"可见有客人来拜访他的时候，他正在弹琴看书。杜甫的好友房琯有个门客叫董庭兰，亦称董大，被当时著名诗人李颀称为"通神明"的弹琴高手。杜甫跟他也很熟悉。想必他俩曾数次切磋过琴艺，没准儿还受过董大的指点。

再说棋。这里说的应是围棋。杜甫对弈棋有着浓厚的兴趣,有诗为证:"楚江巫峡半云雨,清簟疏帘看弈棋"(《七月一日题终明府水楼二首》其二),"置酒高林下,观棋积水滨"(《赠王二十四侍御契四十韵》),这是讲的杜甫喜欢一旁观棋。古人认为,下围棋是一种清谈,即"手谈",当然诗人自己也有下棋的嗜好。"且将棋度日,应用酒为年"(《寄乐州贾司马六丈、巴州严八使君两阁老五十韵》),竟然把弈棋饮酒当作居家过日子的行当。弈棋应有朋友。早年有江宁道士旻上人,后来有达官房琯。"棋局动随寻涧竹,袈裟忆上泛湖船"(《因许八奉寄江宁旻上人》),"对棋陪谢傅,把剑觅徐君"(《别房尉墓》),讲的就是他上边所说的两位棋友。杜甫还有一位特别的棋友,就是他的夫人杨氏。"老妻画纸为棋局,稚子敲针作钓钩"(《江村》),妻儿随身为暖,下棋、钓鱼乐不可支。这是讲的老杜入川后一段生活较为安定、心情愉悦的一种状态。因为酷好弈棋,老杜又情不自禁地拿棋局来比喻世事的变化,"闻道长安似弈棋,百年世事不胜悲。王侯第宅皆新主,文武衣冠异旧时"(《悲秋八首》其四)。围棋虽属"小数也(小技艺、小智谋),不专心致志则不得也"(《学弈》)。杜甫下棋肯定是很用心的。虽然他并非棋艺高手,但他能和名家过招,棋艺应是不错的,肯定不是臭棋篓子。

杜甫也善书。他说自己9岁时已能够手擎大毛笔写擘窠大字了,"九岁书大字,有作成一囊"(《壮游》)。为此曾口出狂言:"功书翰,有能名",试与东晋王羲之比高的"凤凰池上应回首,为报笼随王右军"(《得房公池鹅》)。明人胡俨有评:"尝于内阁见子美亲书《赠为八处士》诗的墨迹,'字甚怪伟'。"(马宗霍《书林藻鉴》)可惜历史早已湮没了杜甫"怪伟"的墨迹。据猜测杜甫书法的笔画应是偏瘦的,因为他说过"书贵瘦硬方通神"(《李潮八分小篆歌》)。杜甫见过张旭的书法作品,评价其"锵锵鸣玉动,落落群松直"(《殿中杨监见示张旭草书图》),并热情洋溢地把张旭写进他的《饮中八仙歌》中,赞誉其为"草圣"。因为杜甫不像李白那样曾经留下一点书法作品,如《上阳台帖》,因此我们不好说老杜的书法造诣有多深。但我们从他对李潮小篆、张旭草书的评价来看,可以断定他对书法极为爱好,是个地道的"门内汉"。

相比之下,杜甫对书法显然不如对绘画的兴趣大。他有一帮画家朋友,画马的韦偃、曹霸,画山水的奉先的一位姓刘的县丞、蜀人王宰,画鹰的姜楚公,画鹤的一位薛姓官员,等等。杜甫曾经请韦偃在其成都草堂的东西墙壁上画了两匹马,有"戏拈秃笔扫骅骝,欻见骐驎出东壁"(《题壁上韦偃画马歌》)。另一位派头十足的画家,"十日画一水,五日画一石，能事不受相促迫"的王宰，也曾经给杜甫画过画（《戏题王宰画山水图歌》）。这里值得一提的是杜甫的《丹青引赠曹将军霸》一诗。曹霸，是盛唐画马大师，安史之乱后，潦倒漂泊，后在成都与杜甫相识。杜甫十分同情他的遭遇，热情地为他写了诗：

> 先帝御马玉花骢，画工如山貌不同。
> 是日牵来赤墀下，迥立阊阖生长风。
> 诏谓将军拂绢素，意匠惨澹经营中。
> 斯须九重真龙出，一洗万古凡马空。

杜甫以诗摹写画意，评画论画，诗画结合，富有浓厚的诗情画意，具有独特的美学意义，在中国美术史和绘画批评史上有一定的认识价值。以诗为画家立传在中国诗歌史上是一个范例，直到现代社会凡以"丹青引"为名的各类作品都源自于此。

琴棋书画之外，杜甫也喜欢欣赏音乐歌舞。《吹笛》诗曰："吹笛秋山风月清，谁家巧作断肠声？风飘律吕相和切，月傍关山几处明？"吹笛人如果知道有一位大师是自己的知音，一定会感动莫名的。"佳人绝对歌，独立发皓齿"（《听杨氏歌》），杜甫一生因为交游很多达官贵人，像这样在筵席之上听佳人唱歌的机会一定很多。他懂音乐，声乐器乐他都懂，都能引起共鸣，因而都有讲究："老畏歌声断，愁随舞曲长"（《江亭王阆州筵饯萧州》），"不须吹急管，衰老易悲伤"（《陪王使君晦日泛江就黄家亭子二首》其二）。杜甫晚年漂泊到湖南潭州，有一次见到早年在长安时已很熟悉的唐玄宗宠幸的宫廷歌手李龟年也流落于此，故友相逢，自是分外高兴，也很伤感，便写下了著名的七绝《江南逢李龟年》："岐王宅里寻常见，崔九堂前几度闻。正是江南好风景，落花时节又逢君。"音乐家和诗人一样沦落天涯，两人遭际的命运，互为镜像，流露出无尽的沧桑之感，让世人唏嘘不已。老杜写下的这首诗，不仅把在开元、天宝年间闻名的音乐家记录在了史书和音乐史上，还把李龟年这个名字留在了每一本唐诗选辑中。

杜甫对舞蹈艺术的喜爱，充分反映在《观公孙大娘弟子舞剑器行》这首诗里。大历二年（767）十月十九日，夔州别驾元持家里举行宴会，杜甫作为来宾应邀参加。宴会上临颍人李十二娘跳剑器浑脱舞（一种戎装舞蹈），杜甫十分欣赏，就问李十二娘的师傅是谁，结果得知是天宝年间著名的宫廷舞蹈家公孙大娘（"大娘"不是老大娘，而是大小姐的意思），这引起了杜甫对开元五年（717）自己在家乡偃师观看公孙大娘舞演剑器浑脱的深情回忆。

昔有佳人公孙氏，一舞剑器动四方。

观者如山色沮丧，天地为之久低昂。

㸌如羿射九日落，矫如群帝骖龙翔。

来如雷霆收震怒，罢如江海凝清光。

《观公孙大娘弟子舞剑器行》

公孙大娘妖娆地舞动着"剑器"，节奏铿锵，随波翻转，如蛟龙腾空，又如潜鱼入海，诗人的描述声色兼备，十分传神，遂成为古今描述舞蹈最有名的诗篇。要知道，开元五年时杜甫才6岁，小小年纪就表现出对舞蹈艺术的喜爱。

今天的互联网时代，早就没有多少人追捧杜甫了，也很少有人静下心来读杜诗。但我觉得杜甫追求文化趣味的那些美丽诗章越读越让人亲近。不管世事如何变迁，生活如何令人生愁，人越老阅历越多，就越想靠近杜甫。我想，要是有可能跟杜甫做朋友，一起弹琴听乐可以，纹枰之上杀几盘可以，切磋一下书法绘画艺术也可以；如果你足够风雅，还可以相约一起去听听音乐会，观看几场舞蹈表演，甚至兴致来了还可以邀约几位朋友去农村小河边钓钓鱼。如此这般，生活在趣味之中的人生是极有意义的。文化趣味是人生的根底。关键是有趣味，因为它是美，也是善。

杜甫的"物予"之怀

——读《缚鸡行》

人们提起诗圣杜甫,对其诗史诗品诗技的称道,特别是对其"三吏""三别"以及《茅屋为秋风所破歌》写对底层民众苦难时代的深情悲悯,无不赞扬备至。原来诗人不仅只有"民胞"之情,而且拥有"物予"之怀,这是杜甫不愧为"诗圣"称号的理由所在。

杜甫一生写了不少记录生态苦难的诗篇,而古风《缚鸡行》则是一首珍稀的生态诗。诗不长,且引如下:

> 小奴缚鸡向市卖,鸡被缚急相喧争。
> 家中厌鸡食虫蚁,不知鸡卖还遭烹。
> 虫鸡于人何厚薄,吾斥奴人解其缚。
> 鸡虫得失无了时,注目寒江倚山阁。

诗中所说的故事很简单。就是在唐代宗大历元年(766)杜甫离开成都草堂来夔州（奉节）一年多，因得到夔州都督柏茂琳的照顾，经营一处田庄，内有果园，还养了一百多只乌骨鸡（见郭沫若著《李白与杜甫》）。这年秋的一天，杜甫命小仆人动手捉鸡缚鸡，看到鸡群喧闹抗争，痛苦挣扎，想到这些鸡被卖后遭宰杀烹食的惨景，杜甫又感到于心不忍，命仆人赶快把鸡放了，不卖了。

杜甫此举在世俗眼光里不免有些迂腐。鸡食虫，人食鸡，天道自然，无可置喙。物竞天择，一物降一物，这是人类社会保持生态平衡的自然法则，谁也违抗不了。但在这里，我想，诗人却完全出于仁者情怀的本能和圣哲深沉的思索。缚鸡要卖又放鸡不卖，一番折腾之后，诗人得失无着，只得"注目寒江倚山阁"，陷入无尽的沉思。我们知道，诗人虽然出身于官宦之家，却常于穷困潦倒之中颠沛流离，而非过着什么"地主的生活"。所以，他家与普通的农家一样，也经常养着一大群鹅鸭，即便是住在稍微安逸的成都草堂，也是"鹅鸭宜长数，柴荆莫浪开"（《舍弟占归草堂检校，聊示此诗》），以防走失或被外人偷盗。杜甫爱鸡，他家的鸡是放养的，不仅可以在庭院间自由徜徉，还可以上树，这在杜诗中多有记载。后来他发现，他平素所爱的鸡吃起虫蚁来竟毫不留情，虫虫蚁蚁也是小生命啊！为了保护庭院里的虫虫蚁蚁，他决定把鸡卖了。没想到，鸡一旦卖到别家，又被杀了煮了吃了，这又是多么可怜啊！鸡和虫蚁都是生命啊！生生之为《易》，生生之为德，杀一生即为不仁不义，即为缺德之至。

杜甫以简洁而准确的笔触，将人与其他物种之间，以及所有物种所面临的生存苦难，径直揭示而出，让所有的生命都直面这种与生俱来无法回避的苦难，认真思索，认真对待。既然造物者已对所有的生命都做出了这种冷酷的安排，能与之做些抗争，使悲剧的分量多少有所减轻的办法，恐怕也只有一条：彼此都怀悲悯之心。就人类社会来说，倘若有了悲悯之心，就会自觉地以致本能地减少甚或杜绝相互间血腥与恐怖的争斗，逐步变得美好和谐温馨。

短短一首《缚鸡行》，实际上是诗人的一则日记，记录其日常生活中的一点感触。极爱杜甫的宋代诗人陈后山曰："谓鸡虫得失，不如两忘而寓于道。结句寄托深远。"（清·杨伦《杜诗镜铨》，上海古籍出版社，1988年版，第735页）因此，可以这么说，从诗人追求诗艺的最广阔的多样性和最深层的真实性来说，杜甫个人则代表了最大的同情和最高的伦理准则。它所提示的中国诗圣的情怀，是何等博大，何等深邃！

虽说杜甫是虔诚的醇儒，只崇圣，不崇道，更不崇佛，但他面对缚放鸡的思索，极富哲学意味。其实和庄子在雕陵栗园被喜鹊撞头的冥想,释迦牟尼在菩提树下的参悟一样,都是以悲悯众生为宗旨的神圣的宗教情怀,有这种悲悯情怀和出自这种拯救苦难的不懈努力,自可成圣,也可成道成佛。

离去与归来的乡恋

——贺知章的乡愁诗

今人知道贺知章,多因他对李白的激赏和金龟换酒的传奇故事。不过,他还给后世留下了几首绝美的乡愁诗,也常被人们称道。

他的作品今人传诵最多的,一是《回乡偶书二首》之二:

> 少小离家老大回,乡音无改鬓毛衰。
> 儿童相见不相识,笑问客从何处来。

明白如话,将近乡情怯缓缓道来。贺知章 30 多岁离开故乡,86 岁方告老还乡。还乡时皇帝亲自作诗馈赠,命臣僚饯行。尽管一别 50 余载,而乡音不改,思乡不变,但鬓发苍白,面目全非。诗人以童不识翁的细节交代离乡日久的亲情。"笑问"一语,孩子们天真而有礼貌的神态跃然纸上,幽默含蓄地表现了诗人对故乡感到既亲切又陌生的复杂心理，也有感叹年华易逝之意。我爱读唐诗，一直以为，此诗应列为唐诗表达乡愁的最佳之作。1992年香港"唐诗十佳"评选中就把这首诗列为十佳之一。

另一首则是《咏柳》：

> 碧玉妆成一树高，万条垂下绿丝绦。
> 不知细叶谁裁出，二月春风似剪刀。

诗人歌咏的二月柳临春风就是他熟悉的江南风物，也不用多加阐释，诗人以生动奇妙的比喻，别出心裁的想象，从一个侧面咏叹大好春光，表达了诗人对故乡深深的思念。虽是乐府小词，但诗人观察之细致，描摹之真切，特别是结语的尖巧、新警，却非由雕琢所得，实在让人叫绝。

贺知章的前两首诗，在蘅塘退士所编的《唐诗三百首》里是有收录的。但在唐代，贺知章的诗流行最广的是另外两首。一首是《回乡偶书二首》之一：

> 离别家乡岁月多，近来人事半消磨。
> 惟有门前镜湖水，春风不改旧时波。

前两句感喟离乡岁久，人事消磨，时光流逝，事业无成，语意蕴藉深沉。后二句写居室前的镜湖依旧春风涟漪，与辞家远宦时毫无二致，反衬时光如白驹过隙，自己也渐臻老境，寄意乡愁，感慨无限。

另一首是《偶游主人园》：

> 主人不相识，偶坐为林泉。
> 莫谩愁沽酒，囊中自有钱。

全是直白，没有任何矫饰，仅是用主人的小气来写出诗人对泉水的喜爱。诗人还坦率地向主人表白，不必愁无钱买酒，自己袋中有钱，可以拿去买酒共饮。一切都是如此随意。只是四句，所有意思都够了。唐人的乡愁都寄以诗意地栖居，我想这首诗要表达的就是这种感受。

贺知章诗虽不多，但他才分很高，所成之章，几近极品，今录入《全唐诗》的贺诗仅19首，但其写景抒怀之作风格独特，清闲洒脱。如前述的《回乡偶书》《咏柳》二首脍炙人口、千古传诵就是明证。

还有他的《晓发》一诗，仅四句：

> 故乡杳无际，江皋闻曙钟。
> 始见沙上鸟，犹埋云外峰。

诗写拂晓出发，兰舟将行之际的感受。故乡是那么遥远，远到根本非自己目力所能及。现在总算可以成行了，再远也是可以抵达的。他只写眼前之景，江边远远传过来寺院的晨钟之声。船开了，江边的沙岸上可以见到群鸟栖泊，安静如斯，瞩目远望，依然云遮雾绕，山峰隐约。第一句写思乡之情，后三句写眼前之景，似乎完全不涉及此行的目标和怀乡的情愫，但若细心体会，则每一句、每幅画，都包含着无法排遣的乡愁，给人无穷的回味。

贺知章是知名的善饮者。在唐一代，饮酒赋诗是一种风气。其中表现交谊和述乡抒怀的宴饮诗甚多。如中唐时香山九老之会就是唐诗人行联谊之宴的一段佳话。白居易吟道："七人五百八十四，拖紫纡朱垂白须。囊里无金莫嗟叹，樽中有酒且欢娱。"（《九老会》）先前李白曾以"但使主人能醉客，不知何处是他乡"（《客中作》）答谢主人的礼遇，且抒思乡的情怀。宴饮最著名的当数杜甫的《饮中八仙歌》，述开元间八位善饮者，以贺知章领衔："知章骑马似乘船，眼花落井水底眠。"他在酒党中的领袖群伦的地位，由斯可想。贺知章的家乡地处江南，多是水路，以船为车，以楫为马，此用以写他骑在马上晃晃悠悠的醉态，实在精当。贺知章是会稽永兴（今浙江萧山）人，自号四明狂客，官至秘书监，为皇室近臣，拥有功名富贵，但他不溺于功名之累,极喜饮。据《旧唐书》记载:"醉后属词,动成卷轴,咸有可观。"贺知章狂放任性,迷恋曲池,是真性情,而且绝不借口说要借酒消愁。在唐宋两代文献中,绝无他保存诗文的记录,这是真洒脱。李白世称"谪仙",纵放一生,到临终还拿出存稿交给族叔李阳冰,不免露出了俗人的情怀。贺知章似乎始终不存稿,他的诗文存世不多。我们赞赏他的真性情,也为他的好诗保存太少了而可惜。可是,有意味的是,在他的心底始终存在一方故乡的山水。离开故乡越久,故乡的山水在心中的印象就越清晰。岁月不居,时节如流。能流传至今的虽然只有几首小诗,但其含蕴的乡愁之深、人性之美却是永恒的。

李颀的三首音乐诗

唐诗人李颀,东川人。开元中进士。同杜甫相识,与王维、高适等有诗什往还,诗名颇高,是盛唐写边塞生活的七言歌行最为杰出的代表人物,因而有"东川七律,风骨凝重,声韵安和,足与少陵、右丞抗行"(于庆元《唐诗三百首续选》)之誉。说他的诗可与杜甫、王维比肩,似有不确。除边塞诗外,他的音乐诗也写得不同凡响,且多有边塞歌行的意蕴,很丰厚、很艺术,算是盛唐写音乐诗的一位高手。此可由《唐诗三百首》连选他的三首音乐诗为证。

一首名为《琴歌》:

> 主人有酒欢今夕,请奏鸣琴广陵客。
> 月照城头乌半飞,霜凄万木风入衣。
> 铜炉华烛烛增辉,初弹渌水后楚妃,
> 一声已动物皆静,四座无言星欲稀。
> 清淮奉使千余里,敢告云山从此始。

醉听清吟

诗人当时正在做淮水边上的新乡尉，恰遇上像能奏《广陵散》的嵇康一样的弹琴高手在演奏。这首诗美在描绘琴声的中间三联，说的是这一刻的动静，琴声的动和周遭的静。月无声，远远分飞的乌鸦无声，秋霜里的万物无声，吹入襟怀的风无声，烛光无声，四座无声，还有星光无声。万籁俱静，只剩下此刻的琴声了。满篇的霜月风星、鸟飞树响、铜炉华烛、清淮云山，无端点缀，无一琴字，却无非琴声，生动形象地表现了琴歌之美。最后一句"敢告云山从此始"的反问，是诗人的独白，也是诗人听了琴歌之后所得的人生启悟，产生了归隐山林的心思。《唐才子传》中说李颀"性疏间，厌薄世务"。性格疏放超脱的他，耐不得官场名缠利索的羁绊，尔虞我诈的算计，还不如这样约三五知己饮酒听琴，如闲云野鹤般生活来得逍遥自在。

再一首《听董大弹胡笳声，兼寄语弄房给事》：

> 蔡女昔造胡笳声，一弹一十有八拍。
> 胡人落泪沾边草，汉使断肠对归客。
> 古戍苍苍烽火寒，大荒沉沉飞雪白。
> 先拂商弦后角羽，四郊秋叶惊摵摵。
> 董夫子，通神明，深山窃听来妖精。
> 言迟更速皆应手，将往复旋如有情。

空山百鸟散还合，万里浮云阴且晴。

嘶酸雏雁失群夜，断绝胡儿恋母声。

川为静其波，鸟亦罢其鸣。

乌珠部落家乡远，逻娑沙尘哀怨生。

幽音变调忽飘洒，长风吹林雨堕瓦。

迸泉飒飒飞木末，野鹿呦呦走堂下。

长安城连东掖垣，凤凰池对青琐门。

高才脱略名与利，日夕望君抱琴至。

诗开首不提"董大"，而是说"蔡女"，起势突兀。说的是东汉末年蔡琰（文姬）归汉时所作的《胡笳十八拍》。三、四两句说是的文姬操琴时，胡人、汉使悲切断肠的场面，反衬琴曲感人魅力。五、六两句反扑一笔，写出文姬操琴时荒凉凄寂的环境，苍苍古戍、沉沉大荒、烽火、白雪，交织成一片黯淡悲凉的气氛，使人越发感到乐声的哀婉动人。接着诗人顺势而下，推出董大。从蔡女到董大，时空穿越数百年，一曲琴音，十分巧妙地把两者联系起来。

从"先拂商弦后角羽"到"野鹿呦呦走堂下"，是对董大弹琴作正面描述。董大轻拂琴弦，由"商弦"到"角羽"，琴声一起，"四郊秋叶"被惊得摵摵而下。一个"惊"字，出神入化，令诗人不得不赞叹"董夫子"的演奏"通神明"，连深山的妖精也悄悄地来偷听了。"言迟"两句概括董大的技艺,"言迟更速""将往复旋",指其指法的娴熟,使那抑扬顿挫的琴音似从演奏者的胸中流淌出来,令人眼花缭乱。那忽纵忽收的琴音,又像空廓山间的群鸟散而复聚。曲调低沉时,像浮云蔽天;清朗时,又像云开日出。嘶哑的琴声,仿佛是失群的雏雁,在暗夜里发出辛酸的悲鸣,嘶酸的音调,正是胡儿恋母的继续,让人更感到琴声的悲切。接着后面两句说,因琴声回荡,河水为之滞流,百鸟为之罢鸣。其实,川不会真静,鸟也不会罢鸣,只是琴声迷住了听者,"洋洋乎盈耳哉",唯有琴声而已。诗中"乌珠",指说匈奴,"逻娑"即现在的拉萨,暗指汉时乌孙公主远托异国和唐时文成公主远度尘沙那样的异乡哀怨之情,这与蔡女的《胡笳十八拍》的心情是十分合拍的。末两句说房琯为官所在的东掖垣,离帝王是很近的,可房琯留恋琴音,对名利大不经意。诗人以赞语作结,也透出早已去官的诗人并未忘却宦事,他是非常希望能得遇知音而一展才能的。

这首诗含蓄混沌,形象与声色,尽在隔与不隔之间,为李颀写音乐诗的杰作,无愧盛唐本色,李颀为后世开了音乐诗的先河。

最后一首《听安万善吹觱篥歌》:

南山截竹为觱篥，此乐本自龟兹出。

流传汉地曲转奇，凉州胡人为我吹。

傍邻闻者多叹息，远客思乡皆泪垂。

世人解听不解赏，长飙风中自来往。

枯桑老柏寒飕飗，九雏鸣凤乱啾啾。

龙吟虎啸一时发，万籁百泉相与秋。

忽然更作《渔阳掺》，黄云萧条白日暗。

变调如闻《杨柳春》，上林繁花照眼新。

岁夜高堂列明烛，美酒一杯声一曲。

觱篥，西域竹制的吹乐器，声调凄凉，由凉州胡人安万善在除夕他乡吹来。首先吹开的自然是满座的泪花。五、六二联直接写音乐的句子，28字，生灵、气节、定力、动势、声响、姿态，什么都在了，又都混沌一片，极美。全诗九联，用了七个韵，完全是情绪的行进节奏。字面的明朗与浏亮，也是盛唐的音乐和神态。李颀的音乐诗代表了盛唐音乐入诗的最高成就，证明了我们前人曾经创造、拥有和享受过何等精美绝伦的音乐。中国人的音乐就像中国的诗文、书画一样，是一种伟大的不可替代的美。盛唐正是一个风华绝代的古文明的盛世，它传播过那么美的包容四海的音乐，这才是我们今天讲文化自信的根由。

醉听清吟

  如果说，李颀是一位出色的诗人，这还不够，他应该还是一位了不得的音乐鉴赏家和聆听者。他的耳朵可以听到那么多精细的微妙的声音，这无疑是唐代精细的耳朵，当然也是李颀的听觉之妙。而我们今天的耳朵已经远远不及了，无可否认，我们今天的耳朵实在地说，已经退化了。

  有人说，音乐是中国文化中的弱项，我以为这是一种误读。君不见，远祖虞舜曾在湖南湘潭见到一处气象不凡的山水，停下他的车队奏韶乐（*就是孔子说的那种听了"三月不知肉味"的音乐*），因此那座小山后来就叫韶山。可惜这么美的文字记载却没能留住那么美的音乐，其他像《高山流水》《广陵散》，还有李颀所处的盛唐时唐明皇（李隆基）所作的《霓裳羽衣曲》等也都音韵不再。所幸的是，我们今天还是能从李颀那里读到中国古代绝美的音乐诗。

辋川山水听禅音

——读王维《辋川集》

若论盛唐诗坛的巅峰人物,当首推王维、李白和杜甫。王维与李白同龄,比杜甫大 10 岁左右。王维的诗名在先,李白、杜甫被视作诗坛柱石是在中唐韩愈的"李杜文章在,光焰万丈长"和白居易的"诗之豪者,世称李杜"的评论之后。

王维向佛(诗佛)、李白近道(诗仙)、杜甫醇儒(诗圣)。盛唐风气的开放,让他们各展诗才,各具魅力,各领风骚。比如王维,9 岁就会作诗属文,21 岁状元及第后在诗林名声日显。王维在他那个时代堪称全才,诗书画均属一流。他还善弹琵琶,深通乐律,做过大乐丞。但毕其一生,最最让他喜好的还是佛学。"中岁颇好道,晚年南山陲。"(《终南别业》)王维中年之后专事修道——这个道可以是老庄,也可以是佛教——居住在终南山边,不想过问政事。

在开元十七年(729)左右,王维便拜荐福寺和尚道光禅师为师，正式皈依佛门。随后，在开元末、天宝初，王维就开始了半官半隐的田园生活。以后他又在蓝田买了一份产业，原是初唐诗人宋之问的"蓝田别墅"。因为年久失修，早就荒芜了。经过王维精心修复营建，辋川别业焕然一新，这成了王维一生中居住时间最长、最主要的隐居场所。在这山环水绕、风景如画的田园别墅中，他和友人裴迪等"浮舟往来，弹琴赋诗，啸咏终日"（《旧唐书·王维传》）。他俩为辋川二十景各写了一首五言绝句，结集《辋川集》。这是王维以山水诗名世的重要代表作品。这里，我们且选读几首。

先读《孟城坳》：

新家孟城口，古木余衰柳。
来者复为谁？空悲昔人有。

旧地孟城坳，虽建新宅，仅余衰柳。十字之间，新旧古今几番交错，一种历史兴衰之感油然而生。"来者""昔人"又是一组对比，而以"空悲"作结，写出了一种带有哀伤禅味的慈悲情绪。

王维是水墨画南宗之祖，他曾画过《辋川图》，将辋川分成20个不同的景。这是继陶渊明之后第一次将文人的理想世界真正表现出来的园林图画。因此，古人评论王维诗中有画、画中有诗的禅意成为后世解读王维诗歌，特别是《辋川集》的主要视角。迄今，画之不存，可诗还留在历史上。

我们再读《白石滩》：

> 清浅白石滩，绿蒲向堪把。
> 家住水东西，浣纱明月下。

这里纯粹是白描，没有个人情绪，没有个人的爱与恨。诗人只是把我们带进纯粹客观的自然世界。看似平淡，却暗含诗人幽静安宁的心境。禅宗里有所谓"机锋"，能不能领悟不在话多少。诗人把"杂质"都拿掉，前两句写"静物"，后两句写"动人"，而以"浣纱明月"作结，清素若此，可以想见诗人的佛心。

下边一首是人们比较熟悉的《竹里馆》：

> 独坐幽篁里，弹琴复长啸。
> 深林人不知，明月来相照。

没有华词丽藻，一径平白如话。结构看似从容，却又一句接一句，几经转折，将诗人静谧清幽的心境和宁静深邃的景物整合无间，声色兼备，动静皆宜。特别是末句，翻出明月相照，仿佛竹林明月与诗人的心领神会融为一体。佛界认为，禅悟后要以物我合一。这种禅境，是一种心理的清净，心理的坚实，因而就可以不为物移，不为境扰，又因而就不会再有因求而不得而生苦或烦恼。无苦或烦恼，就是佛家一种特有的安乐。

辋川二十景中有南垞和北垞，垞是小丘的意思。我们来读《南垞》：

> 轻舟南垞去，北垞淼难即。
> 隔浦望人家，遥遥不相识。

小船划向南垞，回头看北垞的时候，已经渺茫难及。隔着岸去看，刚才认识的人，聊过天的人，已经觉得很陌生。这种感觉很奇特。在时间与空间上，有一天我们都会变成陌生人。如果有一天我们在"轮回"当中再次相见，大概也不会认识对方了。"遥遥不相识"是生命形式在巨大的劫难与流转当中得以转变。诗佛的诗暗示性很强，非常像禅宗的偈语。他讲的好像是现实，又不是现实，只是生命的一种状态。

王维的这种生命状态对后世影响很大，比如苏东坡。

虽然一直受到政治上的打击，可是知道不能因此影响自己，起起落落，就当花开花落一样，没有什么不得了。

还有一首《鹿柴》，可能是辋川这一系列山水诗中大家最熟悉的一首：

> 空山不见人，但闻人语响。
> 返景入深林，复照青苔上。

空山静寂，万物无声。"但闻"一转，热闹自来。热闹未尽，却见斜阳返照进深邃的林间。"复照"又一转，一抹斜晖照在了青苔上，又灿烂起来。全诗几经婉转，令人应接不暇。"空"为全篇之领，诗人反从"人语响"之声，"返景照"之色写去，一点喧嚣和亮丽反衬出空寂幽渺之境。诗以景结，夕阳之红和青苔之绿，无言静默却画意无穷。王维的诗越来越像禅宗的偈语。空山人语，深林返景，皆为瞬息即逝之景，有如幻觉，反映了"凡所有相，皆是虚妄"（《金刚经》）的佛家理念。王维崇尚南宗禅学，其核心思想为"空"，即认为世界上的一切事物都是虚幻不实的。王维许多诗文都大谈"空"理，如"兴来每独往，胜事空自知"（《终南别业》），"自顾无长策，空知返旧林"（《酬张少府》），诗人企图用佛教的"空"理来消除内心的痛苦，获得精神上的安慰。

下面是《文杏馆》：

> 文杏裁为梁，香茅结为宇。
> 不知栋里云，去作人间雨。

首二句正对破题，单拈"文杏""香茅"，便勾勒出馆舍之高贵精美。第三句转写想象：栋梁间萦绕的白云，化作甘霖，滋润人间。"不知"二字，欲扬先抑，懵懂有味。"栋里云"和"人间雨"相互对照，既写出文杏馆的孤傲缥缈，又"我手写我心"，道出诗人虽有凌空高蹈之志，却心系天下万民。他宁愿做自然之中飘去的一片云，并自愿化成人间雨。这里有很多王维自己的生命经验。世人在追逐功名富贵，王维正好在放弃。在充满矛盾的唐代，每一个个体生命都有很多不同的追求——可能追求贵族的华丽，可能追求侠士的冒险，也可能追求塞外的征战，在王维身上，这些追求都有过。不过，身居辋川的王维却认为，伪装和虚饰，还不如人间的一片雨水对生命有更好的滋润。读王维诗必须进到这种慈悲为怀的禅悟层面。

南宋诗评家严羽称王维"以禅喻诗"（《沧浪诗话·诗辨》），已经直接点明了王维诗与禅的关系。卑之无甚高论，禅悟，从理想方面看有浅深两个文化层面：浅的即见可欲而心不乱，深的则能使不可意的变为可意的，即"事无逆顺，随缘即应"。前一种是不为物所扰，后一种更进一步，是化扰为不扰，都是能断烦恼。王维"晚年唯好静，万事不关心"是已进入到这种深浅不一的禅境。

佛学的因缘使王维的五言山水诗极富禅意，且具清静平淡的鲜明特色。北宋诗人梅尧臣说"作诗无古今，唯造平淡难"，是指少人间烟火气。苏东坡说得更直接："欲令诗语妙，无厌空且静。静故了群动，空故纳万静，阅世走人间，观身卧云岭。"(《送廖参师》)空且静是禅境，必须如此才能诗语妙，等于说上好的诗要有禅意。苏东坡这番话好像就是针对王维的山水诗而说的。

以文为诗有佳篇

——读韩愈《山石》

韩愈也是一位唐诗大家。他作诗,排除陈言滥调和隐晦诘屈,力主"言之有物",就是要求有情感,不要无病呻吟。这也就是刘勰所谓要"为情造文",而不是"为文造情"(见《文心雕龙·情采》)。他把诗的语言和散文的语言统一起来,散文里用的辞藻,也可以用在诗里;又把散文的语法结构和诗的语法结构统一起来,诗的句法并不需要改变散文的句法。这样,他的380首诗就呈现了一种创新的面目,就像是一篇篇押韵的散文。守旧的人不承认他的诗是诗,说他是"以文为诗"。最典型的代表人物要数北宋的沈括。他说:"退之诗乃押韵之文耳,虽健美富赡,而格不近诗。"(《苕溪渔隐丛话》)与他同时代的诗文大家苏轼也说:"诗之美者,莫如韩退之;然诗格之变,自退之始。"(《苕溪渔隐丛话前集卷十七引》)沈括、苏轼虽然对于诗有一个固定、保守的认识,但他们从诗的面目看,总觉得韩愈是"以文为诗"。"以文为诗"，用我们今天的话来解释，就是不用或少用形象思维，像散文一样直说的句法较多。诗的装饰成分被剥落了，就直接呈现了它的本质。应该承认，本质是诗，它还是诗。

韩愈的诗，已经一反他以前诗人的规律，极少用形象思维了。但由于他毕竟是个诗人，他的诗有丰富的诗意。我们且以他的代表作《山石》为例，来看看他的诗到底有何价值。

> 山石荦确行径微，黄昏到寺蝙蝠飞。
> 升堂坐阶新雨足，芭蕉叶大栀子肥。
> 僧言古壁佛画好，以火来照所见稀。
> 铺床拂席置羹饭，疏粝亦足饱我饥。
> 夜深静卧百虫绝，清月出岭光入扉。
> 天明独去无道路，出入高下穷烟霏。
> 山红涧碧纷烂漫，时见松枥皆十围。
> 当流赤足踏涧石，水声激激风吹衣。
> 人生如此自可乐，岂必局束为人鞿。
> 嗟哉吾党二三子，安得至老不更归。

这是一首七古。"山石"为题，与《诗经》以作品第一句开头两字命题的方法相同。此诗大约写于唐德宗贞元十七年（801）初秋，是韩愈等人游洛阳城北惠林寺的写景抒情之作。那年，韩愈 34 岁，正是意气风发的好年纪，何况刚刚拿到大学里的四门博士委任状，正在洛阳闲居听调，情致十分之好。细读《山石》，你便会发现，这首诗淋漓尽致地抒写了诗人的"心情兴会"，一种热爱自然、追求自由、厌恶官场羁绊的思想情绪溢于笔端。

全诗 20 句，一韵到底。写的景物繁多，令人目不暇接。巨大的岩石，细小的山路，飞舞的蝴蝶，硕大的芭蕉叶，饱满的栀子花，模糊的壁画……不一而足。诗人对这些景物点出即止，并无繁复细致的描写。比如"芭蕉叶大栀子肥"一句，描写一场透雨后的寺中植物，异常生动。"大""肥"二字入诗，略显庸俗、呆板，别的诗人是不敢轻易使用的。可是韩愈随意拈来，把雨后植物蓬勃生长的情状点化得出神入化。可见韩愈善用散文直说的奇字，化平淡为神奇，起到了"以丑为美"的实际功效。至于诗中"床""席""羹饭"，简直称不上是景象，而只是日常生活中的"俗物"，但韩愈把三者并列在一句诗中，也同样景象完足，因为既描写了寺僧热情待客的细节，又凸显了古寺中生活条件的简陋。特别是"疏粝亦足饱我饥"一句，更加突出地表现了韩愈随遇而安、淡泊知足的品格。

再读后十句。写韩愈等次日一早下山的情景。这时晓雾还未消散，独自在山里走，出山又入山，上山又下山，随意走去，没有一定的道路，这时水声激激，微风吹衣。最后四句，诗人发出感慨：像这样的生活，自有乐趣，何必要被人所拘束，不得自由自在呢？我们这两三个人，怎么能在这里游山玩水，到老不再回去呢？

韩愈在贞元八年（792）登进士第后，一直没有官职。贞元十一年（795），三次上书宰相，希望得到任用，都没有效果。贞元十二年（796）在汴州，宣武节度使董晋请他去当观察推官，到贞元十五年（799），董晋卒，军人叛乱，韩愈逃难到徐州。徐州节度使张建封留他当节度推官。贞元十六年夏，辞职回洛阳。这首诗就是贞元十六年秋在洛阳所作。当时他还是初任官职，已经感到处处受人拘束，因而发出了这些牢骚。结句的"归"字意即"回去""回家"，并无"归隐"之意。

这首诗，可以看作是一篇诗体游记，生动地描绘了诗人和他的朋友们游赏山寺的过程。它不像王维的诗那样一首诗就是一个完整的画面，而是推步移形地由许多画面组成一个过程。诗人只像说话一样，顺次写下去，好像不在语言文字上刻意雕琢，这就是"以文为诗"的一个特征。但是如果把这篇游记写成散文，字句一定还要烦琐，而韩愈则把他从下午到次日浏览的每一段历程，选取典型事物，用最简练的字句，二句或四句，表现出来。虽然不用对句，但它毕竟不同于散文。如果你深入玩味，还能发现诗人作诗颇为用心，前后处处注意相互照应。"无道路"呼应了上文的"行径微"，"出入高下"呼应了上文的"山石荦确"，"赤足踏涧石"呼应了上文的"新雨足"。在黄昏时看壁画，是"以火来照所见稀"；在清晨的归路上，则看见了山红涧碧和巨大的松枥。前后两个"见"字，形成了对比。在一句之中，也有呼应。"蝙蝠飞"，是"黄昏"的时候，"百虫绝"，所以"静卧"。只有"吾党二三子"和上文的"天明独去"似乎有些矛盾。学者施蛰存在《唐诗百话》中说，关于这个"独"字不可死讲，不能讲作"独我一人"，而应该讲作"只有我们几个人"。像是司马迁在《史记·项羽本纪》中叙述鸿门宴故事中的沛公"脱身独去"一样，其实当时还有其他人。沛公刘邦不可能没有随从。

字句精简而朴素，思想内容直率地表现，使韩愈的七古有一种刚劲之气。施朴华在《岘佣说诗》中评云："七古盛唐以后，继少陵而霸者，唯有韩公。韩公七古，殊有雄强奇杰之气，微嫌少变化耳。"这也可以说是公论。杜甫之后，韩愈的七古，确实可以独霸诗坛。只不过杜甫七古，屡见对句，韩愈的七古却绝对不用对句。至于嫌他"少变化"，则是思维方法问题。韩愈为人直爽，他的诗，也像他的散文一样，不喜欢婉转曲折，始终是依照思维逻辑进行抒写，故而篇法上没有大变化。

韩愈是文章家（唐宋八大家之首）而兼诗人。他的文章主复古；他的诗歌则主创新。清人叶燮说："韩愈为唐诗之一大变，其力大，其思雄，崛起特为鼻祖。宋之苏、梅、欧、苏、王、黄皆愈为之发端。"（《原诗》内篇上）无论我们赞许或反对韩愈的诗，其有所创新的事实是不能否认的。曾言"诗格之变始自退之"的北宋苏轼，也在唐贞元十七年韩愈与友人同游洛北惠林寺263年以后，在凤翔与二三友人同游南溪，解衣濯足，高声吟咏《山石》诗，"慨然知其所以乐而忘其在数百年之外也"。苏轼还乘兴逐句次韵《山石》：

> 终南太白横翠微，自我不见心南飞。
> 行穿古县并山麓，野水清滑溪鱼肥。
> 须臾渡溪踏乱石，山光渐近行人稀。
> 穷探愈好去愈锐，意未满足枵如饥。
> 忽闻奔泉响巨碓，隐隐百步摇窗扉。
> 跳波溅沫不可向，散为白雾纷霏霏。
> 醉中相与弃拘束，顾劝二子解带围。

211

> 褰裳试入插两足，飞浪激起冲人衣。
> 君看麋鹿隐丰草，岂羡玉勒黄金鞿。
> 人生何以易此乐？天下谁肯从我归？

也是一韵到底，也是兴会淋漓。后来苏轼看到友人王晋卿所藏一幅山水画，又联想到《山石》诗，并写了一首七绝："荦确何人似退之？意行无路欲从谁？宿云解驳晨光漏，独见山红涧碧时。"正因《山石》写景叙事细致生动，抒情兴会淋漓，才会使崇仰他的后代如苏轼者如睹其景，如历其事，且产生亲切的共鸣，"慨然知其所以乐"！

毋庸讳言，韩愈的诗歌确有"险韵、奇字、古句、方言"的成分，部分作品中这种情况还比较严重。但我们不能以偏概全，因瑕弃璧，不能因此而无视韩诗中那些叙述平生坎坷经历及其心路历程的形象记录。"欲为圣贤除弊事，肯将衰朽惜残年。云横秦岭家何在，雪拥蓝关马不前。"（《左迁至蓝关示侄孙湘》）这是一位面折廷争的直臣在贬谪途中的喟然长叹。"衔命山东抚乱师，日驰三百犹嫌迟。风霜满地无人识，何处如今更有诗？"（《镇州路上谨酬裴司空相公重见寄》）这是一位冒着生命危险奔赴叛镇的使节的慷慨心声。在我看来，韩诗所以达到感人肺腑的程度，正因为文的援助。可以说没有韩的美文，就没有这些好诗。"以文为诗"可以说使他的诗与文可称双璧，许多时候难分高下。历史学家（也是诗文大师）陈寅恪先生曾为韩诗写过专论，他说韩愈的以文为诗"既有诗之优美，复具文之流畅"（转引自黄云眉《韩愈柳宗元文学评价》，山东人民出版社，1957年版，第97页）。的确，韩文在一定程度上遮掩了诗，但其诗的光芒仍然能够从茂密的文章之林中穿射而出，炫人眼目。他的文自由开放，痛快淋漓，也同样开拓出一种独有的诗境。

"退之诗大抵才气有余，故能擒能纵，颠倒崛奇，无施不可。放之则如长江大河，澜翻汹涌，滚滚不穷；收之则藏之匿形，乍出乍没，姿态横生，变怪百出；可喜可愕，可畏可服也。"（南宋·张戒《岁寒堂诗话》）此乃至评，当可赞也。

四人探骊 子独得珠

—— 刘禹锡的金陵怀古

唐穆宗长庆四年（824），刘禹锡、元稹、韦楚客（亦说韦应物，见胡云翼著《唐诗研究》）等在白居易家置酒高会。席间谈起南朝兴废，决定以此为题较量诗才。刘禹锡率先完成了流传千年的《西塞山怀古》：

> 王濬楼船下益州，金陵王气黯然收。
> 千寻铁锁沉江底，一片降幡出石头。
> 人世几回伤往事，山形依旧枕寒流。
> 今逢四海为家日，故垒萧萧芦荻秋。

乐天览之曰："四人探骊，子独得珠，余皆鳞爪矣。"遂唱罢。

这首诗历来备受追捧。有人称其堪为"金陵怀古之冠"，笔力可与崔颢《黄鹤楼》匹敌。

金陵怀古诗，一向不太好作，尤其在唐，去古未远，更不好作。我读此诗，还真不好说刘禹锡到底在哪里怀古。是"西塞山怀古"还是"金陵怀古"？益州就是成都，西塞山在湖北黄石，金陵就是南京。一条长江流贯三地，浩浩荡荡，重心当是金陵。千寻铁锁是在西塞山，金陵王气、一片降幡都是说金陵，山形枕寒流，一说是指东西梁山，"用一'枕'字，以东西梁山，夹江对锁，山形平卧而非突兀，'枕'字颇能有之"。（俞陛云《诗境浅说》，中华书局，2016年版，第79页）故垒、芦荻两地都有，不好说就是西塞山。古时交通不便，像这样一笔几千里的"线路怀古"的写法并不多见。但这无关宏旨。好在这种大开大合、纵横千里、上下千年的气势不能不让人感到诗人笔力的神妙。

其实，刘禹锡还另有一首五律，题目就是《金陵怀古》。其中的五、六句"兴废由人事，山川空地形"，跟这首的五、六句几乎同义。而在《西塞山怀古》中，"山形依旧枕江流"，若指金陵形胜，则既可以"古都依旧"对应上联的"王朝兴替"之意，又可呼应首联的"金陵王气黯然收"，含义要比指西塞山丰富得多。

简单地说，此诗讲述的是西晋武帝司马炎命王濬东征灭吴一统天下的重大历史事件，揭示地利不足恃的道理。颈联为名句，言世事频迁，江山依旧，感慨系之，耐人寻味。

金陵怀古在唐代成了一个不朽的题材，成了许多诗人玩得很熟练的文学母题和相互博弈的命题作文。前有李白，后有刘禹锡等都是写金陵怀古的高手。至今也未见到哪位诗人有此类诗作超过他俩。特别是刘禹锡在诗歌创作方面有着极强的想象力。比如他从来没到过罗浮山，但在连州时有僧人向他谈起罗浮山奇异风景，他便凭着僧人的叙述和自己的想象，立刻写成了《有僧言罗浮事，因为诗以写之》；又如他从未去过天坛山，有人曾向他说起过在天坛山遇雨的奇观，他又凭着自己丰富的想象力，写下了《客有余话天坛遇雨之状因以赋之》。在唐长庆五年春夏之交时他来到和州任刺史，只因读了一位从秣陵（今南京）来的访客写有《金陵五题》的诗向他求教，他便凭着自己丰富的历史知识和超妙的想象力，写下了一组《金陵五题》。依次如下：

石头城

山围故国周遭在，潮打空城寂寞回。
淮水东边旧时月，夜深还过女墙来。

乌衣巷

朱雀桥边野草花，乌衣巷口夕阳斜。
旧时王谢堂前燕，飞入寻常百姓家。

台　城

台城六代竞豪华，结绮临春事最奢。
万户千门成野草，只缘一曲后庭花。

生公讲堂

生公说法鬼神听，身后空堂夜不扃。
高坐寂寥尘漠漠，一方明月可中庭。

江令宅

南朝词臣北朝客，归来唯见秦淮碧。
池台竹树三亩余，至今人道江家宅。

那访客读了刘禹锡的《金陵五题》，立刻自叹不如，对刘禹锡钦佩得五体投地。一个从未到过秣陵的人，竟能写出如此绝响的诗篇，难怪后人皆称刘为诗界奇才，《金陵五题》为金陵怀古诗中的绝唱。

唐人绝句，一般说来，都不难理解。有许多脍炙人口的名作，如王之涣的"黄河远上白云间"，王昌龄的"秦时明月汉时关"，人人都爱读，人人都以为好。可是，当我们看到刘禹锡在六朝古都南京已成为一座空城时，却写下《金陵五题》，感慨繁华聚散。金陵在唐朝时已是"六朝古都"了。

它见证过孙吴、东晋、宋、齐、梁、陈的王朝兴替。由于经历过太多的沧桑巨变，如今江山一统，政治中心又回到了中原。"吴宫花草埋幽径，晋代衣冠成古丘"，金陵的"王气"有一种风流云散的感觉。刘禹锡的《金陵五题》中，最著名的就是《石头城》和《乌衣巷》，抒发的都是"繁华不再"的感慨。

六朝之后的金陵，因为痛苦，因为失落，却深受文化人的喜欢，尤其是失意文人的倾心。四人诗会，定题金陵怀古，正合各位忧思者的心结。其实，他们对金陵的现实生活并不了解，因为要写南方的亡国，却在这里找到了共鸣。隋唐时期，能把金陵怀古写好写出色的倒都是那些外来的过客。他们凭着神经敏感，留下了非常漂亮的诗篇。尤其是这位河南人刘禹锡，有着特别的"金陵情结"，还没见过金陵的面，就能写出对其怀古的神作。什么"山围故国周遭在，潮打空城寂寞回"，什么"旧时王谢堂前燕，飞入寻常百姓家"，什么"万户千门成野草，只缘一曲后庭花"，这些美丽的诗句只不过是诗人道听途说，加上自己的想象，然后艺术加工，然后流芳百世。

在《金陵五题》的诗序中，刘禹锡说："友人白乐天掉头苦吟，叹赏良久，且曰：'《石头》诗云，潮打空城寂寞回，吾知后之诗人，不复措辞矣。'余四咏虽不及此，亦不孤乐

天之言耳。"(宋·计有功辑撰《唐诗纪事》卷三十四《刘禹锡》)

"潮打空城寂寞回"固然绝妙,但刘禹锡和白居易都没料到,《金陵五题》中最为流传深广的《乌衣巷》和《石头城》都是咏史诗中的殿堂级作品。我们如果把咏史诗比作中外历史上的美女,那么《乌衣巷》可以入选十大美人,而《石头城》是引发人神大战的古希腊美女海伦。从来没有人能把咏史诗写得如此雄深雅健。咏史诗当以刘禹锡为第一写手,李白、杜甫、李商隐、杜牧犹有不如。历代名家对刘禹锡的评介很高,白居易称他为"诗家",认为"其锋森然,少敢当者","在在处处,应有灵物护持"。杨慎《升庵诗话》说得更绝:"元和以后诗人全集之可观者数家,当以刘禹锡为第一。"

心中为念农桑苦

——白居易的"农民情结"

在唐代诗人中,白居易可以说是一位民间发声者或者说是一个大众歌手,说他有着浓厚的农民情结一点也不过分。

我们先以《观刈麦》这首诗为例来说吧。

田家少闲月,五月人倍忙,
夜来南风起,小麦覆陇黄。
妇姑荷箪食,童稚携壶浆,
相随饷田去,丁壮在南冈。
足蒸暑土气,背灼炎天光,
力尽不知热,但惜夏日长。
复有贫妇人,抱子在其旁,
右手秉遗穗,左臂悬敝筐。
听其相顾言,闻者为悲伤,

家田输税尽，拾此充饥肠。

今我何功德，曾不事农桑。

吏禄三百石，岁晏有余粮。

念此私自愧，尽日不能忘。

诗题自注："时为盩厔县尉。"就是说，诗人写此诗时，只是个县令佐官，掌管治安捕盗之事，大致相当于今天的县公安局局长。

　　诗分两个部分，用"观"和"感"二字即可概括其意，畅晓明白。其观者有三个层次，第一层次开篇4句，写麦收季节，一片丰收景象。然后16句，又写两个层次，分别为两个镜头：一是刈麦者，一是拾麦者。其诗意重心在后者。刈麦者是写一户人家"人倍忙"的收割景象，老少上阵，全家动员，争分夺秒，确保颗粒全收。拾麦者是个中年妇人，实际上是个难民，是个乞丐，也是昔日的刈麦者。因其自耕土地已折变输税，现已无田可种，亦无麦可收，全靠拾麦穗为生。只见她左手抱着孩子，臂弯里还挂个破竹筐，右手捡拾落下的麦穗。诗人心怀怜悯，直歌其事，虽着墨不多，然描写生动真切，历历如画。刈麦与拾麦二画面并置，都是惜麦如命，既相似又有差异，既各自独立又相互关联。写刈麦者，表现农民的劳苦；写拾麦者，具象难民的凄凉。举家忙碌与凄苦拾穗二者，构成强烈对比。前者虽苦虽累，然尚有盼头，沉浸于丰收之乐中；至于后者，则完全是断梗浮萍，了无指望，仅靠拾麦为生。二者并置着写，诗人良苦用心，意在揭示二者的共同性，揭示繁重赋税对农民的残酷剥削，乃是农民贫困的根源。虽然刈麦、拾麦二者之间有贫富苦乐之别，然而，今日的拾麦者，即为昨日的刈麦者；而今日的刈麦者，也许就是明日的拾麦者。他们命归一途，同是天涯受苦人。

后半部分写其观后之"感"，共六句。这段纯属议论文字，是全诗的精华所在。议论直指社会病根，是对整个官僚贵族社会的隐约批评。诗之可贵处在于诗人还不是一般性的同情，而是把自己摆进去，两相对比，怜惜关怀。将自己与苦难的农民比，"曾不事农桑""吏禄三百石"，而那些整日劳作的农民，那些失业失地失所的难民，都饱受困苦和劳累，在死亡线上苦苦挣扎。这是诗人因良心发现而发出的自愧自疚，并进而自谴。这种结尾的讽喻，是白居易一派讽喻诗人的共同路数，也是他的农民情结不可释怀的真实再现。诗人在诗中将其对比艺术发挥得淋漓尽致，层层对比，多重对比，凸显苛税作恶。赋税乃人祸，人祸远胜天灾。这种对比，形象地验证与阐释了"苛政猛于虎"的儒家德治观。

在中国文学史上，大家熟悉的白居易，还是写《长恨歌》《琵琶行》那个风流倜傥的诗人，这两首诗在文学史上成就非常高。可是我们要知道，白居易是中国诗歌史上"农民情结"特别浓厚的诗人，记得我读过赵景深先生的《中国文学史新编》一书中曾说，白居易"对于农人颇为尊敬，每以不劳而食自感惭愧"。确实，他的《观刈麦》诗就是这样说的："今我何功德，曾不事农桑……念此私自愧，尽日不能忘。"他关心贫苦农人的生活，《新制布裘》诗这样说："安得万里裘，盖裹周四垠。稳暖皆如我，天下无寒人。"这和杜甫的《茅屋为秋风所破歌》题旨"大庇天下寒士俱欢颜"的精神是相通的。他的《卖炭翁》里的"可怜身上衣正单，心忧炭贱愿天寒"，单看此一句，没有什么奇崛处，但诗人在"身上衣正单"前特别加上"可怜"二字，使这种表述注入无限的怜悯之情，倾注了深深的不平之感。据说，作为诗人的清代乾隆皇帝也曾称赞这两句诗已是"曲尽农家苦心"。

白居易为官一生，也写诗一生。可是到了晚年，他希望《长恨歌》《琵琶行》这些诗最好不要再流传下去了。他希望能够流传的是《卖炭翁》或《新丰折臂翁》。我想这里面可能有一种心痛，一个社会上如果有这样一群贫苦的人存在，还要吟唱《长恨歌》，他会觉得不安。原来白居易与元稹共同推行的社会道德的自觉运动，希望文学能够走向非常浅白的道路，能够真正与社会改革结合起来。我年轻的时候，读到这种"文以载道"的文学的时候，甚至是反感的，觉得里面有很多八股教育。可是今天却常常会觉得这些中国历史上重要的文学家，他们对自己的反省与批判非常动人。知识分子最可贵的一部分，依我看就是对自己道德不完美的自审。

白居易诗的最大成功，简单地说起来，一方面扫除了中唐诗渐趋典雅的风格，而用白话作诗；一方面又打破唐诗吟风弄月的描写，而以社会现状与百姓疾苦作为资料。如《重赋》《伤宅》《伤友》《杜陵叟》《妇人苦》《母别子》《新丰折臂翁》，都是白居易描写农民疾苦的成功之作。白居易在《杜陵叟》中记录了一个世代居住在杜陵的老农民的愤怒控诉。在所有谴责苛政的古典诗歌中，这首诗的语气是最为激烈的："虐人害物即豺狼，何必钩爪锯牙食人肉"；更值得重视的是，此诗中还对皇帝的假仁假义做了一针见血的揭露："白麻纸上书德音"，"虚受吾君蠲免恩"，批评皇帝，这在当时是需要极大勇气的。又如《和春深》诗："何处春深好，春深富贵家。马为中路鸟，妓作后庭花。罗绮驱论队，金银用断车。眼前何所苦，唯苦日西斜。"这样的描写是很容易动人悲愤的。白居易的描写农人疾苦，往往缠绵悱恻，说到后面，越令人伤心。如《妇人苦》的"妾身重同穴，君意轻偕老"；《母别子》的"但愿将军重立功，更有新人胜于汝"；《伤宅》的"厨有臭败肉，库有贯朽钱"；《寒室野望吟》的"冥冥重泉哭不闻，潇潇暮雨人归去"，都让人感到沉痛之极。又如《卖炭翁》："卖炭翁，伐薪烧炭南山中。满面尘灰烟火色，两鬓苍苍十指黑。卖炭得钱何所营？身上衣裳口中食。可怜身上衣正单，心忧炭贱愿天寒。夜来城外一尺雪，晓驾炭车辗冰辙。牛困人饥日已高，市南门外泥中歇。翩翩两骑来是谁？黄衣使者白衫儿。手把文书口称敕，回车叱牛牵向北。一车炭，千余斤，宫使驱将惜不得。半匹红纱一丈绫，系向牛头充炭直。"这首诗和《新丰折臂翁》描写得一般沉痛。白居易在《卖炭翁》的题下自注说："苦宫市也。"其批判矛头直指这项弊政恶法，也直指宦官和他们身后的皇帝本人。请问这样的诗歌，与那些直言无忌地揭露时弊的谏书有何不同？要说有什么不同的话，那就是谏书是给皇帝看的，最多只能起到一点讽谏的作用。而诗歌不但写给皇帝看，也是写给广大读者看的。诗人代表不幸人民对苛政所做的控诉，字字血泪，永远感动着千古读者。纵观唐诗，作为讽喻诗，杜甫以后，只是到白居易才有这样的描写。白居易自己评他这种诗"意激而言质"，是实在的话。

唐武宗会昌二年，白居易正式退休之后，长居洛阳，生活愈加自由，与香山僧如满结香火社，白衣鸠杖，自称香山居士。可是，他仍然时时关怀着国家的安危和农民的疾苦。诗人在洛阳 18 年的晚年生活，表面上是醉心佛道，沉溺诗酒，实质上忘却不了农人的疾苦：

> 心中为念农桑苦，耳里如闻饥冻声。
> 争得大裘长万丈，与君都盖洛阳城。
>
> 《新制绫袄成感而有咏》

诗人这一善良的愿望，可以完全代表出他晚年心魄深处的抱负。但这个抱负不可能实现，因为，诗人内心的痛苦是这个历史性的社会性的痛苦，他没有力量解除。最后，只有带着这个痛苦无奈地离开人间。

赏石审其"丑" 咏石有哲味

——读白居易《双石》

唐元和十一年（816），白居易被贬谪江州司马之后，思想和诗歌创作都发生了根本性的变化，为人处世的态度也与过去大不相同。他作诗吟道：

> 自从委顺任浮沉，渐觉年多功用深。
> 面上减除忧喜色，胸中消尽是非心。
> 妻儿不问唯耽酒，冠盖皆慵只抱琴。
> 长笑灵均不知命，江蓠丛畔苦悲吟。
>
> 《咏怀》

诗人壮志未酬，又遭贬谪，他在无法解释这个道理的时候，不得不向佛家去寻求慰藉："前事是身俱若比，空门不去欲何之！"（《自题》）不得不转向道家寻求解脱："几年司谏直承明，今日求真礼上清。曾犯龙鳞容不死，欲骑鹤背觅长生。"(《酬赠李炼师见招》)江州司马之后,诗人虽历经忠州刺史、中书舍人、杭州苏州刺史和刑部侍郎,在外为一郡之长,在内为朝廷重臣,其官阶地位依然显赫,但"隐于朝市"的思想却支配了他其后的生活。他的言论已不如过去那么激切,他的行动也不像过去那么勇猛了。这期间,诗、酒、琴成了他生命中的三宝,而诗作也常是寄以闲适为主。《双石》的诗就是诗人于宝历二年任苏州刺史时写的:

苍然两片石,厥状怪且丑。
俗用无所堪,时人嫌不取。
结从胚浑始,得自洞庭口。
万古遗水滨,一朝入吾手。
担舁来郡内,洗刷去泥垢。
孔黑烟痕深,罅青苔色厚。
老蛟蟠作足,古剑插为首。
忽疑天上落,不似人间有。
一可支吾琴,一可贮吾酒。
峭绝高数尺,坳泓容一斗。
五弦倚其左,一杯置其右。
洼樽酌未空,玉山颓已久。
人皆有所好,物各求其偶。

渐恐少年场，不容垂白叟。

回头问双石，能伴老夫否？

石虽不能言，许我为三友。

这是一首咏物诗，平白如话，老妪能解。诗中将太湖石头人格化、人性化，强调其与石头的缘分，既有情趣，又有理趣。

诗人首先被这两片石头的古怪形状所吸引，便让人把这两片石头带回自己的苏州城内的官邸。诗人不仅认定它们的实用价值，即"一可支吾琴，一可贮吾酒"，而且认定它们是极具鉴赏价值的文玩，"忽疑天上落，不似人间有"，两片丑石将自己的官邸装点成一座美学课堂，"五弦倚其左，一杯置其右"，诗人抚琴作乐，把酒临风，其洋洋得意的快乐之情溢于言表。

因为地壳运动引起的岩浆喷发，岩浆冷凝后形成带有气孔的流纹岩，沉入古太湖，碧波万顷的太湖水给予其无尽的钟秀灵气，造成了石之精品。太湖石有四大特点：瘦、漏、透、皱，具有极高的观赏价值。白居易此时对太湖石的欣赏尚不为世人所识。诗的起笔便写了石头既怪又丑，无人识货，而唯恐避之不及。可是诗人以获此石，则有从天而降的喜出望外，说明白氏具有超人的鉴赏眼光。《唐诗镜》评曰:"白乐天于水石之趣,言之津津,知其中于膏肓深矣。"古代赏石之风兴于中唐,白氏可算是最早的"石痴"之一也。

在中国的艺术鉴赏中,"丑"是个审美的概念。对于不合严整的秩序而言,我们常常将不合规矩,节奏混乱,不符合人们审美习惯的东西称其为丑,其实在中国人的日常生活中,人们推崇丑,在一定程度上就是为了躲避日常规范。中国人欣赏丑石,暗含了对正常理性质疑的思想,不是猎奇,而是欣赏一种超脱常规、超越秩序、颠覆庸常理性的玄想或哲思。

白居易在诗中用"丑"这个概念来描述这两片石头,从此给中国的古典赏石表征设定了一个艺术范畴,并且认为能够欣赏石头的"丑"的这种能力,是极少数人的天分。这些石头虽然外表奇特,形骸丑陋不堪,但在诗人的眼光里,是美的极致,美的精华结穴。他以丑为美,丑中见美,最终是为了追求美、达于美。唯美才真正显示了诗人的真诚。因此,能够在庸常的世界里,对无用之物加以审美的肯定,这显示了诗人超脱的内心世界,同时展示了一种自由的生活态度和精神境界。

诗人咏石,弦外之音中也含有识人的寓意。此诗的后八句是议论,将人引向咏石之外的思考。"人皆有所好,物各求其偶"二句,强调其与石的缘分,从人之所好,而见其人之品级。诗人自避交易场,而以石为友,表现了诗人的清高和对世俗的逃避。最后四句诗,以问答式结尾,情趣盎然,而哲味外溢矣。

非花非雾情朦胧

——读白居易《花非花》

如果我们把白居易写的某些绝句与我们熟悉的他的乐府诗做比较,就觉得站在我们面前的是两个白居易,有些诗句几乎不能想象是白居易写的,比如他写的变格的仄韵七绝《花非花》:

>花非花,雾非雾。
>夜半来,天明去。
>来如春梦几多时,
>去似朝云无觅处。

是花吧,好像又不是花;是雾吧,好像又不是雾。午夜里,她踏着月色悄然来临,天刚亮又从晨曦中飘然离去。她来了,像春梦让人陶醉,可又能相伴多少时间?她去了,像璀璨的朝云让人迷恋,转眼间,又不知飘散在何处。

虽然给人一种怅然,一种华丽不可把握的感觉,甚至是对生命的一种幻灭,但我以为诗写到如此朦胧飘忽的地步,真的是最好的。

这首诗,大概作于长庆三年(823)之前,诗人应在杭州刺史的位上,经过被谪江州司马的沉重打击之后,诗人已决意避开朝争,大隐隐于市,在浮生过半之后,在半山半水的田园环境之中,也在选择享受一种岁月的悠闲和人生乐趣。此时的诗人似乎已将道家的玩世主义和儒家的积极观念配合起来,"在动作和静止之间找到一种完全的均衡"(林语堂《中庸的哲学:子思》),即中庸的哲学。毫无疑问,这首诗是写烟花女子的,在唐宋时代,旅客召妓伴宿是一种习俗。行事都是夜半才来,黎明即去。白居易好友元稹有一首诗,题为《梦昔时》,记他在梦中重会一个女子,有句云"夜半初得处,天明临去时",也是描写这一情形,因此,她来的时间不多,旅客宛如做了一个春梦。她去了之后,就像清晨的云,消散得无影无踪。

夜半来,天明去,好像梦一场。人生又何尝不是一场醒不了的梦幻,一夜之梦易醒,如此短暂怎能不让人留恋。伴妓的到来虽像梦一样飘忽,但是却还有一些让人难以忘却的真实。春梦虽美却短暂,一时欢乐,最后却不知道怎样寻找曾经的欢乐。让人心存向往的东西总是那样容易逝去,所有人只能静静地享受过程中的种种，一旦它们离去，心中难免有些不真实感，甚至会怀疑他们是否存在。白居易把伴妓的生活描述得十分贴切，因为他十分同情爱怜这样的女子，她们美丽而又飘忽不定，不知道此生还能否再见，心中还有那些曾经相聚时的美好回忆。品读此诗，我们所能感受到的，是诗人对于生活所持有的一种介于接受与掌控之间的平衡态度，这种态度，来源于作者的心境，与所谓腐朽颓靡的生活内容并不相干。

这首诗的风格完全颠覆了白居易原有的格调。在此之前的诗句基本上是以直白的叙事或者写景为主，而在这里，他的诗则多了几分柔美，几分朦胧，让人记忆深刻，也给人很多灵感。据说白居易很讨厌自己写的这首诗，他觉得自己应该去写卖炭翁、折臂翁，不应该写这种诗。可是，这种矛盾更突显了白居易丰富而多彩的人生立面。它两面都有，社会意识与道德主张这样强烈的诗人竟然有如此浪漫的情愫。如此这般的还有白居易的心性的变化，"诗魔"的诗句总是蕴含着清冽的情感，赞美的，讽刺的，同情的，无不是一眼就能看穿。

我们今天细玩此诗，确实未见得有什么高明之处，格调不高，不仅俗俚，而且轻艳。但是，不能太坐实，更不能做对应性的解读。也就是说，如果我们不把此诗作为一种象征性的诗来解读，而去追求其本事的话，那就失去了美感，反而显得无聊与低俗。此诗被人称为白居易难得一见的朦胧诗，一反其浅近明白而朦胧隐晦。诗在表达上吞吞吐吐，欲言又止，欲盖弥彰，可能是说不出口，也可能是不想明说。

整个一首诗给人以一种捉摸不透的感觉，或者说是表现出一种捉摸不定的感觉，反倒形成了一种朦胧美。

基本上可以肯定，这是一首写男欢女爱的情诗。取喻花与雾，喻女子行踪似真似幻，似虚似实。后两个长句，取喻春梦与朝云，春梦者，春情也；朝云者，"旦为朝云，暮为行雨"，云雨之事也，乃是男欢女爱的隐语。有人说，此诗只见喻体而不知喻本，所以高明。其实，喻本并不隐晦，只是挑明就没有美感了。我以为，诗之以花与雾取喻，强调欢情极短，比喻良辰即逝，美景难久，也是具有积极意义的，反而感到有些朦胧美，然而毕竟是情场上逢场作戏的产物，抑或是诗人信口而出的情场戏语，真不该有什么牵强附会的微言大义的过度阐释。

尤其是，因为是诗，对读者而言，诗人写的到底是什么并不重要，重要的是我们怎么读。

王安石为什么赞赏这首诗

——读王令《暑旱苦热》

往者议论宋诗,多谓其萎靡纤弱。这是因为"五四"新文化运动贬抑宋诗而推宋词,并影响至今。日本汉学家吉川幸次郎曾把唐诗比作"酒",而视宋诗为"茶",酒烈茶淡,宋诗更像是对唐诗过度注重人生悲哀面的克服。然而,却有一首宋诗,其格局气象,足以雄视汉唐,远迈魏晋,为政治家、大诗人王安石所赞赏:

> 清风无力屠得热,落日着翅飞上山。
> 人固已惧江海竭,天岂不惜河汉干?
> 昆仑之高有积雪,蓬莱之远常遗寒。
> 不能手提天下往,何忍身去游其间?

这首《暑旱苦热》的作者是与北宋王安石同时代的一个青年官吏王令。

王令，字逢原，原籍魏郡元城（今河北大名），5岁父母双亡，自学成才，20岁在高邮担任学官，遇到王安石，一见如故。王安石当时愤于北宋积贫积弱，发出"三不足"的感慨，即"天变不足畏，祖宗不足法，人言不足恤"。而王令的诗，胸怀济世大志，虽身处贫困，常思有以救济天下之人。这首《暑旱苦热》本因苦热而发，但诗中所表现的是天下人之苦热，即或有清凉世界，如果不能提携天下人同往，自己也便不忍独游其间。这种乐以天下、忧以天下的胸襟抱负，深得王安石的赞赏，称其为"志士仁心，叹苍生而泪垂"。

据史书记载，北宋初年到真宗乾兴元年（1022）的63年间，全国发生大旱灾76次，旱灾频仍，生灵涂炭。庆历七年（1047）的一场旱灾，甚至导致了仁宗两度下"罪己诏"，宰相王随引咎辞职，而受灾的百姓更是流离失所，沦为饿殍。

这首《暑旱苦热》，颇有诗史之慨，"清风无力屠得热，落日着翅飞上山。人固已惧江海竭，天岂不惜河汉干？"首两句中的"屠"字用得新奇，"屠"字本意为屠杀，也可以引申为消灭；"着翅"一词用得生动，落日本无翅，"着翅"上山，显其不肯降落。这都是诗人自铸的新词。三、四两句，诗人从人间忧惧江海之枯竭，联想到天上也该怜惜河汉之将干，但并未直接描写旱灾的惨状，而只是形象地说"落日着翅飞上山",太阳像长出了翅膀一样飞上山头不落,烤炙着大地。人们害怕这么下去,江海都会枯竭,甚至天上的银河也会被烤干。诗人这种天人对照的写法,驰想高远,寄情深挚。

诗人的下四句忽然从现实世界飞升到神话世界,"昆仑之高有积雪,蓬莱之远常遗寒",昆仑、蓬莱都是传说中神仙居住的"仙山",那里有千里白雪、百丈冰川,是人间的清凉世界,也是诗人向往的美好世界。然而,诗人又从神话世界回到现实世界,最后平静地说了一句:"不能手提天下往,何忍身去游其间?"这两句诗和王令在《暑热思风》一诗中说的"坐等赤热忧天下,安得清风借我曹"脉径相承,寄情深远,是诗人从内心深处迸发出来的声音。读诗至此,直欲让人拍案而起,拔剑击柱!

"手提天下",何其慷慨!"何忍身去",何其仁义!这就是一个古代小官吏的境界与情怀。

孟子说:"穷则独善其身,达则兼济天下。"诗人王令出身贫寒,无所依靠,曾经回忆说:"自我之生,迄于于今,冬燠常寒,昼短犹饥。"他担任大宋王朝的官吏,却并未仅仅把官职作为谋生的饭碗,即使遇上旱灾,想的也不是自己逃离此境,赴彼乐土,而是胸怀天下苍生,要与天下人共患难。正因为如此,王安石才将其引为知己,并写信称赞他:

"足下之材，浩乎沛然，非某之所能及。"这里所谓的"浩乎沛然"，其实就是孟子所谓的"浩然之气"。正因气有浩然，因此诗才有如此境界。

在我看来，王安石之所以赞赏王令这首诗，还因为他们之间的诗道相通，他们都极为尊崇杜甫。为了学习杜诗，王安石编了一本《老杜诗后集》，并说世上学习作诗的人到了杜甫这里然后才能作诗（梁启超《王安石传》）。王令正是能够做到这一点的人。他曾作《读老杜诗集》一首，写道："气吞风雅妙无伦，碌碌当年不见珍。……镵镵物象三千首，照耀乾坤四百春。"由唐玄宗开元十八年杜甫成年计起，至王令在世的宋仁宗嘉祐四年约近400年，杜甫的"三吏""三别""羌村三首"和《茅屋为秋风所破歌》等反映人间苦难的诗篇对后世影响很大，像王令这样具有济世泽民情怀的诗作当然会为王安石所赞赏。

王令因"见知"于王安石，"一时附丽之徒，日满其门"（见《王直方诗话》），俨然成了一时"网红"。但他是一个"倜傥不羁束"，对"为不义者"敢于"面所毁折，无所避"的诗人。王安石很欣赏他的品行和才识，认为可以"共功业于天下"（刘发《广陵先生传》）。可惜，天不假年，王令"二十八岁而卒"，王安石顿足悲呼：此乃为"天下士大夫"所"痛惜"！（王安石《王逢原墓志铭》）

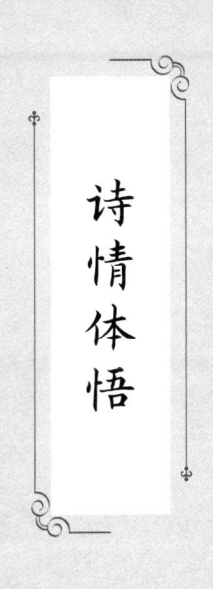

诗情体悟

千古交情　唯此为至

——杜甫与李白的友情

杜甫是一个十分重视友情的人。且看他写李白的诗："世人皆欲杀，吾意独怜才。"(《不见》)写出了他一生对李白才华的深相惜重。其言出由衷，读来实在感人。

我们知道，学界有人好以"现实主义"与"浪漫主义"来规范杜甫与李白的艺术风格，且每以为杜诗出自学力之沉积，而李诗出自天才之纵放，典型的说法是"子美不能为太白之飘逸；太白不能为子美之沉郁"(胡云翼《唐诗研究》)。我以为，这种说法只是太过于看重二者的相异，乃至后来有李杜优劣之议论。于是，李白只被塑造成"青春李白"，杜甫便成了"沉郁杜甫"。即便有稍微近情的一些说法，兼好二人的，也仅仅是指出李、杜各自的特色优点，谓其不分轩轾而已。这样的两个诗人，在有些人眼中，似乎即使不至于相轻，也应该是相互排斥的，少有人提到他们在天宝三载和四载之间的一段交游。虽然两个天才诗人在他们各自偃蹇漂泊的生命中毕竟有过那么一些交错日子，但一面之晤，相期相约，其深情笃挚，亦可以想见。"梦魂南北昧平生，邂逅相逢意已倾"（宋·胡少汲《与刘邦直诗》），这种属于豪杰的情感自古即为人所称道，况且发生在李、杜身上，千载之下，犹令人倾慕。

杜甫初赠李白诗于洛阳："李侯金闺彦，脱身事幽讨。"（杜甫《赠李白》）这一年，杜甫33岁，正是年富力强、壮志满怀的时候。李白44岁，正自天宝元年为玄宗召至京师，是年不合，被"赐金还山"，其仕途进取、安济苍生的宏愿实际上已是断了，时势如此，已逼得他不得不退，故不久即受了道箓。正是在这一进一退的分际，两人相遇于洛阳城，仿佛曾有过夙因似的亲切。这短暂的相聚，知己却是一生。

凡世人之结交，除了因功名利禄等外在因素而着意接纳的以外，可托为知己，双方必定有共赏的性情才慧等特点作为基础。杜甫与李白，尽管一个时已名扬四海，一个刚刚形成自己的诗歌风格，但锥处囊中，锋锐自现，自有掩抑不住的才士风神气质在。这种天才的相互吸引无疑当列为首要因素。如果说杜甫和李白在洛阳的一见倾心，最初只是因为彼此倾慕才华的话，那么，二人后来一路的互相追随，同游梁宋，情如兄弟，几无龃龉，却必然还要寻求更为深层的原因。

李白虽然向来以游仙访道自我标榜，却从来不是一个纯粹的修道人，即使在他受了道箓之后；而杜甫虽然是一个真儒者，却绝不是世所塑造的那个一味沉郁，少了一分自然天真性灵之气的"腐儒"。一个真正的儒者、豪杰本应该是有两面的，忧国忧民同时也是潇洒恣肆。唯大英雄能本色，是真名士自风流。好道的李白却有儒家思想的底子，身为儒者的杜甫为何不能是驰马逐猎、放情尚义的侠者？而这一性格，在杜甫与李白结伴同游的一段日子里，体现得特别淋漓尽致。纵观现存1440余首杜诗中，和李白有关的将近20首，其中专门寄赠或怀念李白的有10首，且无不推崇颂扬，深情恳挚。从杜诗中可以看出，两位诗人如兄如弟，"醉眠秋共被，携手同日行"（杜甫《与李十二白同寻范十隐居》），甚是亲近。这种"怜君如兄弟"不只是单面的情好，更有双方的情亲。我们能看到杜甫写给李白超过一打的诗篇，想念李白或者提到李白，杜甫对李白的高度尊重和深切的爱戴令人印象深刻。

真正的友谊从来都是结交双方互动表达真心实意的过程。高尚纯粹的友情更要靠互尊互爱精神来涵养。我们在李、杜友谊开始的时期，就看到李白曾给杜甫写过这样一首诗：

醉听清吟

> 醉别复几日，登临遍池台。
> 何时石门路，重有金樽开。
> 秋波落泗水，海色明徂徕。
> 飞蓬各自远，且尽手中杯。
>
> 《鲁郡东石门送杜二甫》

李白与杜甫先是同游梁宋，后又在东蒙一带重会。二人就此离别，且各天涯一方。这是二人临别之前，连醉数日，遍登鲁郡之池台，可见两人情亦深矣！"何时石门路，重有金樽开。"虽近酬和文字，更是深情惜语，很明显地表达了李白十分尊重这位年轻的诗人，也很喜欢他。李白与杜甫在东石门分别后，回到沙丘寓所，还写下《沙丘城下寄杜甫》一诗："我来竟何事，高卧沙丘城。城边有古树，日夕连秋声。鲁酒不可醉，齐歌空复情。思君若汶水，浩荡寄南征。"诗人感到良友已去，伤生涯之寥落，一种奇愁，无可解释。听城边古树，连夕秋声，更觉时流汩汩，吾道不行，吾友已远，鲁酒薄难成醉，齐歌多情而不相关心。此际唯有对浩荡之汶水，寄我情思与君。最后一句"思君若汶水，浩荡寄南征"，亦如"桃花潭水深千尺，不及汪伦送我情"，自然而深挚。杜甫这个时候在南方，汶水不断地向南流去，诗人用滔滔不绝的汶水比喻一往情深的思念和一个诗人对另一个诗人的倾心欣赏。可惜现存李白赠杜甫诗仅约四首，也许散佚了。那种爱以现存诗歌的数量来衡量李、杜感情的厚薄，说杜厚于李，而李薄于杜的说法，都是皮相之见。

我们再来读十年之后杜甫因避乱在成都，听到李白因永王失败而入狱，随即流放夜郎的消息后而写的两首诗《梦李白》：

一

死别已吞声，生别常恻恻。
江南瘴疠地，逐客无消息。
故人入我梦，明我长相忆。
君今在罗网，何以有羽翼。
恐非平生魂，路远不可测。
魂来枫林青，魂返关塞黑。
落月满屋梁，犹疑照颜色。
水深波浪阔，无使蛟龙得。

二

浮云终日行，游子久不至。
三夜频梦君，情亲见君意。
告归常局促，苦道来不易。
江湖多风波，舟楫恐失坠。

> 出门搔白首，若负平生志。
> 冠盖满京华，斯人独憔悴。
> 孰云网恢恢，将老身反累。
> 千秋万岁名，寂寞身后事。

这两首诗说明杜甫对李白的敬仰不是一时冲动。杜甫"梦李白"的时候已到知天命之年，这个年龄的杜甫也许会因为虚度年华而悔恨，但绝对不会看走眼。他深知李白必将流芳千古，但是眼前的劫难却很难度过。

这里最值得注意的是，杜甫梦中的李白已经从"白也诗无敌，飘然思不群""落笔惊风雨，诗成泣鬼神""痛饮狂歌空度日，飞扬跋扈为谁雄"的狂放诗仙，转变为"告归常局促，苦道来不易。江湖多风波，舟楫恐失坠。出门搔白首，若负平生志。冠盖满京华，斯人独憔悴"的失意才子。我以为这是杜甫怀念李白最好的诗。他俩竟然在梦中相遇了，而且是真正的好朋友。这是历史的宽厚和通达人情。也因此，有了杜甫这么难得的几乎不再清醒的诗篇。因为想念李白，杜甫的心痛了，杜甫也不再清醒，也只剩下感觉了，写出了几乎不属于他的凄伤梦境。这是杜甫对李白的悼念，也是对诗的悼念。诗对杜甫来说是生命的全部意义，也因此，杜甫甚至也在活生生地悼念自己。那时李白实际上并未死去，可这两位大诗人却没有再见面的机会了。

上面两首诗都入选《唐诗三百首》，李白局促不安、搔首踯躅的样子如此生动，仿佛出自杜甫亲见。两位伟大诗人之间似乎有一种心灵感应。

这里，我们从杜诗中即可明白无误地看出杜甫对于李白确是一知己。这种知己体现在对李白才情的赏爱上，也体现在对李白遇謇的痛惜上，更体现为两位伟大诗人心灵的共鸣。李、杜一生中，就这么一段短短时间的交谊便显得如此珍贵。经过悠悠岁月的浸渍，这一番友情于今日之怀想，越显得深情蕴藉，千种风流。诚如清人杨伦所言"千古交情，唯此为至"。（杨伦笺注《杜诗镜铨》，上海古籍出版社，1998年版，第232页）

李白和崔颢斗诗的千古公案

在中国大凡上过学的人可以说没有人不知道唐代崔颢那首题名《黄鹤楼》的诗。诗只有八句，好读好记，一念上口：

> 昔人已乘黄鹤去，此地空余黄鹤楼。
> 黄鹤一去不复返，白云千载空悠悠。
> 晴川历历汉阳树，芳草萋萋鹦鹉洲。
> 日暮乡关何处是？烟波江上使人愁。

宋人严羽在《沧浪诗话》中对此诗评价极高，誉之曰："唐人七律言诗，当以崔颢《黄鹤楼》为第一。"唐诗第一，不仅在古代风头一时无二，到了现代，在各种唐诗排行榜中也都名列魁首，而且它还和诗仙李白后来所写的《登金陵凤凰台》发生了所谓斗诗公案。据元人辛文房《唐才子传》所记，李白初登黄鹤楼，极目千里，但见云天开阔，花草无际，绿叶如烟，尤其是俯瞰长江滔滔东去，不禁触景生情，诗怀躁动，亟待抒发之际，突然见到崔颢所题写的这首诗《黄鹤楼》，玩味良久，扼腕顿足叹道："两拳打碎黄鹤楼，一脚踢翻鹦鹉洲。眼前有景道不得，崔颢题诗在上头。"遂搁笔怅然而去。

不错，崔颢的诗确实让李白十分赞赏，但这不表明他已经完全服输，从他的"打碎""踢翻"的情绪看，他依然有一种较劲儿的意味埋在心里。于是，这位唐代第一诗人先后套崔诗人的诗路，写了两首诗。第一首就是约作于天宝七载（748）的《登金陵凤凰台》：

> 凤凰台上凤凰游，凤去台空江自流。
> 吴宫花草埋幽径，晋代衣冠成古丘。
> 三山半落青天外，二水中分白鹭洲。
> 总为浮云能蔽日，长安不见使人愁。

从此，《黄鹤楼》与《凤凰台》在文学批评家中引起的优劣论依然沿袭下来，讨论至今，成为唐人斗诗的千古公案。明人顾璘在评《黄鹤楼》时曰："一气浑成，太白所以见屈。"（《唐音》）清人沈德潜评崔诗曰："意得象先，神行语外。纵笔写去，遂擅千古之奇。"（《唐诗别裁》卷十三）

这一评语是恭维得很高的。他又评李白诗曰："从心所造，偶然相似。必谓摹仿司勋，恐属未然。"这是为李白辩解，说他不是摹仿崔颢，而是偶然相似。大概《黄鹤楼》胜于《凤凰台》，这是众口一词的定评。到金圣叹，对李白此诗大肆冷嘲。他说："然则先生当日，定宜割爱，竟让崔家独步。何必如后世细琐文人，必欲沾沾不舍，而甘于出此哉。"这是干脆说李白当时应该藏拙，不必作此诗出丑。当然，其后也见有持平之论。如南宋诗人刘克庄说："今观二诗，真敌手棋也。"（《后村诗话》）元人方回说："太白此诗，与崔颢《黄鹤楼》相似，格律气势，未易甲乙。"（《瀛奎律髓》）

《凤凰台》能否媲美《黄鹤楼》，议论至今未休。笔者近读施蛰存的《唐诗百话》，见有别开生面的新论。施先生以为金圣叹一笔批倒《凤凰台》则大谬不已。现在我们可以再把两首诗放在一起评比。施先生说：崔诗开头两句，实在是重复的。前四句的意境，李白用两句就说尽了。这是李胜崔的地方。可是金圣叹《选批唐才子传》却说：人传此诗是拟《黄鹤楼》诗。设使果然，便是出手早低一格。盖崔第一句是"去"，第二句是"空"……今先生岂欲避其形迹，乃将"去""空"缩入一句。既是两句缩入一句，势必句上别添闲句。因而起云"凤凰台上凤凰游"，此于诗家赋、比、兴三者，竟属何体哉？

施先生指出，认为李诗起句疲弱，不及崔作有气势，是一种误解。其实他们是以两句比两句，不知崔作三、四句的内容，已转深一层，从历史的陈迹上去兴起感慨了。他肯定李诗只用两句便说尽了崔诗四句的内容，故第一句并不是金圣叹所说的闲句。诗家用比兴各种手法，不能从每一句中去找。李诗前四句是赋体，本来很清楚。"凤凰台上凤凰游"虽然是一句，还只有半个概念。圣叹要问它属于何体，简直可笑。李诗用两句概括了凤凰台，在艺术手法上是比崔颢简练，但不能说咏尽了凤凰台。

崔颢诗一起就是四句，占了律诗的一半，余意便不免局促，只好用"晴川""芳草"两句过渡到下文的感慨。李诗则平列两联，上联言吴晋故国的人物已成往事，下联则言当前风景依然是三山二水。从这一对照中，流露了抚今悼古之情，而且也恰好阐发起句的意境。

最后二句，二诗同以感慨结束，且用"使人愁"。二人之愁绪不同。崔诗是为一身一己的归宿而愁，李白是为奸臣当道，贤者不得见用而愁。可见崔登楼远望之际，情绪远不及李白之积极。再说，这两句与上文联系，也是崔不如李。试问"晴川历历""芳草萋萋"与"乡关何处是"有何交代？这里的思想过程，好像缺了一节。李白诗的"三山二水"两句，既承上，又启下，作用何等微妙。如果讲眼前风景依旧，这是承上的讲法；如果讲山被云遮，水为洲分，那就是启下的讲法。从云遮山而想到云遮日，更引起长安不见君之愁。全诗思想表达得很合逻辑，而上下联的关系也显得更密切了。因怀古而动怀君之想，"三山二水"两句实在是很重要的转折关键。

因此，我们可以试下结论：李白此诗从思想内容、章法、句法来看，是胜过崔颢的。然而李白摹仿崔诗的痕迹，也无可讳言。这绝不是像沈德潜所说的"偶然相似"，我们只能评为"青胜于蓝"。方虚谷以为这两首诗"未易甲乙"，刘克庄以李诗为崔诗的"敌手"，都不失为持平之论。金圣叹不从全诗看，只拈取起句以定高下，从而过分贬低了李白，这就未免有些偏见。

除了这首《登金陵凤凰台》，李白在上元元年滞留江夏期间，又作了一首名曰《鹦鹉洲》的七律：

> 鹦鹉来过吴江水，江上洲传鹦鹉名。
> 鹦鹉西飞陇山去，芳洲之树何青青。
> 烟开兰叶香风暖，岸夹桃花锦浪生。
> 迁客此时徒极目，长洲孤月向谁明。

后人评价李白《鹦鹉洲》是仿效崔颢的《黄鹤楼》的，且格调卑弱，确乎如此。

　　事实上，年轻的李白和年轻的崔颢一样，他们性格都跳脱通达，又豪放任性，甚至在感情经历上都有相似之处。《新唐书》《唐才子传》都记载崔颢好赌嗜酒，更好美女，曾有四次婚姻经历，而李白一生也好酒如命，也有四次感情经历，这一点看来丝毫不逊于崔颢。在诗歌创作上，不仅有《登金陵凤凰台》《鹦鹉洲》与崔颢的《黄鹤楼》的斗诗之姿，李白在金陵还写有《长干行》，某种意义上也是与崔颢的《长干曲》组诗有高下之分。回过头来看，李白的《长干行》可以说不仅为古代的商贾精神张目，还为金陵这座名城的城市精神张目。在这一点上，李白的《长干行》可谓"前无古人，后无来者"，可以说，这远超于崔颢的《长干曲》在内的所有作品。因为对这座城市的深入理解，李白另辟蹊径，用人生的阅历与沧桑，用命运的坎坷与生命的时光去积淀登金陵凤凰台的沉痛与深刻！从这个意义上说，李白的"总为浮云能蔽日，长安不见使人愁"实在不逊于崔颢的"日暮乡关何处是，烟波江上使人愁"，甚至更有过之。因为崔颢的愁是悠远的、一己的，而李白的愁是深刻的、家国的。

李白为什么特别喜爱孟浩然

——读李白《赠孟浩然》

吾爱孟夫子,风流天下闻。

红颜弃轩冕,白首卧松云。

醉月频中圣,迷花不事君。

高山安可仰,徒此揖清芬。

这是李白赠友的一首名诗。

盛唐的李白是一个非常狂傲的人,真的让他看上眼的人可不简单。李白可以对他的农村酒友说"桃花潭水深千尺,不及汪伦送我情";也可以对他即将分手的亲密诗友杜甫说"思君若汶水,浩荡寄南征",但是像《赠孟浩然》中这样直截了当地表情说爱对李白来说,并不多见。称孟公为"孟夫子",并且谓其"高山仰可止",如此的毕恭毕敬,如此的偶像崇拜,表现得相当反常。

李白为什么会如此特别地推崇孟浩然呢?

孟浩然比李白年长 12 岁，李白遇到他的时候，他不仅在年龄上，在诗名上也是李白的长辈。孟浩然成名在前，与王维齐名，也交好，世称"王孟"。李白对孟浩然"骨貌淑清，风神散朗"（唐·王士源《孟浩然集》）的精神风貌十分崇仰。其时的孟公正离开长安，回到襄阳隐居，这种隐逸的做派深深打动了李白的心。李白让高力士脱靴的传说在民间广为流传，但知道他热捧"孟夫子"故事的人恐怕就不多了。

据《新唐书·孟浩然传》《唐才子传》记载，孟浩然"少好结义，喜振人患难"，40 岁时游京师，诸名士间尝集秘联句，孟浩然一句"微云叹河汉，疏雨滴梧桐"语惊四座，众人听后都钦服不已。当时的丞相张九龄、尚书右丞王维极称道之。王维曾私邀他入内署，适逢唐玄宗驾到，孟浩然忙躲到床下。最后王维不敢隐瞒，据实奏闻，玄宗也对孟浩然的诗才早有所闻，让他出示新作。孟浩然随口吟道："不才明主弃，多病故人疏。"（《归终南山》）意思是，我这个人没有什么才华，所以遭到当今圣上的弃置；我这个人体弱多病，所以朋友们都疏远了我。唐玄宗听后很不高兴，说："卿不求仕，而朕未曾弃卿，奈何诬我？"意思是，你自己不主动求仕，我也不曾抛弃你，为什么要将不能出仕的责任推到我的身上呢？"因病放还南山。"这个故事小说味太浓，并不足信。不过在开元那个崇尚纵逸、开放脱俗的年代，求仕不得还可以在皇帝面前发发牢骚，倒也是十分难能可贵的。当然，从另一个侧面也反映了当时遴选人才制度的不合理。盛唐的几位大诗人，像杜甫、孟浩然，甚至高适，都在科考上碰过壁，李白甚至不参加科举考试。所以，这首诗是孟浩然诗中比较有现实意义的一首。

《新唐书·文艺传》中还记载当时的采访使韩朝宗欲荐孟浩然于朝的故事。韩约他同行，他却因与朋友饮酒而不赴朝，惹恼了朝宗，于是就为了与朋友开怀畅饮而放弃一个其一生中少有的仕途发达的机会。如此淡泊超旷，潇洒风流，既有清誉，又有诗名，这在当时士林中应该是广为传播的。李白的这首诗，也算是反映当时士林风评的一个人物特写。

诗中称其为孟夫子，足见李白对浩然钦敬。然此夫子不同于孔夫子以教化道业胜，而风流之名，闻于天下。风流者，超然脱俗，无往不自得之谓也。此乃赞孟公为当今第一名士！下面四句，实为一段，都是列举其事迹，即所谓风流事业也。"红颜弃轩冕，白首卧松云"，足见为真隐士，不是《北山移文》中所说仓皇反复、先贞后黩的那种假隐逸。"醉月频中圣"是风趣的说法，稍稍地跟这位孟夫子打了一个趣！儒家称内圣而外王，先生以醉酒而入圣，以迷花代事君，可谓别有一种内圣外王之道也！最后用《诗经》中"高山仰止，景行行止"来代表自己对孟浩然的企仰之情。太白高傲一世，蔑视四海之人，自称"安能摧眉折腰事权贵，使我不得开心颜"，但在孟公面前，不觉为之屈服！这是因为太白一生总怀着一个很大的政治理想，不能不有所求！而孟公者，则真不知其有何所求。所以，相比孟浩然，未免觉得自己也近俗了。人生总是矛盾着的，其实孟公也未必真无求。比如，他也曾叹惋："欲济无舟楫，端居耻圣明。坐观垂钓者，徒有羡鱼情。"（《临洞庭赠张丞相》）其实，他一心一念总还想做个官，只是他性情高洁，不屑做不择手段的钻营。没有机会或失去机会，也不介意，宁可游山玩水，饮酒赋诗。虽然他一生不得志，但后世称赞他是一位敝屣功名富贵的隐士。所以，李白所写的不仅是孟浩然这个现实中的名士，也是他自己追求的理想。正如龚鹏程在《中国文学史》中所言："他（孟浩然）应是李白那一类人，一生好入名山游，也炼丹，也侣道，也求官，也飘然于江湖。"表现对象恰与作者的气质高度叠合，恐怕这正是李白心目中的偶像舍孟公其谁的根本缘由。

孟、李二人都喜寻道问仙，游历甚广，且个人豪爽，广结天下英彦，有一些共同的朋友。孟浩然到长安应试时，王昌龄初任校书郎，二人过从甚密。而王昌龄被贬龙标尉时，李白有名诗相送："我寄愁诗与明月，随君直到夜郎西。"在襄阳,很可能是孟浩然介绍王、李二人认识并结伴同游的,这该是襄阳的居民同风骚三人组擦肩而过的美好时光。

此外,崔宗之也可能曾与孟、李同游襄阳。其时,崔受到韩朝宗的提携,特到襄阳拜访,于是三人又组成另一个小分队同游。还有一个人是李白诗《金门答苏秀才》中的苏秀才,也即孟浩然《闲园怀苏子》中出现的"苏子"。苏秀才原是隐士,曾隐居石门山中,后来入京,天宝二年(743)夏初归乡,李白相送至襄阳,同时也顺便拜会孟浩然,却发现孟夫子早已过世。

孟浩然才高八斗,且身在盛世,却终生不达,后代文人深以为憾。如果说李白的仕途失意与盛世消逝的大环境有关,那么,孟浩然的不仕则与其自身推崇佛道和放浪任纵的性格不无关系。李白与孟浩然之所以能够成为忘年交,李白之所以无比仰慕孟浩然,主要是他们的行为方式、精神追求、思想个性有许多共同之处,他们两人都是盛唐时代广大士人追求自由人格、自由精神的典型象征。

清代诗人张问陶有一句"好诗不过近人情",说得对极了。唐诗中有不少名句,都是因为写人情写得好。"吾爱孟夫子,风流天下闻"是唐诗中写人情最好的诗句。也许是爱之太深了吧,李白还写过《送孟浩然之广陵》那首名闻天下的绝句。诗中的"孤帆远影碧空尽,唯见长江天际流"一句，同样透着人世间一丝丝悠远悲凉的人情。一代隐士，寂然立在远去的船头，大江茫茫，帆影最终消失在天水交接之处。此刻，整个送别场面定格在"天际流"的宇宙洪荒情境。茫茫天地间或者宇宙间，诗人李白硬生生把自己站成一位哲学诗人，只有他一个人站在那里，孤独地，前不见友人孟浩然，后不见归家的路途，生命一如长江水那样地消逝，却只能一个人把生命的存在感和孤独感吞咽下去。如此这般，李白也就理所当然地成为古今诗人友情抒写的标杆！

李白的爱情诗

——读《长干行》

李白写了不少喝酒的诗，也写了不少有关女性的诗，但遣述个人情怀的爱情诗似乎并不多，这和晚唐的李商隐等人大不一样。

李白写女性的诗，大部分是思夫的内容，是写她们的孤独寂寞与哀愁。《长干行》便是其中的杰作：

> 妾发初覆额，折花门前剧。
> 郎骑竹马来，绕床弄青梅。
> 同居长干里，两小无嫌猜。
> 十四为君妇，羞颜未尝开。
> 低头向暗壁，千唤不一回。
> 十五始展眉，愿同尘与灰。
> 常存抱柱信，岂上望夫台？
> 十六君远行，瞿塘滟滪堆。

> 五月不可触，猿声天上哀。
> 门前迟行迹，一一生绿苔。
> 苔深不能扫，落叶秋风早。
> 八月蝴蝶来，双飞西园草。
> 感此伤妾心，坐愁红颜老。
> 早晚下三巴，预将书报家。
> 相迎不道远，直至长风沙。

长干是古金陵的里巷名，今在南京市南，居民多从事商业。此诗是写商妇的爱情与离愁。李白以一个男性诗人的身份在诗中做第一人称的女性书写，叙写了一段缱绻婉约的爱情故事。开篇第一个字"妾"，是女性的谦称。"妾发初覆额"是一个蒙太奇的镜头，就是说头发刚刚盖住额头，就是10岁左右的小女孩。"折花门前剧"，她在家门口折了一枝花做游戏，"剧"是游戏的意思。"郎骑竹马来，绕床弄青梅"，男孩子骑着竹马，跑来看这个小女孩。小女孩在玩她那手中的花。诗人把一对天真的童年玩伴的画面细腻入神地描绘出来。继以"同居长干里，两小无嫌猜"自作点评。此言两人恩义，结于孩子天真无邪之时，故后来结为夫妻之情，自不同于他人。"青梅竹马"和"两小无猜"的典故就是从这首诗里来的。语言一旦变成一粒珍珠后，便永远放着光泽。千百年来，人们要说到小儿女之间的感情，谁能避开这两个成语？它们不但重现在诗客骚人的笔下，也回响在田夫村妇的口头，成了元气淋漓的绝妙好词。

接着叙婚姻生活之来历，"十四""十五""十六"逐年叙下，仿用古诗《孔雀东南飞》中叙述刘兰芝成长履历的句法"十三能织素，十四学裁衣，十五弹箜篌，十六诵诗书"，然古诗淳厚，而太白更加倩丽，其词情亦有怨与思之不同。李白的用意不落俗套，他不去夸饰女子的才貌随着年龄的增长出落得怎样标致，而是利用第一人称的特殊角度，写出了她内心隐秘的爱情独白，细腻地刻画出她婚后的情感变化。他抓住一个"羞"字，写出了丰富的层次，又洋溢着戏剧化的氛围。而最妙者，至"十六"则转为写君远行之事。比如，她听说西方有一个瞿塘峡，瞿塘峡有一个"滟滪堆"出没在激流之中，常毁船伤人。她又听说巴东有一个巫峡，巫峡两岸有猿猴出没，其哀鸣催人泪下。至"门前迟行迹"两句，又回到妾的一方，从此之后，诗人的叙述不再以"年"为单位，而是以"季节"和"月"为单位，从春经夏到秋到冬，从五月潮来，到八月叶落。日子久了以后，脚印看不到了，可有情人依然看到那绿苔底下的脚印。这其实是她那记忆中的定格，永远的定格。缠绵到这么深的地步，深情到这样一个状态。而到"苔深不能扫"的时候，感伤就更深了。思夫的哀伤让她度日如年。丈夫走了之后,好像没有变过。"落叶秋风早",看到落叶,才意识到原来已是秋天了。在孤独与哀伤中,问秋天怎么来得这么早。"八月蝴蝶来,双飞西园草",这又是一个让人哀伤的画面。这种哀伤大概觉得这一辈子就坐在这里发愁了——"感此伤妾心,坐愁红颜老"。这也是定格,这是生命的定格。生命已经不会再有新的事物发生,就停留在这样一个状态。之前十四、十五、十六的速度那么快,现在一天被拉长,变成一个永无止境的回忆。此下语语激切,而语语入神。好像诗人也心有不甘,不肯煞笔。于是在很大的绝望中,诗人又以妾之口吻空际传情,与远方君子对语:"早晚下三巴,预将书报家。"如果有一天丈夫真的从上游归来,经过三巴,至少先写一封信,早一点把消息带到家里,让我知道这件事。"相迎不道远,直至长风沙。"我要去迎接你,至少可以到长风沙这一带。这里是用地名描述自己的期待与喜悦。这种结尾给整首诗一种完整度。

李白此诗共30句,从"妾发初覆额"到"直至长风沙",从头到尾都是一个非常期待丈夫归来的女性在叙说,这给我们对诗人李白这样一个角色有了一个新的认知。有人说李白是一个"永结无情游"的诗人,他到处游走,嗜酒成性;他阅人无数,爱美,好奇,浪漫,一生写了那么多怀念友人、道士、农夫以及皇帝妃子和驸马爷的诗，但很少从个人视角写出男女爱恋一类的诗，这确实是研究李白的一个谜团。世人已知，太白诗人之豪放，无人可及；而其写男女旖旎婉约之阴柔也独步诗坛。

虽然李白是位狂放的诗人，但他已经习惯了人世的漂泊，对人生的遇合与离别有自己独特的体会，因此能把长干女子这段爱情写得如此柔婉细腻，展现出他内心温情的一面。同时，李白又是一位内心异常明亮的诗人，所以能把这段故事写得如此天然质朴，毫无矫揉造作之态，可谓自然动人。"清水出芙蓉，天然去雕饰"（《经乱离后天恩流夜郎忆旧游书怀赠江夏韦太守良宰》），其实此诗已达到李白自己追求的境界。

诗人把对爱情主题的阐释，融入对人生的思考中。爱情是人生的主题之一，并与成长、生计及其他生活主题联系在一起，让人类念念难休、代代不绝，因为爱情的可贵，在于它能给人类生活带来最大的精神慰藉和生命的华彩。

一字妻子情未了

——杜甫的爱情

我读杜甫诗，未见他写过一首正儿八经的爱情诗，因而也未见他为我们留下什么爱情金句。但是，如果你稍加留意，会发现杜诗中"妻"的字眼频频刷目，如珠玉般闪烁出温柔旖旎的光芒。在唐诗中，如此高频率以妻入诗，除了老杜，还找不出第二人。

杜甫的妻子叫什么名字，史无记载。因其父为司农少卿杨怡，故称她为杨氏。杜甫娶杨氏那年大约29岁，杨氏19岁。两家都是官宦人家，可谓门当户对。杜甫祖父杜审言是初唐著名诗人，与苏东坡的老祖宗苏味道等同列"文章四友"，是近体诗奠基人之一，所以，杜甫给他孙子生日赠诗时傲称"诗是吾家事"。杜甫结婚前后那几年家境还是可以的，故有条件达成诗与远方，"放荡齐赵间，裘马颇清狂。春歌丛台上，冬猎青丘旁"（《壮游》）。先后两次跟着偶像大哥李白徜徉自然山水间，优哉游哉。然而，好景不长，随着父亲去世，应试不第，仕途艰蹇，杜甫生活陷入困境。尤其是安史之乱爆发之后，往昔的"壮游"也变成"漂游"了，像无根的浮萍一样，颠沛流离，漂泊不定。在这种离乱颠踬的日子里，患难夫妻相依为命、不离不弃，感情愈发深厚笃实。

　　杨氏女子长的什么样，我们无从得知，但我们可从杜诗中寻觅猜度。杜甫有一诗《月夜》这样写道：

> 今夜鄜州月，闺中只独看。
> 遥怜小儿女，未解忆长安。
> 香雾云鬟湿，清辉玉臂寒。
> 何时倚虚幌，双照泪痕干。

此诗于唐肃宗至德元载八月杜甫为安史叛军所俘身陷长安所作。有评家言："心已驰神到彼，诗从对面飞来。"（萧涤非《杜甫诗选注》，人民文学出版社，1979年版，第72页）意思是说，诗人不言自己的痛苦，却只关心妻子的悲伤，情深故诗亦深。然而，小儿女们少不懂事，他们不知道母亲独自看月的心情是在想念他们身在长安的爸爸。最后四句语丽情悲，词旨婉切。这里，让我们看到了杜妻美好的形象：月夜深闺中，一个女子呆呆地凝望着月亮，思念远在长安的丈夫。站立的时间久了，带着脂粉味的雾气打湿了头发，月光的映照下玉一样洁白温润的胳臂有了凉意。有人说，老杜这首诗很香艳啊。的确，很美！这里虽然没写妻子的眉眼，但从这个满含喜爱欣赏意味的画面中，可以断定，杨氏是个美丽的女子，而且从外表到心灵都是如此。最后诗人发出感慨，什么时候我们夫妻双方才能隔着薄帷（虚幌）一同看月，让月光照干我们的泪痕呢！诗人预料到将来即使夫妻能万死重逢，也一定是泪眼相看的（事实也正是如此）。杜甫写此诗时，杨氏三十出头，正是妇人灼灼其华时。老杜另一首诗《一百五日夜对月》可谓《月夜》姐妹篇。"一百五日"指寒食节，诗人不说节日，而是用时日代替，足见思念妻子之深，一日一日是掰着手指头算过来的。诗中有一句"仳离放红蕊，想像颦青娥"，想像，即想念，颦，皱眉的样子。红蕊和青娥，两个意象间接描绘了妻子之美。由此，可以说，杨氏出身富贵，相貌昳丽，是一位知书达理的淑女。老杜之笃于伉俪如此，是一点也不容置疑的。

我们知道，杜甫一生生活坎坷，命乖运蹇，除了避乱入蜀过了几年比较安定顺心的日子外，杨氏一直跟着丈夫四处漂泊，历经艰难困苦。"历经至茅屋，妻子衣百结""瘦妻面复光，痴女头自栉"（《北征》），常年住着茅屋草舍，穿着补丁摞补丁的衣裳，一个千金小姐沦落为神情黯淡、身

269

体瘦削、一贫如洗的妇人；更有甚者，在那兵荒马乱的动荡年代，连维持一个安稳的家庭生活都是奢望，"妻子寄他食""老妻寄异县"，投靠亲友，寄人篱下，更悲惨的是"幼子饥已卒"，小儿子活活地饿死了。这对诗人夫妇来说是多么残酷的打击。虽然杜甫"所愧为人父""飘飘愧老妻"，没能够让妻子过上好日子，但依然是这个家庭的依靠，是妻子心中最大的牵挂。"去年潼关破，妻子隔绝久"（《述怀》），时隔一年的分别，杜甫千里迢迢回到妻子寄居的鄜州羌村，"妻孥怪我在，惊定还拭泪"（《羌村三首》），天啊，你还活着！看到丈夫从天而降，一声惊呼，泪水止不住地流淌，擦个不停。"世乱遭飘荡，生还偶然遂"，遭逢兵连祸结的乱世能活着回来，真是侥幸。"夜阑更秉烛，相对如梦寐"，夜已经很深了，在摇曳的烛光下，夫妻二人相对而坐为久别重逢而兴奋着，毫无睡意，你看看我，我看看你，犹如在梦中。杜甫是深爱他的妻子的。因为战乱，曾经娇生惯养的妻子跟着杜甫四处漂泊，吃了很多苦头，杜甫心里过意不去，"何时干戈尽？飘飘愧老妻"（《自阆州领妻子却赴蜀山行三首》其三），也是一种感情的表达。特别是在成都草堂的一段生活，因为稍为安定，他们就能琴瑟和谐，一起划船、下下棋，很是惬意。"昼引老妻乘小艇，晴看稚子浴清江"（《进艇》），"老妻画纸为棋局，稚子敲针作钓钩"（《江村》），这种岁月静好的家居生活，夫妻终日厮守相伴，老杜一口一个"老妻"，简直甜腻死个人。夫妻恩爱苦也甜。他们不慕大富大贵，只求现时安稳，人世之乐，又夫复何求啊。杜甫对这种生活无疑是很留恋的，几次到寺庙听人讲法参禅，尽管深受启发，但是他始终不能割舍他可爱的妻子儿女遁入空门。"妻儿待米且归去，明日杖藜来细听"（《别李秘书始兴寺所居》），"问法看诗妄，观身向酒慵。未能割妻子，人宅近前峰"（《谒真谛禅寺禅师》）。一生钟爱的诗歌和美酒都可以舍去，可是妻子儿女却割舍不下。诗圣原来更是情圣。

有唐一代，社会风气开放，才子风流，官员蓄伎，男人纳妾，是再正常不过的事情，大家"不以其事为非"（陈寅恪语）。但也有"诗佛"王维这样丧妻不再娶，独居30年的素心人。尽管《旧唐书》称杜甫"褊躁""傲诞"，他也自称"放诞""性豪"，是个有个性有脾气的人，但对爱情却是忠贞不贰，一生唯有杨氏一个妻子。在他的诗里看不到佻达狎邪的字眼，也找不到他出入青楼楚馆的蛛丝马迹。有人归之于战乱贫困，连肚子都填不饱，哪还有那邪思绮念？我想，根本问题不在这里。后人之所以尊杜甫为"诗圣"，盖因杜甫是一个有大抱负大胸怀大悲悯之人，"致君尧舜上，再使风俗淳"，"男儿生世间，及壮当诸侯"，即使他的人生理想被残酷的现实击得粉碎，心中的家国情怀却依然坚如磐石。"国破山河在，城春草木深"，"烽火连三月，家书抵万金"，身在江湖，心存魏阙，家国一体，在兹念兹。在命若蝼蚁的乱世，杜甫最深沉的惦念，有妻子儿女，有弟妹亲朋，更有江山社稷、黎民百姓。杜甫是一个深情纯情的诗人，故梁启超奉之以"情圣"桂冠，这样的男人怎么不深爱他的妻子呢？杜甫与杨氏之爱，历30年始终如一，虽有离乱中的生死离别，却点点滴滴都是些碎屑家常，平淡无奇。一字妻子情未了，那一声一唤的"老妻"，是眷念，是疼爱，是甜蜜，带着温热的气息，冲破时空的阻隔，直抵人的灵府，如一夜春风，催生世间无数的心花，朝天怒放。

元稹与薛涛之恋

薛涛第一次见元稹前曾写了一首杂言小诗《四友赞》：

磨润色先生之腹，濡藏锋都尉之头。
引书媒而黯黯，入文亩以休休。

这首诗小巧玲珑，含蓄内敛。诗人似乎是在吟诵"文房四宝"——笔、墨、纸、砚，其实是诗人在用心地告诫意气风发的元稹。"磨润色先生之腹"讲砚台，告诉元稹要重视腹中学问，须好好打磨；"濡藏锋都尉之头"言毛笔，凸现"藏锋"，是在告诫元稹要懂得收敛锋芒，不可恃才傲物；"引书媒而黯黯"论墨，意在说做人要厚道，要朴实无华；"入文亩以休休"讲纸，则是劝诫元稹待人要宽容。

倾慕元稹的薛涛写这首诗，并不是为了炫耀自己的才华如何出众，而是出于对友人的一种表白；之所以采取这种曲折的劝诫方式，也是薛涛对元稹小心翼翼地进行心灵试探。据说，元稹读到薛涛这首小诗时也是大为惊叹，于是，他也即兴写了一首小诗《好时节》：

> 身骑骢马峨眉下，面带霜威卓氏前。
> 虚度东川好时节，酒楼元被蜀儿眠。

后来，人们在元稹自己藏匿的诗集里发现一首《寄赠薛涛》的诗中就有这么一句："幻出文君与薛涛。"而这正好与他在此诗中所写的"面带霜威卓氏前"一句相呼应。卓氏自然是指汉代蜀中才女卓文君。那么，这一句是否说的就是他与薛涛的相遇成恋呢？

据蜀人张篷舟先生考证，元稹"为东川检察御史，慕涛欲见。司空严绶潜知稹意，遣涛往侍，涛至梓州晤稹"。按照这一说法，是严绶促成元、薛二人的相见，虽说是授意结交，但两人皆倾慕对方之名，相见始恋应是大概率的事情。

这一年，薛涛41岁，元稹30岁。元稹是一个久负盛名的翩翩公子，薛涛是一个才情不让须眉的脱俗女子；元稹风流多情，期待着一场邂逅；薛涛寂寞无依，渴望着一次爱情。一切都是那么凑巧，一切都是那么自然，一切都好似天造地设，元稹与薛涛相爱了。

当时薛涛已不再年轻，但她如雪的肌肤、出众的气质和卓越的才情依旧使得年轻的元稹眼前一亮。40岁的女人，灼灼其华，有一种成熟美。11岁的差距在元稹眼中了无意义。

同样，薛涛的爱情之火一经燃烧，就极为炽烈。于是，她不顾一切将自己投身于爱的烈焰中。相见第二天，她满怀深情地写下了《池上双鸟》："双栖绿池上，朝暮共飞还。更忆将雏日，同心莲叶间。"完全是一种柔情万种小女子神态。两个人流连在锦江边上，相伴于蜀山青川。那段时光，是薛涛一生中最快乐的日子。然而幸福总是短暂的。这年七月，元稹调离川地，任职洛阳，细算起来，他们在一起的日子还不过三个月。这场姐弟恋最后虽然天各一方，但还是留下了永世长存的印记。

可惜，元稹终究是一个用智而不用心去谈恋爱的人。才子多情也花心。分别之后，薛涛对他的思念还是刻骨铭心的。她朝思暮想，满怀的幽怨与渴盼，正如她30岁曾写的那首流传千古的名诗《春望词》：

　　花开不同赏，花落不同悲。
　　欲问相思处，花开花落时。
　　揽草结同心，将以遗知音。
　　春愁正断绝，春鸟复哀吟。

醉听清吟

> 风花日将老，佳期犹渺渺。
> 不结同心人，空结同心草。
> 那堪花满枝，翻作两相思。
> 玉箸垂朝镜，春风知不知。

看着枝头最美的花朵，数着指尖流走的时光，就像看着自己的美丽在徒劳地开放，兀然地凋零，却还是"佳期犹渺渺"，一次次地让"结同心"的美梦幻灭，沉浸在知己难求、知音难觅的痛苦里。

薛涛深陷在幽思的情怀里一时难以自拔，可元稹却是个负心汉。阅女无数的元稹一生有三段爱情，每一段都以悲剧告终。第一段爱情就是元稹21岁少年春薄衫时与他相恋的少女崔莺莺一见钟情。莺莺才貌双全，家中富有，但家族没有权势，在仕途上帮不了元稹什么忙。因为这门第缘故，忍痛割爱。后世对元稹颇有始乱终弃的非议。第二段爱情，元稹选择了京城高官韦夏卿爱女，但这并非元稹的负心之举，此乃有元稹的《莺莺传》为证。鲁迅先生在《中国小说史略》中曾认定《莺莺传》记叙了元稹的真实经历："元稹以张生自寓，述其亲历之境。"可叹的只是，后人不知悲剧之痛，擅将劳燕分飞改作奉旨成婚。《西厢记》在立意上完全曲解了《莺莺传》。至于元稹是不是辜负了崔莺莺的原型,韦氏死后他吟罢"取次花丛懒回顾"不到两年就立刻迎娶了美妾安仙宾。这与薛涛并不重要。她爱的,不过是元稹带给她的激烈如同排山倒海般的新鲜体验。元稹的第三段爱情洒落在著名才女薛涛身上。从大家闺秀到风尘女子的身世已然令人唏嘘,但薛涛的才华更令人惊叹。元稹曾为此写过一首《寄赠薛涛》的诗:

> 锦江滑腻峨眉秀,幻出文君与薛涛。
> 言语巧偷鹦鹉舌,文章分得凤凰毛。
> 纷纷辞客多停笔,个个公卿欲梦刀。
> 别后相思隔烟水,菖蒲花发五云高。

此诗与前面的那首小诗《好时节》,都把薛涛比作卓文君。但我们不能为这种假意所迷惑,真正说来,从这首诗里,我们看不到元稹对一代才女的真正尊重。毫不讳言,元稹最著名的情诗当然是那首《离思》:

> 曾经沧海难为水,除却巫山不是云。
> 取次花丛懒回顾,半缘修道半缘君。

其后,元稹的好友白居易还写了一封信与薛涛:"若似刻中容易到，春风犹隔武陵溪。"(《赠薛涛〈见张为主客图〉》)劝告薛涛对元稹死心，放弃还在痴望中等待元稹施舍的爱情。薛涛不是读不出他略带攻击性的轻蔑，只是她已经没有必要去辩解、去回击。她已经44岁了，一个44岁的女人不再渴求生活中的百变，她珍惜的是眼下的安稳。

晚清"毒舌"王闿运曾对此诗下一"神评"："所谓盗亦有道。""幻出文君"句真实地反映了元稹的虚伪，中间四句读起来似快板书，没有一点真情。对比元稹悼亡妻的《离思》，就能体现出在同一个人身上的巨大反差。元稹的这首爱情诗确实写得很纯情，说自己除了亡妻之外，再没有能使他动情的女子了。不过，十分狗血的是，元稹的感情生活并不像他诗中写的那样忠诚专一、纯洁无瑕，而是状况迭出，情史混乱。

薛涛对元稹最后应该是有所认识的。她写过一首《寄旧诗与元微之》：

> 诗篇调态人皆有，细腻风光我独知。
> 月下咏花怜暗澹，雨朝题柳为欹垂。
> 长教碧玉藏深处，总向红笺写自随。
> 老大不能收拾得，与君开似教男儿。

这首诗是用外表的平静包裹着内心的汹涌,既有自负又有自卑,既有一线希冀,也有深深的无奈;既表达了自己的一往情深,也倾诉了自己的一腔哀怨。由此也可以看出,薛涛并没有死赖着元稹的意思。读到此诗,我们看到薛涛大气的一面。过去,有评论说她"无雌声",面对元稹,薛涛还是很有一些"雌声"的。联系到王闿运先生的"神评",我们似乎可以做出这样的结论:

元稹对薛涛,始于玩弄,终于虚伪。这个元稹,在对待薛涛的爱情上,也无厚道可言。

一诗成谶

——读薛涛的咏风诗

明末竟陵派诗人钟惺所编的《名媛诗归》记载:"涛八九岁知音律,其父一日坐庭中,指井梧示之曰'庭除一古桐,耸干入云中',令涛续之,即应声曰'枝迎南北鸟,叶送往来风'。父愀然久之。"这就是后来流传甚广的薛家父女合吟的《井梧吟》。薛涛知道父亲是在考问自己,看着枝头鸟儿来来往往,听着叶间风声穿梭回旋,仿佛这井边的古桐在张开怀抱接纳一路到来的访客,便随口续上父亲的问对。其父愀然,必是听出其意,深恐薛涛将来会成为迎来送往的不良之女。

少年薛涛喜欢风,这并不奇怪,风,代表着自由和任性,任何人都喜欢它的轻盈,喜欢它的无拘无束,喜欢它的无影无踪,喜欢它与心灵契合的感觉。

薛涛生于官宦之家,幼年生活还算安定,每日读书写字,倒也不觉无聊。一日,薛涛正在案头写字,忽有一阵清风扑面而来,仿佛一种灵魂的召唤,直觉自己飘飘荡荡,舒心畅快，心有所感，遂提笔赋诗：

> 猎蕙微风远，飘弦泪一声。
> 林梢鸣渐沥，松径夜凄清。
>
> 《风》

微风掠过低矮的蕙草，香传遐迩；又在琴弦上轻轻地撩拨一下，发出一声清脆的琴音。高高的树梢又在风的激荡下渐沥作响，松林里的小径在鸣鸣寒风侵袭中凄冷幽清。

"一切景语皆情语。"（王国维《人间词话》）短短一首咏物诗，即从鼻根、耳根、眼根、意根四处落笔，全无直抒胸臆之句，却尽展胸中丘壑，使人嗅之有香，闻之有声，视之有色，感之生情，形象而客观地描绘出风飘忽、悠远、幽微的特质，更赋予诗人年少慧眼而识得世情冷暖，咏出这凄清的词句来。

草香、琴声、林色、寒夜四者，皆为诗人欣赏风之自由飘忽的媒介，她心目中的微风正如自己的性格一般，漂泊无际，任运世间。"猎"字甚奇峻，充满了野性的力量；"泪"字亦突兀，非凡语俗句所能及。显然，心向往之的大千世界对诗人充满巨大的诱惑，但是，命运中的不幸终将发生：古井桐下，才思敏捷的少女与父亲午后笑语，在对答如流的期盼中，风戛然而止，父愀然久之。其后，诗人在漫长的岁月中被碾压，在命运的波涛里跌跌撞撞。父死家贫之后，为了维持生计，她先是堕入乐籍，后被罚赴边疆，被迎回后，与多位名士往来酬唱。最早认识薛涛并带她开启人生新路的名士是剑南西川节度使韦皋。所谓"韦皋镇蜀，召令侍酒，称为女校书，出入幕府，历事十一镇，皆以诗受知"（《嘉定府志》），就是讲的薛涛吟诗奉客的故事。

她从坎坷中重生，从容地站在男人的世界里，站立的姿态让韦皋眼前一亮：薛涛虽是倡优的身份，但绝不是那种只会陪酒唱曲的"花瓶"。当薛涛唱出"闻道边城苦，今来到始知。羞将门下曲，唱与陇头儿。黠虏犹违命，烽烟直北愁。却教严谴妾，不敢向松州"（《罚赴边有怀上韦令公二首》之一）时，韦皋为她非凡的才情所感动，遂赐薛涛"女校书"一职。

校书，相当于今日的文秘。官职不高，门槛却很高，只有进士出身的人才有资格担当此职。同时期的白居易、王昌龄，以及晚唐的李商隐、杜牧都是从这个职位上起身，还从来没有哪一个女子担任过"校书郎"。薛涛在一千多年前的大唐，开创了女秘书的先河。这里，我们看到，女校书薛涛上述陪客吟唱的诗毫无弱质女流之态，却有恤人之心，藏讽喻之意。薛涛常于酬唱间，将隐藏的心血点染，露出倔强的野性与桀骜的风骨。诗人最后的命运是孤独清苦的。正如王建诗所云:"万里桥边女校书,枇杷花里闭门居。扫眉才子知多少,管领春风总不如。"(《寄蜀中薛涛校书》)最后,女校书一袭青云道袍换红妆,当道士闭门谢客,但也逃脱不出这迎来送往的宿命。她的才华为她引来的祸端并没有拯救她于窘迫之中,她真实地品尝到了"林梢鸣淅沥"的滋味——无端的指责,恶意的嫉恨,无名的怒火,都向她倾泻而来,而在那些寂寥萧疏的夜空,唯有"松径夜凄清"可与之相伴。

西晋诗坛美男子潘岳曾作《秋兴赋》咏叹道:"月朣胧以含光兮,露凄清以凝冷。"相权之下,诗兴疏阔的薛涛之"凄清"更加生动、真切。薛涛的松径,屏退了一切的喧闹与缠绵,唯有幽幽芳草的清香和偶一发之琴"泪",更衬得夜晚的空寂。倒是这深夜晚间的风,仓促、犀利、猝不及防,向天下所有的浮华宣告:微风在寒夜里激荡,比起虚浮的盛筵来更加真实动人。

几百年后,苏东坡填词而歌:"尊前舞雪狂歌送,腰跨金鱼旌旆拥,将何用,只堪装点浮生梦。"东坡居士以诗人之眼谛察万物,良由取舍,这正合薛涛之旨。

一诗成谶。"枝迎南北鸟,叶送往来风。"天才美丽少女在梧桐参天的浓荫里朗朗念出的句子,竟镌刻出她一生的命途。

各在一枝栖

——读薛涛《蝉》

文人爱蝉,咏蝉之诗也层出不穷,用意自殊。
有托物言志、自表高洁的,如骆宾王的《在狱咏蝉》:

> 西陆蝉声唱,南冠客思侵。
> 那堪玄鬓影,来对白头吟。
> 露重飞难进,风多响易沉。
> 无人信高洁,谁为表予心。

有烘托幽静、心生归隐的,如王籍的《入若耶溪》:

> 艅艎何泛泛,空水共悠悠。
> 阴霞生远岫,阳景逐回流。
> 蝉噪林逾静,鸟鸣山更幽。
> 此地动归念,长年悲倦游。

有感怀身世、叹惜时光的，如司马曙的《新蝉》：

> 今朝蝉忽鸣，迁客若为情。
> 便觉一年老，能令万感生。
> 微风方满树，落日稍沈城。
> 为问同怀者，凄凉听几声。

有客子思乡、苦于飘零的，如白居易的《早蝉》：

> 月出先照山，风生先动水。
> 亦如早蝉声，先入闲人耳。
> 一闻愁意结，再听乡心起。
> 渭上新蝉声，先听浑相似。
> 衡门有谁听，日暮槐花里。

有壮志未酬、遗恨悾偬的，如雍裕之的《早蝉》：

> 一声清溽暑，几处促流年。
> 志士心偏苦，初闻独泫然。

我们再来读薛涛的咏蝉诗，其意迥然，与他人不同的

醉听清吟

心思跃然纸上：

> 露涤清音远，风吹故叶齐。
> 声声似相接，各在一枝栖。

她不写一只蝉，而是写蝉声相和，却各在一枝，并不相见。这种别出一格的观点是前述诗人不曾有的，可见她的与众不同的才情，以及隐约能够窥见的她那隐秘心情。她明白自己不过是个弱女子，不好去学文人自表高洁的姿态，因而不去写蝉居高处，声播邈远；也不去写蝉的吸风饮露，高洁自爱，而是写蝉声相和，表明希望有人能够听懂自己，与自己相知相交；而各栖一枝则希望留有自己的空间，不被他人所影响。这种想法，不仅新颖，而且难能可贵。薛涛身为一个古代女子，追求的却是自由独立的命运。

蝉本无知、无情，蝉鸣也本不关愁，更无所谓高洁自爱之类，然而许多诗人却闻蝉而愁，借物生情，别有机杼。正如宋代诗人杨万里在《听蝉》中所说的那样："蝉声无一添烦恼，自是愁人在断肠。"因此，王国维在《人间词话》中说道："以我观物，故物皆着我之色彩。"由此我们也不难明了五代楚诗人刘昭禹在《闻蝉》一诗中对蝉发出"莫侵残日噪，正在异乡听"的劝阻；唐代诗人卢殷在《晚蝉》一诗中对蝉"犹畏旅人头不白,再三移树带声飞"的抱怨;唐代诗人姚合在《闻蝉寄贾岛》一诗中对蝉鸣"秋末吟更苦,半咽半随风"的描写;宋代词人刘克庄在《三月二十五日饮方校书园》一诗中对蝉"何必雍门弹一曲,蝉声极意说凄凉"的感受。以上都只不过是诗人各自内心情感的外现与物化罢了。

每当我们读起薛涛的这首《蝉》,总是会不自觉地想起那样一个夏日的午后,一棵挺立了百年的高大梧桐,也许正是少女曾经应父题作诗的那一棵,在它耸入云天的枝叶上,响起了一声清越的蝉鸣。那调子起得很高,那声音拉得很长,然而,蝉儿虽然一声接着一声,却并不栖身于一枝干。"各在一枝栖",说的不仅是诗文的道理,表达的也不仅是艺术的追求,更成为薛涛的人生格言。那么多的咏蝉诗,只有她这一首,骨子里便有特殊的高洁意,挣脱了世俗、礼教、正统、传承的牵绊,把个性之美提到如此重要的地步。在诗人往后的坎坷人生中,无论是身陷乐籍,还是流落边疆,高为至官,低至隐居,薛涛都能泰然处之。因为她的人生就像她的诗文艺术一样,追求的不是与别人一样的平凡安稳,也不是世人所共赞的某种平庸生活。她能够接受异议,能够接受和别人不一样甚至为别人所不容的东西。对此,她不仅不会为之焦虑,反而因这不同而凸显其难能可贵的个性。

"各在一枝栖。"薛涛有此一句,人皆解读为谈诗。唐时诗文流派众多,各有所长,如百鸟争鸣,也似蝉声相接,既各成其美,又一同构成浩瀚诗史。一个深闺少女,她有心做青史的一角,唱出一声蝉鸣,化成诗歌华章里的一段锦。听起来似是妄语,但经千百年岁月淘洗之后,她却以自己艰苦的追求和别样的才情独立于中国诗坛至今而熠熠闪光。

天下朋友皆胶漆

——兼论白居易与刘禹锡的友情

盛唐时期，儒道释三教竞立，思想界呈现一种自由开放的风气，文人之间也自然形成一种友善和美、互敬互学的气氛。杜甫在《忆昔二首》其二中回忆开元年间的情况时说："天下朋友皆胶漆。""胶漆"一说不无夸张，但那时的文人有胸怀、不世故确是事实。李白、杜甫是尚友之人，交友讲直爽、讲信实，不平则鸣。比如，杜甫为郑虔鸣不平："诸公衮衮登台省，广文先生官独冷。甲第纷纷厌粱肉，广文先生饭不足。先生有道出羲皇，先生有才过屈宋。德尊一代常坎坷，名垂万古知何用。"(《醉时歌》)李白为王十二鸣不平："君不能狸膏金距学斗鸡，坐令鼻息吹虹霓。君不能学哥舒，横行青海夜带刀，西屠石堡取紫袍。吟诗作赋北窗里，万言不值一杯水。"(《答王十二寒夜独酌有怀》)自称"我本楚狂人"的李白是个傲气十足的人，可他对所敬佩之人常有出自真心的褒扬之言。比如他对孟浩然的赞佩：

"吾爱孟夫子，风流天下闻。红颜弃轩冕，白首卧松云。醉月频中圣，迷花不事君。高山安可仰，徒此揖清芬。"孟浩然是王维好友，但他比王维更放浪，曾因一句"不才明主弃"忤犯唐玄宗后无缘仕宦，落魄一生。李白对他很同情、很敬重。其《黄鹤楼送孟浩然之广陵》表达的那种一往情深着实令人感动。其实李白和孟浩然诗歌的风格相去甚远，孟诗恬淡孤清，李诗飘逸豪放。李白却如此推崇孟浩然，不但显示了李白的胸怀宽广，也可见盛唐文坛的良好氛围。

杜甫的《饮中八仙歌》，以欣赏的目光，描绘了贺知章、李白、张旭等八人醉后的狂态，其钦佩之情同样溢于言表。盛唐诗人不是没有艺术上的较量和竞争，但伴随着较量和竞争的是互相切磋、互相学习。

《旗亭画壁》的故事说，王昌龄、高适、王之涣三人以梨园的伶官演唱谁的诗歌最多，最漂亮的伶官演唱谁的诗歌，来决定彼此的高下，结果王之涣因《凉州词》而获胜。这个故事可能有些浪漫色彩，未必可信，但可以帮助我们想象盛唐诗人那种多姿多彩的生活，相亲相敬的关系，以及赢得起也输得起的胸怀，而这正是酝酿佳作的良好环境。

李白登黄鹤楼而发诗兴，可是见到崔颢的题诗遂敛手搁笔，说："眼前有诗道不得，崔颢题诗在上头。"李白为此另写了《登金陵凤凰台》，暗中或有与崔颢较量之意。但有人说，李白的"凤凰台"不能算作创作，因为他的凤凰来自崔颢的黄鹤，自然没有崔诗那么清奇了。很显然，李白还是最醉心于崔颢的黄鹤楼。

中唐紧接盛唐之后，盛极难继，但盛唐诗人对中唐诗人的"迁化"作用依然强烈。特别是白居易，他对李、杜作品苦读深研，受益最多。他曾无限深情地咏道：

> 翰林江左日，员外剑南时。
> 不得高官职，仍逢苦乱离。
> 暮年逋客恨，浮世谪仙悲。
> 吟咏留千古，声名动四夷。
> 文场供秀句，乐府待新词。
> 天意君须会，人间要好诗。
>
> 《读李杜诗集因题卷后》

毫无疑问，李白是白居易最敬佩的前代诗人。而从创作实践看，白居易有意继承和弘扬杜甫的诗歌精神。如前所述，杜甫在同时代的诗人中最敬佩的是李白。"白也诗无敌"嘛！白居易对同时代的诗人也有敬佩的，比如说刘禹锡。

白与刘同龄，他们都是中唐诗坛上叱咤风云的一流人物。虽然彼此闻知大名,却各自有不同的文化圈。刘与韩愈、柳宗元是好友,白与元稹是知交。但这不妨碍白、刘之间的心仪和互相倾慕。直到宝历二年,两人都已55岁了,才在同返洛阳的途中于扬州不期相逢,两人畅叙同游二十余天。白当时设酒席招待刘,并当场写了《醉赠刘二十八使君》,诗中谓刘"诗称国手徒为尔,命压人头不奈何",意谓刘诗已达"国手"水平,亦即今日所谓国家级高手,可惜,"命压人头",空有其才,被长久埋没了。刘则写了《酬乐天扬州初逢席上见赠》作答。诗中在描述了自己在巴山楚水凄凉的贬谪生活之后,继而转笔写道:"沉舟侧畔千帆过,病树前头万木春。今日听君歌一曲,暂凭杯酒长精神。"两人第一次酬唱,初次交手,刘便高于白,遂成名篇。其中"沉舟""病树"一联,至今流传。自此,刘、白经常以诗唱和,互有赠答。如白居易作《春词》:"低花树影小红楼,春入眉心两点愁。斜倚栏干背鹦鹉,思量何事不回头。"刘作《和乐天春词》:"新妆宜面下朱楼,深锁春光一院愁。行到中庭数花朵,蜻蜓飞上玉搔头。"无论在含蓄有味还是遣词优雅上,刘之和作皆胜于白之原唱。白居易曾写《咏老见示诗》赠刘,刘又写《酬乐天咏老见示》一诗作答,其中的"莫道桑榆晚,为霞尚满天"又成千古名句。后来刘禹锡又作《石头城》一绝,白居易掉头苦吟,叹赏良久,特别是当他读到"潮打空城寂寞回"一句时,不禁叹道:"我知后之诗人不复措辞矣!"其佩服之情,实属少见。

后来,刘、白唱和诗渐多,成《刘白唱和集》,白在《刘白唱和集解》一文中写道:"彭城刘梦得,诗豪者也。其锋森然,少敢当者,予不量力,往往犯之……梦得,梦得,文之神妙,莫先于诗。若妙于神,则吾岂敢?如梦得'雪里高山白头早,海中仙果子生迟'、'沉舟侧畔千帆过,病树前头万木春'之句之类,真谓神妙。在在处处,应当有灵物护之。"这是白居易的自谦之辞,也是他的由衷之言。由此可见,白居易在同时代诗人中最佩服的,无疑首推刘禹锡。这说明白居易既能知己之短,更能见人之长,心胸十分开阔。唯其如此,他才能有大魄力写出像《长恨歌》《琵琶行》那样有传世价值的长篇杰作。杜甫之后,白居易以白话作诗,"意激而言质",一改中唐诗吟风弄月的风气,写出许多反映社会现实的不朽之作。

白居易晚年过着"眼下有衣食,耳边无是非"的自由生活。表面上醉心佛道,沉溺诗酒,实质上他依然念念不忘的是这世上的友和情。他晚年给同住洛阳的好友刘禹锡的一首诗这样写道:

少时犹不忧生计,老后谁能惜酒钱。

醉听清吟

> 共把十千沽一斗，相看七十欠三年。
> 闲征雅令穷经史，醉听清吟胜管弦。
> 更待菊黄家酝熟，共君一醉一陶然。
>
> 《与梦得沽酒闲饮且约后期》

可以想见，这两位晚年闲居洛阳的大诗人，多么优哉游哉！他们终日诗酒买醉，颇多唱和。学界有人评说，白氏集中赠刘禹锡的诗题多为"答梦得""与梦得""忆梦得""酬梦得""因梦得""同梦得""谢梦得"等等。而刘禹锡和白诗亦达200余首，约占其存诗的28%。"闻到洛阳人尽怪，呼为刘白二狂翁。"（《赠梦得》）难怪有学者打趣说，刘禹锡的不幸是和白居易交上了朋友（邓中龙《唐代诗歌演变》，岳麓书社，2005年版，第252页），意思是说，因交友近狂，刘禹锡从而再也写不出什么好诗来了。

诚信之交话"刘柳"

在唐代，倡导古文运动的代表人物韩愈、柳宗元并称"韩柳"；而因为诗文皆擅、友情深挚，柳宗元与刘禹锡又并称"刘柳"。

据新旧唐书和《资治通鉴》等史料记载，当年"刘柳"的曝光率和流传度却要高过"韩柳"。

诗豪刘禹锡和文豪柳宗元，在文学成就上难分轩轾。刘禹锡诗胜文，但也有一篇《陋室铭》天下传诵；柳宗元文胜诗，却也有"独钓寒江雪"独步千秋。

在人生经历上，他俩也大同小异。唐贞元九年，刘、柳为同榜进士。那年，刘禹锡21岁，柳宗元仅20岁。两人都在朝廷检察部门任职，实权在手，春风得意。再者他们都对诗文特别爱好，彼此间互相切磋，往来密切，因此，两人关系十分融洽。由于志同道合，他们都参与了王叔文的"永贞改革"，结果因失败而被整得很惨。刘、柳均被放逐南蛮之地，刘为郎州司马，柳为永州司马。但二人继续交往，书信不断，探讨学问。如柳宗元写了《天说》，刘禹锡以为其"天人之际"的关系并未说清，又作《天论》三篇加以补充。

两人就这样互勉互学，互相关心，不觉9年过去。朝廷也知道刘、柳诚为一代英才，本拟重用。不料刘禹锡写了首《游玄都观绝句》吟道"玄都观里桃千树，尽是刘郎去后栽"，本是声调朗朗、凝练俊逸的诗句，却被诬为语涉讥讽、发泄怨愤之作，捅了娄子，刘、柳又被逐出京城。刘因为写诗惹祸，被发配到最为荒僻的播州。柳因为刘写诗而枉遭牵连，非但不怨刘，反而出面为刘求情，说播州非人所居，刘梦得有老母，不适合居住，而且更无母子同往之理。并向朝廷郑重提出，把自己离京稍近的柳州刺史一职让给刘禹锡，而自己愿意到遥远荒凉的播州去任职，并誓言哪怕为此重得死罪，也不悔恨。后经御史中丞裴度向宪宗陈情，终于使刘改任为连州刺史，生活环境大为改善。柳宗元的仗义之举让韩愈也深为感动，曾感叹道："士穷乃见节义！"（《柳子厚墓志铭》）

因柳、连二州均在南方，此次贬逐，刘、柳一路南下同行。初春三月，他们一同来到衡阳的湘江渡口。此地是他们作为朋友一生一起走的一个重要节点，回首往事，展望将来，他们不禁感慨万千。柳宗元首先吟道：

十年憔悴到秦京,谁料翻为岭外行。
伏波故道风烟在,翁仲遗墟草树平。
直以慵疏招物议,休将文字占时名。
今朝不用临河别,垂泪千行便濯缨。

《衡阳与梦得分路赠别》

刘禹锡听罢,也愁上心头。他抬头望天,但见大雁向北飞去,自己虽然也向往北方故地,却无法同归,只能眼看着它们在蓝天白云里渐渐消失。而这时湘江边上的山岭中,偏偏又传来一阵阵猿猴的哀鸣声,听来令人断肠。于是,他马上也酿成七律作答:

去国十年同赴召,渡湘千里又分岐。
重临事异黄丞相,三黜名惭柳士师。
归目并随回雁尽,愁肠正遇断猿时。
桂江东过连山下,相望长吟有所思。

《再授连州至衡阳酬柳柳州赠别》

"桂江"两句,桂江即漓江,指柳宗元溯江下桂而去柳州,"连山"指刘禹锡的目的地——连州。其实,"桂江"

和"连山"并无相连之处。可是,"相望长吟"却将两人相连起来。对比两诗,还是有一点区别。虽同是在衡阳分手时的酬和之作,但细咀能看出,柳诗,就俩字:悲、怨。最后一句简直是大悲大怨。说以泪洗面也就罢了,而是以泪洗衣犹不能自持。

刘诗,我觉得境界要高一些。难免忧思愁绪,但更能自持自守。第四句"三黜名惭柳士师"高妙,以数次罢官但不忧不怨、独守其志的柳下惠来勉励彼此。而最后一句"有所思"也跟柳诗的结尾不同。想不通,只能泪千行;想得通,于是继续想。可见,刘禹锡的气度要阔大得多。

虽然在柳宗元的七律中,常常有泪涟涟的诗句,但他的性格其实也并不弱。听了刘禹锡那健拔有力、结句很有味的诗,也不禁回吟道:

> 二十年来万事同,今朝歧路忽西东。
> 皇恩若许归田去,晚岁当为邻舍翁。
>
> 《重别梦得》

见是一首七绝,刘禹锡读罢,也当即回了一首七绝:

> 弱冠同怀长者忧,临岐回想尽悠悠。

耦耕若便遗身老，黄发相看万事休。

《重答柳柳州》

不知何故，柳宗元与刘禹锡分别之时诗兴特浓，也许他已怀疑今后能否与刘禹锡重逢，所以读了刘禹锡的和诗，不禁又写了一首《三赠刘员外》：

信书成自误，经事渐知非。
今日临岐别，何年待汝归。

刘见柳又赠了首五绝，立刻又回了首五绝：

年方伯玉早，恨比四愁多。
会待休车骑，相随出蔚罗。

《答柳子厚》

总之，两位诗人兼好友在临别之际，都有许多话要说，结果都融化在诗里了。通过赠诗和对答，表达了彼此的思念之情，交流了各自的惜别心情。直到柳乘上西行的船，他们才依依不舍地挥手而别；看到柳宗元的船消失后，刘禹锡才继续踏上南下的征程。

可惜此别之后才四年，柳就因病去世，年仅46岁。噩耗传来，刘"惊号大叫，如得狂病"，泪如雨下，在万分悲痛的心情下，为柳接连写下两篇祭文。一年后离任出粤路过衡阳，还特意来到当年与柳在湘江岸边分手的地方，赋诗投吊："忆昨与故人，湘江岸头别。我马映林嘶，君帆转山灭。马嘶循故道，帆灭如流电。千里江蓠春，故人今不见。"（《重至衡阳伤柳仪曹》）其对故人的哀思之情，字字可见。

柳生前在《送元暠师序》一文中曾夸赞刘是一个"明信人"，就是说，刘交友信用度极高，值得信任。因此，柳在临终前给刘留下嘱托，希望刘能帮助他把四个幼小儿女抚养成人；把他生前的遗稿编纂问世；代请韩愈为他写墓志铭。刘知道柳无兄弟，两个姐姐也早已去世，故对其后代，均协助抚养，对之文稿，亲加手编，故最早的柳宗元文集，实出自刘禹锡之编纂，并亲为作序；而今所见韩愈的名文《柳子厚墓志铭》，也实由刘代柳转请韩愈所撰。总之，对柳所托之事，一一办好。由此可见，刘真不愧为柳之挚友。

如果说，与柳宗元并称"韩柳"的文坛盟主韩愈，跟他算是共同倡导古文运动的深分好友，那么刘、柳二人无论是在政治观念、哲学思想、文学主张，乃至人生道路上则是完全志同道合的终生朋友。因此，刘禹锡临终前写的《子刘子自传》中，仍然怀念23年前已经去世的好友河东柳宗元，称之"与予厚善，日夕过，言其能"。

的确如此。刘、柳之间情深意笃，讲诚信之交，世所鲜见。

李商隐的爱情诗

李商隐生于晚唐。正如他在诗中自述"我系本王孙",他是晋凉武昭王李暠的苗裔,唐高祖李渊是李暠的第七代孙,与他算是同宗。而李商隐上溯五代(包括他的父祖)虽然其中也不乏才气学问者,但都职位不高,没有一个阔人,且大多早夭。他曾有三个姐姐,也都早逝。其中让他敬佩的"裴氏姐","生禀至性,幼挺柔范;潜心经史,尽妙织纴;钟曹礼法,刘谢文采"(《请卢尚书撰李氏仲姐河东裴氏夫人志文状》)。诗人就是在这样一个充满女性呵护的家庭环境中长大的,对于女性有着天然的亲近和依恋。因此,他爱写情诗也是人所共知的事实。

李商隐的爱情诗,多有《无题》这种独创形式,作品多用典故,辞藻瑰丽,诗旨隐晦,意境空灵:

凤尾香罗薄几重,碧文圆顶夜深缝。
扇裁月魄羞难掩,车走雷声语未通。

曾是寂寥金烬暗，断无消息石榴红。
斑骓只系垂杨岸，何处西南任好风。

重帏深下莫愁堂，卧后清宵细细长。
神女生涯原是梦，小姑居处本无郎。
风波不信菱枝弱，月露谁教桂叶香。
直道相思了无益，未妨惆怅是清狂。

诗称"无题"，但诗中的爱情悲剧意味却显而易见。咏诵这些失意的爱情诗篇，恰好表现了诗人对封建婚姻制度的不满和抗议。例如：

相见时难别亦难，东风无力百花残。
春蚕到死丝方尽，蜡炬成灰泪始干。
晓镜但愁云鬓改，夜吟应觉月光寒。
蓬山此去无多路，青鸟殷勤为探看。

这首《无题》诗设计了四个层次：首联点出相见机会极少，一分手时难舍难弃。颔联以海誓山盟来表示对爱情的忠贞。颈联写他们受到爱情的折磨，充满着惆怅牢愁。尾联想象神话中西王母的青鸟成为传递爱情的信使，表达了对美满的爱情和相思充满温情的向往。诗中"春蚕到死丝方尽，蜡炬成灰泪始干"，已成为表达忠贞爱情的千古绝唱。与此诗主旨相似的另一首《无题》，写相思的心情更为动人：

> 来是空言去绝踪，月斜楼上五更钟。
> 梦为远别啼难唤，书被催成墨未浓。
> 蜡照半笼金翡翠，麝熏微度绣芙蓉。
> 刘郎已恨蓬山远，更隔蓬山一万重。

久久不见心爱的人到来，男主人公神魂颠倒，彻夜难眠。他连墨都来不及磨浓，就急着写情书。心中想着她独居的倩影，烛光照着金色翠鸟的罗帐，麝香微熏绣着芙蓉的锦褥，春心萌动而因隔着万重蓬山不禁产生了无限惆怅！诗人本身就是个情种。当他抱得美人归，如愿娶到了泾原节度使王茂元的小女儿时，就毫不掩饰自己的新婚快乐："灵归天上匹，巧遗世人间"（《偶题》），"雾夕咏芙蓉，何郎得意初"（《漫成三首》其三）。

宦官专权误国是晚唐一大弊政。由于李商隐身处牛（僧孺）、李（德裕）两党矛盾的夹缝，仕途坎坷蹭蹬，生活也一直清贫艰难，但他对妻子王氏一直是真情相爱的。他写了不少寄内诗，其中最脍炙人口的当推《夜雨寄北》：

> 君问归期未有期，巴山夜雨涨秋池。
>
> 何当共剪西窗烛，却话巴山夜雨时。

这首诗"语浅情浓"，既朗朗上口，又抒情尽致，历来受到人们的喜爱。有人将这首诗解释成李商隐寄给同性朋友的作品，实在是焚琴煮鹤，很煞风景。

生前恩爱必然会有死后的深情忆念。李商隐27岁迎娶王氏为妻（有人推测，他先前曾有过一次十分短暂肤浅的婚姻），38岁时妻子亡故。诗人悲情不绝，并为此写下了数首悼亡诗，其中以《房中曲》最为凄切动人：

> 蔷薇泣幽素，翠带花钱小。
>
> 娇郎痴若云，抱日西帘晓。
>
> 枕是龙宫石，割得秋波色。
>
> 玉簟失柔肤，但见蒙罗碧。
>
> 忆得前年春，未语含悲辛。
>
> 归来已不见，锦瑟长于人。
>
> 今日涧底松，明日山头檗。
>
> 愁到天池翻，相看不相识。

从诗中看，李商隐妻子不但模样美丽，而且应该精通音律，善于鼓瑟。"归来已不见,锦瑟长于人",物在人亡,睹物思人,诗人的心情是非常悲痛的。

这里,不能不提到李商隐那首著名的《锦瑟》:

> 锦瑟无端五十弦,一弦一柱思华年。
> 庄生晓梦迷蝴蝶,望帝春心托杜鹃。
> 沧海月明珠有泪,蓝田日暖玉生烟。
> 此情可待成追忆,只是当时已惘然。

对于此诗,历来众说不一。有人说是悼亡,有人说是艳情,也有人说是诗人自伤平生。我以为此位李诗人从来就有制谜的癖好,他不明说就给读者留下无限想象的空间,这正是诗的魅力所在,因为历来就有"诗无达诂"的说法。

是真才子自多情。情乃有专情与花情之别。说专情,诗人对妻子王氏的深情是自不必说的。说花情,诗人确有不少题赠歌女、妓女的作品。请看:"娉婷小苑中,婀娜曲池东。朝佩皆垂地,仙衣尽带风。"(《垂柳》)蝴蝶也好,花柳也好,在他眼里一切的动植物都具有女性的特征。"觉动迎猜影,疑来浪认香。"(《夜思》)"腰细不胜舞,眉长惟是愁。"(《无题》)"忆闻飒响知腰细,更辨弦声觉指纤。"(《水天闲话旧事》)"敛笑凝眸意欲歌,高云不动碧嵯峨。"(《闻歌》)谁能说清这些诗句写的是不是美丽多情的女性身影呢？因为李商隐的诗不少是表现情绪的，给人阅读的感觉是朦胧的，影影绰绰，这样反得审美奥妙，意蕴无穷。请再看《偶题两首》：

> 小亭闲眠微醉消，山榴海柏枝相交。
> 水文簟上琥珀枕，傍有堕钗双翠翘。
>
> 清月依微香露轻，曲房小院多逢迎。
> 春丛定是饶栖鸟，饮罢莫持红烛行。

这两首表现情人幽会的诗歌，没有任何正面描写。第一首诗笔触避人，而以有象征意味的树枝、簟席、枕头、头饰等去表现；第二首则从不要打扰情人的角度表现情人幽会的缠绵。清人纪昀对这两首诗推崇备至，评第一首曰："艳而能逸，第二句有意无意，绝佳。"评第二首曰："对面写来，极有情韵，此艳情之工者。"假如我们不去追究作品寓意，其中描写情爱的美感还是十分动人的。

李商隐一生坎坷。四处入幕，却一直沉于下僚；夫妻恩爱又不长久，给他留下了无限的思念与悲痛。但他以高超的艺术手法，表现了个人虽然带着忧伤色调，但却是无限美好、令人向往的爱情世界。多少生前飞黄腾达、锦衣玉食的达官贵人都已腐烂成泥、湮灭无闻了,而失意漂泊、餐风饮露的李商隐却给我们留下了这些爱情诗篇,任由着岁月、风雨淘洗,丝毫也不减其美丽与华贵。

文学史家木心赞评李商隐"是唐代唯一直通现代的诗人。唯美主义,神秘主义",说他的诗歌"华丽、深情、典雅"(木心《文学回忆录》上册,广西师大出版社,2011年版,第280页)。李商隐堪称中国古今以来以诗歌表现男女情爱的第一人,他的高明之处就是在于他的唯美、神秘的朦胧艺术,隐露分寸的把握非常成功。简直可以说,隐增一分则晦涩,露加一分则色情——六朝许多宫廷诗歌则流于艳俗。

沈园情伤

——读陆游的《钗头凤》

绍兴有一个纤巧的沈园，不是以"景"取胜，而是以"文"出名的。因为这里留下了800多年前诗人陆游与前妻唐琬以文相恋、以血相泣的《钗头凤》的情伤故事。

陆游与唐琬本是姑表兄妹，喜结连理之后，琴瑟和鸣，情感至深。但由于陆游的落第，陆母迁怒于唐琬，竟逼迫陆游休妻。母命难违，陆、唐只得依依分袂，各自婚嫁。数年后，他们巧遇沈园，相对无言，暗自悲切。唐琬征得夫婿赵士程同意之后，给陆游捧上酒肴。陆游往事重忆，百感交集，陷入苦苦的沉思。他能怨母亲吗？但是在他看到小桥远去、珠光宝气中的倩影的时候，他又能想什么呢？酒冷了，肴馔也冷了，终于他把眼泪和酒一齐咽下，对着园内粉墙题下了一首《钗头凤》：

红酥手，黄縢酒，满园春色宫墙柳。

东风恶，欢情薄。一杯愁绪，几年离索。
错、错、错！

春如旧，人空瘦，泪痕红浥鲛绡透。
桃花落，闲池阁。山盟虽在，锦书难托。
莫、莫、莫！

的确，每一个人的内心都有一块不可触摸的柔软，它像一株含羞草，一经触碰，便怅然若失，钩沉而出的是那剪不断理还乱的情伤。女人的心灵更是用柔弱的泪线编织而成的。唐琬见词，伤感难抑，也伴泪和词一首，情意凄绝。词云：

世情薄，人情恶，雨送黄昏花易落。
晓风干，泪痕残。欲笺心事，独语斜阑。
难、难、难！

人成各，今非昨，病魂常似秋千索。
角声寒，夜阑珊。怕人寻问，咽泪装欢。
瞒、瞒、瞒！

之后不久,唐琬便忧伤而殁。而孤寂的陆游,则在国破、情伤的煎熬中,走过了85岁的人生之路,为后人留下了近万首诗章。这其中就有多首是诗人晚年屡访沈园追思时的伤感之作。如:

城上斜阳画角哀,沈园非复旧池台。
伤心桥下春波绿,曾是惊鸿照影来。

梦断香消四十年,沈园柳老不吹绵,
此身行作稽山土,犹吊遗踪一泫然。

《沈园二首》

再如:

路近城南已怕行,沈家园里更伤情。
香穿客袖梅花在,绿蘸寺桥春水生。

城南小陌又逢春,只见梅花不见人。
玉骨久成泉下土,墨痕犹锁壁间尘。

《十二月二日夜梦游沈氏园亭》

诗人坚硬的生命来到沈园就显得特别柔软，因为心底的情伤是无法弥合的。从这几首诗里，我们看到陆游对唐琬的爱是如何的刻骨铭心，始终如一。诗人一想起已经死去50多年的唐琬，便像是看到美人的倩影，从而生发无穷的恋慕。这才是人间真正的爱情。

是的，如果没有《钗头凤》，没有沈园的那些情伤诗，陆游在我的印象里就是"铁马秋风大散关"的沉郁肃穆，和"小楼一夜听风雨"的闲适沉静，即使偶有"醉入东海骑长鲸"的飞扬跳脱，如赵翼所说，"看似奔放实则谨严"（《瓯北诗话》），骨子里，还是儒家的严谨有度。记得初次听到陆游的故事，很是不解。若论悲惨，《孔雀东南飞》中那双双殉情的焦仲卿和刘兰芝两位更甚，真实与否不说，至少还轰轰烈烈地抗争了一把。有理想有热情的陆游，居然就这么屈服了。封建传统的力量实在太强大、太残酷了。它，令身为唐琬婆婆兼姑母的陆母，也完全不顾骨肉亲情；它，令人生聚焦在"上马击狂胡，下马草军书"上的大丈夫陆游，也万般无奈地哀叹"错、错、错""莫、莫、莫"；它，无声地绞杀着一对对苦命鸳鸯，一代代英雄豪杰！鲁迅先生笔下抨击的"吃人"礼教，不能不使我想到中国的"恶母"就躲在漫漫历史的夹缝间。

中国是一个多情伤的国度。血泪悲情在我们的文化中绵延。从《诗经》开始，到《孔雀东南飞》，再到绍兴沈园发生的《钗头凤》的故事，无不让人生出满腔的情和愁来。特别是陆游与唐琬的伤情别愁，几无解脱之途。什么"弹泪花前，愁入春风十四弦"，"忙日苦多愁日去，新愁常续旧愁生"，"怕歌愁舞懒逢迎，晚妆托梦醒"，"虫声憎好梦，灯影伴孤愁"，"愁鬓点新霜，曾是朝衣杂玉香"，等等。何来这么多愁、愁、愁，该不是强说思痛而无端地生出这些情伤来吧？不，这不是无端的悲秋伤春，更不是个人情怀的偶然抒发，这是我们民族心灵的伤痛与郁怨，是缕缕不绝的历史的长吟。是的，人只要生存于世，就无法回避这两个带有终极意义的人生问题——生与死，爱和恨。一个人终其一生，其行为实际上是对这两个问题的不断解构和回应。大多数人的解构都平淡无奇，只有少数有大智慧和深沉之爱的人才能将自己的回应化作人间最美的辞章，润泽人们的心灵。

哀怨动人的《钗头凤》是震烁人心的。且看陆游的《钗头凤》，全词紧凑急促，感情凄紧，荡气回肠，催人泪下；再读唐琬的《钗头凤》，又与陆游的词融为一体，情感息息相通，首尾呼应，非常默契。朱东润先生大著《陆游传》仅录有陆游一首《钗头凤》，并说唐琬的那首和词"可能是后人的附会"。朱先生一说虽有学术价值，但我以为，情感之真与学术研究是有区别的。我宁可信其有也不信其无。因为唐琬留给陆游的毕竟是50年温馨的旧梦。直到诗人80多岁的时候,还忘不了这一个"惊魂倩影"。

人生常是求同而存异,欲合而离,才聚又散。达官贵人,庶民百姓,谁又能免这常有的无常!宝黛朝暮相守,陆唐离别相思,仍不能成为眷属,爱情只能化为神圣的眷念,最终成为人们克服现实悲剧的精神力量。

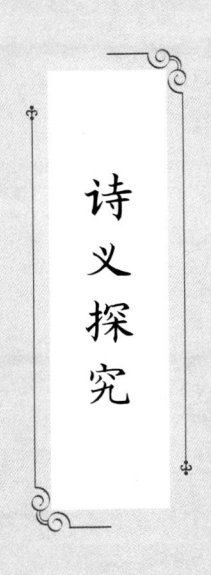

诗义探究

盛唐诗坛的斯芬克斯之谜

在开元、天宝的盛唐时代,中国诗坛有三颗耀眼的明星,代表着中国唐诗发展的高峰。他们的名字分别是王维、李白和杜甫。王维21岁擢进士第,释褐为太乐丞,成名先于李、杜。李白、杜甫被公认为唐诗的柱石,则是在中唐韩愈的"李杜文章在,光焰万丈长"的评价之后。

王维与李白生于同年,即武则天长安元年,而比李白早一年去世(王维卒于上元二年)。王维与杜甫相识,有过往来,而杜甫又是李白的好友。王维和李白与比他们大一轮的孟浩然更是交谊很深的朋友。可是,令人蹊跷的是,王、李之间从未有过交集。从他们两位全部作品中,找不到涉及对方的一字一句;在所有的正史、野史中,也查不到一次他们见面的记载。有研究表明,从开元十八年至二十一年(730—733),从天宝元年至天宝三载(742—744),王、李先后约有5年时间,同住都城长安,但却"鸡犬之声相闻,老死不相往来"。这无疑成了盛唐诗坛的"斯芬克斯之谜"。

尤其是天宝年间，喜欢文艺的皇帝唐玄宗当政，此人极喜与文人墨客交往，此时王、李都居于长安，唐玄宗也确实与王、李两位大师都打过交道。唐代文艺政策很开放，王、李二位放歌诗坛正春风得意。王维在体制内已为从七品上的左补阙，相当于今日的准部级高干，出入宫廷，高轩华盖，随从骖乘，何等荣耀。李白则由体制外的布衣被唐玄宗擢为待诏翰林，成天在皇帝和贵妃身边打转，唱诗吟和，满身朱紫。他们此时同在朝廷供职，又同为诗界泰斗，但不知为何形若水火，动若参商，从不谋面，这就不得不让人深感迷惑了。

这不能不让我们想到同为王、李好友的孟浩然。孟与王、李不是一般的朋友。开元十七年冬，孟浩然因在长安应试落第，将返故里，王维作《送孟六归襄阳》《哭孟浩然》等诗相送。"故人不可见，汉水日东流"一句蕴含浓郁得化不开的悲伤，足见王、孟友谊的深厚。而李白之于孟浩然，从《赠孟浩然》《黄鹤楼送孟浩然之广陵》等名诗便可知晓。一句"吾爱孟夫子，风流天下闻"，个性极为狂傲的李白，竟然对孟浩然如此景仰，这是何等的情谊！孟浩然也深知王、李二人都是重感情、重然诺的诗人。王维那句"西出阳关无故人"（《送元二使安西》）世人皆知。在他的诗集里，这样的送别诗，几占总量的五分之一，说明诗人的情真意挚，很看重与友人的交往。而李白的重然诺、讲义气、任侠仗义、敢于担当，更为天下所闻。李白出蜀后的第一次东游，在扬州，为救济落魄公子，"不逾一年，散金三十余万"，何等慷慨！同游者死于途中，李白"雪泣持刃，躬申洗削，裹尸徒步，寝兴携持，行数千里归之故土"（《上安州裴长史书》），何等忠忱！如此两位看重友情的人，怎么可能大路朝天、各走一边呢？令人猜测，孟浩然肯定从中做过努力，因为他一定会想到，王、李的交结应是顺理成章，谅不至于将朋友的朋友拒之门外吧。

然而，孟浩然的一片好心也是徒劳的。其实，他不明白，王维也好，李白也好，起决定作用的依然是他俩内心深处存在着难以交聚的瑜亮情绪。

在皇权专制年代，文人成名都想求"仕"。开元十八年前后，李白第一次进长安，王维第三次进长安，他们进京都是想着谋个官位，但其心情是各不相同的。李白乘兴而来，一路风光，自我感觉良好；王维则一再受挫，跌跌绊绊，心有余悸。因为王维在体制内吃过苦头，明白了许多世故情理，故而将自己的身段放得很低。而体制外的李白行事一向是放浪任为，正面进攻，不计后果。因为李白一来长安便打通了时任右丞相的张说及其儿子、驸马爷张垍的门径，心性颇高，大有静候佳音、坐等捷报之势，所以他并不把王维看在眼里。其实,这是狂傲的李白轻忽了王维。王维何许人也?王维21岁中进士之后就被任命为太乐丞。虽然他在这个国家交响乐团负责人的岗位上犯过错误,那纯是少不更事的小过失。史载他的属下伶人演《黄狮舞》,因为黄色的"黄"和皇权的"皇"相谐音(黄色在古代为皇家专用),而被降职贬放。但李白显然没估计到,这个最高乐府的职位,使得王维的音乐天赋、表演才能以及他的诗歌书画方面的成就很快为权贵和世人所熟知。"凡诸王驸马豪右贵势之门无不拂席迎之,宁王、薛王待之如师友""尤为岐王所眷重"(《旧唐书》)。除上述诸王外,王维所交往密切的众多贵公子,如唐太祖景帝七世孙李遵、三朝宰相韦安石之子韦陟、韦斌兄弟等,也都是李白望尘莫及的。而且王维"妙年洁白,风姿都美","风流蕴藉,语言谐戏","大为诸贵之所钦瞩"(《集异记》),个人形象与气质上的优势,也让长漂无定的李白不免要自惭形秽了。两相比较,上层社会,李白缺少根基;权力中心,李白难有依靠。我们看,王维的结交者,均为当权的实力派,盘根错节,实力雄厚。而反观李白的结交者,文人墨客,酒徒醉鬼,胡女歌伎,底层市民,多为上不了台面的平民百姓。即便经张说父子推介,得以住进玉真公主别馆,可常常是寂寞的无望等待,空茫的无人问津。李白此时写过一首诗《玉真公主别馆苦雨》:

> 秋坐金张馆，繁阴昼不开。
> 空烟迷雨色，萧飒望中来。
> 翳翳昏垫苦，沉沉忧恨催。
> 清秋何以慰，白酒盈吾杯。
> 吟咏思管乐，此人已成灰。
> 独酌聊自勉，谁贵经纶才。
> 弹剑谢公子，无鱼良可哀。

这首诗写得很凄清、很苦闷，是李白少有的调子低沉的作品。李白身孤心冷，始终未见到公主的倩影，没有得到公主的眷顾，最后只好灰溜溜地淹蹇而归。

文人是有自尊自信的。李白的这次长安之行，对他的自尊自信乃至自大是一次打击。他当然吞不下这枚苦果。对于王维的声望和影响，他只能瞠乎其后，甚至可能心生隔膜。因此李白与王维，遂成为永无交结可能的平行线则是必然的了。两位大师的"零度"反应，在长安城里不通往来，这个唐代诗歌史上的不解之谜，似乎也就大致了解底里了。

后世还有一种说法，王维与李白之间没有任何交集，还因为他们中间有个唐玄宗之妹玉真公主的关系。因为王维和李白进长安都干谒过权倾朝野的玉真公主，并都得到过她对他们各自的热心照拂。就是因为与玉真公主这层秘而不宣的关系，而导致他们心存芥蒂、彼此戒惧乃至干脆互不提及。

  我以为，这一说法真可称为唐诗、唐史中的一个十分八卦的问题。

今读杜甫《忆昔》诗

1400年前的唐代开元、天宝年间,出现过令中华民族引以为傲的"开元盛世"。说到盛世在唐诗中的反映,莫过于杜甫的名作《忆昔》:

> 忆昔开元全盛日,小邑犹藏万家室,
> 稻米流脂粟米白,公私仓廪俱丰实。
> 九州道路无豺虎,远行不劳吉日出。
> 齐纨鲁缟车班班,男耕女桑不相失。
> 宫中圣人奏云门,天下朋友皆胶漆。
> 百余年间未灾变,叔孙礼乐萧何律。

老杜的这首怀旧诗(这里只节选全诗的一部分),讲的是开元盛世的全景状况,这幅图景甚至在唐代正史中都未出现过。从这个意义上说,杜甫反映现实之功实不在史官之下。全诗语言平实,切近民意,通俗易懂,很接地气,即使有些夸张，但毕竟道出了唐代鼎盛时期的文化奥秘。

"小邑犹藏万家室，稻米流脂粟米白"讲的是藏富于民，万家殷实。而且道出米粟流脂泛白，无假冒伪劣之嫌，即今所谓"安全食品""放心食品"，于人健康有益。这乃是民生为本、民富国强的盛世之基。

"九州道路无豺虎，远行不劳吉日出"讲的是社会安定、和谐，平安大道、平安社区处处皆是，人们离乡远行不需费心劳神，总有祥和的阳光相伴。

"齐纨鲁缟车班班，男耕女桑不相失"讲的是农耕社会城乡俱丰乐，看不出城乡贫富不均的二元割裂景象，也看不出今日"三农"学者所说的农村"空心化"（指人口、资源、价值的空心化）的问题。梁漱溟说，中国文化就是乡村文化。历史告诉人们，如果没有读书种子生长的空间和动力，没有乡村知识分子这一阶层的活跃，农村的精神价值就无从谈起。

"天下朋友皆胶漆"是说人情和美、民风淳厚，世道人心有端然的气象。由此引发了身处盛世的诗人自觉的国家意识，他便以高度概括的诗句赞美唐王朝天下大治的局面。这条最重要。所谓政通人和，就是要做到人与自然的和谐，人与社会的和谐。要达到这样的景象，自然要有好的制度。唐代开元年间，开明任贤的科举制度和对外文化的开放精神，使唐朝成为一个世界性的国家，统治者具有非常宽广的胸怀，令人羡慕。这时，日本等周边国家络绎不绝地派来"遣唐使"（留学生），学习中国文化，李白的日本好友晁衡（原名阿倍仲麻吕）作为第九次遣唐使团成员在中国留学，学成后还留在唐朝廷内做官，足显万邦来朝的大国气象。我们说的文化自信就是要能使异国他邦有人来效仿才是硬道理。

虽然后世史家往往以开元二十四年李林甫兼中书令为玄宗吏治走向昏暗的开始，但这也是后人所持的历史眼光。身处开、天之际，包括李白、杜甫在内的许多当时之士恐怕更多的还是感受着王朝的繁荣与昌盛。实际上唐王朝的"盛世"起码在表面上一直维持到安史之乱爆发的天宝十四载。《资治通鉴》说："有唐户口之盛，极于此。"因此，杜甫的《忆昔》对朝廷政治的评论并不失历史之真实。

这最后一句，"百余年间未灾变，叔孙礼乐萧何律"似乎说出了开元盛世之盛的真正原因。如果说前面描绘基于感性认识，那么，下面写朝廷政治就是基于诗人的理性认识了。天赐良机，百余年没有灾变，再加上政策法规的长效、稳定，以及政治权力对民间社会之甚少干预与侵扰，保证了社会各阶层的相对稳定与安居乐业。站在中国诗歌最高位置上的杜甫当年不经意地写下的诗句，不仅让我们看到了唐朝经济社会的人文风貌，更让我们看到了唐诗塑造的文化基因。灿烂辉煌的唐文化的影响力辐射至同时代的周边国家，更塑造着后世以至今日之中国。

又到清明踏青时

清明时节,春色满目:

> 一年春好处,不在浓芳,小艳疏香最娇软。到清明时候,百紫千红花正乱,已失春风一半。早占取韶光,共追游,但莫管春寒,醉红自暖。
>
> 李元膺《洞仙歌》

这是一曲清明踏青的召唤令。理学家程颢也认为:"况是清明好天气,不妨游衍莫忘归。"(《郊行即事》)

春天,之所以不断被人赞美,不仅因为它的花色照水引人遐思,还因为万物生命一齐苏醒的景象,总是那么蓬勃可观、教人感动。整座山脉,渐渐呼吸起来;整片田野,铺上青嫩的巨毯。

关于古人踏青的风俗,至今仍令人十分神往的莫过于"曲水流觞"。据传此习俗起源于周公的曲水宴会,不过最脍炙人口的一次要数晋代王羲之《兰亭集序》中描绘的他与41位名士在山阴兰亭修禊之盛况及当时的山水美景：在"天朗气清，惠风和畅"的暮春之初"畅叙幽情"。

那情景是，人们坐在曲折回环的流水边，将酒杯置于水中，任杯流到谁的面前，谁就取而饮之，饮毕即吟诗作赋，这是一个浪漫有趣的活动，也是展示才情的时机。由于寻找称心如意的曲折回环的流水不太容易，于是风雅的文人士族就专门设计挖凿出随心所欲的曲水，并在上面修建"流杯亭"，此后就可以随时"曲水流觞"了。这种活动以唐代最盛，《秦中岁时记》载："唐上巳日，赐宴曲江，都人于江头禊饮，践踏青草。"杜甫《丽人行》亦云："三月三日天气新，长安水边多丽人。"

杜甫还写过一首《清明》诗，更是描绘了一幅喜气洋洋、声势浩大的游春图："著处繁花务是日，长沙千人万人出。渡头翠柳艳明眉，争道朱蹄骄啮膝……弟侄虽存不得书，干戈未息苦离居。逢迎少壮非吾道，况乃今朝更祓除。"

似乎长安的花儿都善解人意，特地在清明时才争奇斗艳，于是花添人兴，万人出城。美人与翠柳相映生辉，男儿纵马奔驰，争道抢先。但这些美景盛况似乎与己无关，因为他总是颠沛流离，凄苦度日，更何况"干戈未息"，弟侄杳无音信，自己也已年老多病，还是独自过节吧。诗中展现了他正直、孤独的儒生形象，抒发了他忧时、悯国、哀己之情怀。

清明是二十四节气之一，物至此时，皆明洁而清朗。我国古人在先秦时代，就形成了一套适应自然界季节变化的所谓月令制度。清明节踏青这一民俗活动实为古人在大自然发生季节转换时，对大自然的一种回应。这种回应，表现了他们的信仰和生活情趣。首先，我们可以看到的是古人对大自然节律的敏感和对自然草木的亲近亲和之情；其次，清明节民俗活动说到底都是仪式活动，他们通过这些仪式活动祈农祈福，祛疾祛灾，反映了传统的福、灾系于天的观念，这里恰恰蕴含着古人对大自然的敬畏之心。

清明的核心民俗活动是扫墓祀先，它也不是谁刻意设计出来的，而是在千百年间逐渐自然形成的。中国人之祭祖祀先，既有重亲情孝道、慎终追远的意味，又有托庇祖宗、以求荫福的意思。可见，在祈福这一根本点上，肃穆的扫墓与游乐的踏青可以并行不悖。

我以为清明扫墓是一种良俗，它不仅有利于重亲情与孝道的氛围的形成，还会引导我们去关心、思索生命与生死问题，而在大自然呈现欣欣向荣、蓬勃生机的时节思考这类问题，有利于克服某些消极虚无的生命观、人生观。王羲之在《兰亭集序》中所表达出的那种"死生亦大矣"的思想，他对生命及人间情感的积极肯定，和他当时处于良辰美景之中不无关系。

其实自然界的山水田畴每一年都是有点不一样的。年年花色，却是一回一样的心情。万物看似在四季轮转中一岁一枯荣，但同时也恒在变更。青春与风华，各样繁茂，各样消长，各样替代，在生命的整体大同色相里我们又各自拥有属于自己的阶段和季节。

宇宙里最公平的力量，就是自然。因为谁都一样，我们来了，我们离开，人人都有过与他人不同的一生。

喜欢春天去踏青，就因为喜欢这融融的感动，同时也喜欢它带来的种种启示。

喜欢那生命骚动的感觉，只要打开窗口就能听到春天在融融的暖意里向人召唤，快去占取韶光，踏青去，共追游，莫忘归。

杏花村到底在哪儿？

——读杜牧《清明》

每到清明时节，人们都会念及杜牧那首名闻天下的《清明》：

> 清明时节雨纷纷，路上行人欲断魂。
> 借问酒家何处有？牧童遥指杏花村。

无须多加解释，一诵朗朗上口，平白如话，而且抑扬曲折，韵味十足，让人欲罢不能。

诗的开端就使人产生"佳节清明桃李笑""况是清明好天气"的联想，但偏偏是细雨纷纷，让人扫兴。这是第一重曲折。

第二句写到力尽神疲、欲归不可、欲歇无处的羁旅行人，因天雨路阻，将心情的凄迷用"欲断魂"来夸大形容。这又是一重曲折。

第三句忽逢牧童指点酒家所在，总算可以暂避风雨、稍作休息了。这也是一重曲折。

第四句指这酒家并非近在咫尺，而是遥遥在望，还需继续赶路。这还是曲折。

诗写到这里打住，而不去写饮酒休憩的乐趣，更给人饱含希望的魅力和悬想。

这是一首七言绝句。在晚唐，杜牧的七绝是写得最出彩的。无论是写景或抒情，都是健拔昂扬、音节高亮。明人评"牧之诗含思悲凄，流情感慨，抑扬顿挫之节，尤其所长"（胡震亨《唐音癸签》），这又让我想起杜牧绝句中其他几首传诵千古的名作。

长安回望绣成堆，山顶千门次第开。
一骑红尘妃子笑，无人知是荔枝来。

《过华清宫绝句三首》（其一）

烟笼寒水月笼沙，夜泊秦淮近酒家。
商女不知亡国恨，隔江犹唱后庭花。

《泊秦淮》

青山隐隐水迢迢，秋尽江南草未凋。

二十四桥明月夜,玉人何处教吹箫。

《寄扬州韩绰判官》

千里莺啼绿映红,水村山郭酒旗风。
南朝四百八十寺,多少楼台烟雨中。

《江南春绝句》

远上寒山石径斜,白云生处有人家。
停车坐爱枫林晚,霜叶红于二月花。

《山行》

我们不难看出,杜牧善于运用绝句诗体,在短短四句中,写出一个完整而幽美的景象,宛如一幅图画,或者表达深幽而蕴藉的情思,使人玩味无尽,而音节顿挫上,安排得尤其得体。

《清明》是一个范例。此诗只是描写一个离乡在外的"行人",在春雨绵绵的清明时节欲借酒浇愁的心情。但是,诗中的行人、酒家、牧童、山道弯弯、春雨飘洒,俨然构成了一幅情趣盎然的"清明烟雨画"。因此,在1992年香港"唐诗十佳"评选中,此诗被评为第二佳应是毫无异议的。

诗人李商隐对于杜牧是很尊重的。他赠诗杜牧:"高楼

醉听清吟

风雨感斯文,短翼差池不及群。刻意伤春复伤别,人间惟有杜司勋。"(《杜司勋》)表达了自愧不如之感。其实,李、杜都是晚唐的著名诗人,各有所长,异曲同工。后人并称他们二人为"小李杜"(盛唐李白、杜甫被称为"大李杜"),认为是晚唐诗人中的双璧。

中国诗歌史上写清明的诗很多,但能称作清明节的代言诗的,除却小杜这首七绝,其他实无一可以当之。不过,让杜牧也始料未及的是,他的这首名作也为后人留下了一个迷惑不解的疑问:牧童随便一指的"杏花村",到底在哪儿?

杏花村,顾名思义,就是杏花盛开的村庄。这么说来,全国有杏花的村庄可有无数个。可是,杜牧《清明》中的杏花村到底在哪儿呢?今日中国,争这个属地的,据我了解,安徽、山西就各有一说。安徽的学者说:"山西怎么可能出现清明时节雨纷纷的场景呢?"山西的学者争辩说:"唐代山西也有风和日丽的春天和清明多雨的地方。"在我看来,这种争辩毫无意义,也毫无结果。就好比安徽有徽商和山西有晋商一样,春兰秋菊,各有佳色。要怪只能怪杜牧未将时间地点交代清楚,不像他写的其他诗作,常会明确地标出时间和地点。比如他那首《及第后寄长安故人》,一查就知道是杜牧在文宗大和二年进士及第时写的,那就是公元828年嘛！读小杜诗，可知杜牧在进士及第、制策登科之后，先在江西、宣歙、淮南诸使府为幕僚，后来又做过黄州、池州、睦州、潮州的刺史数年，中间入朝及最后官至中书舍人，时间较短。总体来说，他在江南多地任职，很关心民间疾苦，虽然流传有所谓酒色风流之事，但做刺史时仍为亲民之官。作为循吏，他并未受到朝廷重用。于是，他常玩山弄水，流连风月，沉浸在"溪山画不如"的幽境之中。最近，我翻阅清代冯集梧注《杜牧诗集》，看到杜牧在池州刺史任上写有较多的咏物篇什，且不免打上"杏花春雨江南"的印记。我们再来看他的另一首名诗《九日齐山登高》：

> 江涵秋影雁初飞，与客携壶上翠微。
> 尘世难逢开口笑，菊花须插满头归。
> 但将酩酊酬佳节，不用登临恨落晖。
> 古往今来只如此，牛山何必独沾衣。

这首诗是杜牧于会昌四年（844）在池州刺史任上所作。池州（治所秋浦，今安徽池州市贵池区），临大江，面群山，风景秀丽。杜牧到任之后，常陶醉于这里的自然山水之中。这首诗以九月九日可采菊花时节，与友"携酒登高"为题材，抒发诗人凄冷落寞的心境。如果我们仔细品味，就会发现，它与杜牧《清明》诗中"寻酒望归"的惆怅情绪从文学意象上来看几乎是一脉相承的。

我想,"借问酒家何处有，牧童遥指杏花村"，只不过是诗人兴来随手一题，意在让人驰想。实际上，古代的杏花村多多，诗人不必交代，说明他的这个杏花村啊，既可能是实指，也有可能是虚指。生活在自给自足的自然经济时代的杜牧没想到，今天这个竞争狂飙的市场经济时代，是这么纷繁复杂，大家一个劲儿地在争《清明》中的杏花村作为自己的属地，难道不是因为旅游 GDP 至上、品牌至上的思想在作怪吗？

李商隐：直通现代的诗人

李商隐是爱情诗大师，且多以"无题"之题写诗，这是他的独创。读他的这些诗，觉得很古典，但也很现代，依然那么撩拨人心，依然那么味道十足。著名学者季羡林先生说，李义山（李商隐字义山）的这些诗，"思想性十分模糊，但艺术性极高，照样会成为名作而流传千古"（季羡林《学问之道》，沈阳出版社，2002年版，第336页）。这就是说，今人不必给古代诗文贴上政治标签，艺术性才是文学作品的灵魂。李商隐的爱情诗是千古不朽的艺术品，其人也"是唐代唯一直通现代的诗人"（木心《文学回忆录》上册，广西师范大学出版社，2011年版，第275页）。

如今，现代艺术这个话题常出现在现代艺术展中。其实，现代艺术很平常。就像历史是由无数个当下衔接起来的一样，每每发生在当下的所谓现代艺术，在过去的所有当下都有可能，或多已经发生过。现代艺术大概有三个特征，就是陌生感、无去向、有来处。

所有的现代艺术带给大家的总是一种见所未见的陌生感。我们来读李商隐的诗,那些无题诗,在他所在的当下,很明显是具有陌生感的。这种陌生感,是陌生的美,是陌生的无法破译的美,也是原创的美,"寄托深而措辞婉,实可容百代,无其匹也"(叶燮《原诗》)。李商隐的那些无题诗,让历代的评论,失去了自信,除了感觉美不胜收,就只有感叹美不胜收了。譬如那首《无题·飒飒东风细雨来》:

> 飒飒东风细雨来,芙蓉塘外有轻雷。
> 金蟾啮锁烧香入,玉虎牵丝汲井回。
> 贾氏窥帘韩掾少,宓妃留枕魏王才。
> 春心莫共花争发,一寸相思一寸灰。

完全是李商隐一段纷繁的思绪,借七律的形式,流淌在文字里。这首诗情景、意象、典故、感慨,不黏不连,好没缘由,可是让你感觉美:华丽、深情、典雅;首句、末句,自然、滋润。真正的一种莫名的美,同时有一种陌生感,一种现在很时尚的现代感。

李商隐是个多情的诗人。他学仙玉阳时,曾与女冠有过恋情,《燕台四首》《嫦娥》诗所咏均与此有关。后又与洛中里娘柳枝相爱,好事未谐,柳枝为东诸侯取去,李商隐赋《柳枝五首》并有长序，俱道其事。此外尚有"寻芳不觉醉流霞，倚树沉眠日已斜。客散酒醒深夜后，更持红烛赏残花"(《花下醉》)等绮诗。因而李商隐时有"春梦乱不记"(《乐游原》)、"别馆觉来云雨梦"(《少年》)等绮梦也在情理之中。他最奇特的一首记绮梦的诗是《闺情》：

红露花房白蜜脾，黄蜂紫蝶两参差。
春窗一觉风流梦，却是同袍不得知。

闺中少妇在同衾裯的丈夫身边做了一个风流梦，与她的情人幽会寻欢，丈夫虽然睡在身边，却全然无知。是的，禁锢形体容易，禁锢思想万难，恋情是如此，亲情、友情、宦情等又何尝不是如此？就"闺情"而言，施蛰存认为此诗"这个题材，恐怕是古今闺情诗中绝无仅有"(《唐诗百话·李商隐七言绝句四首》)。李商隐对绮梦诗有着非凡的想象力和开拓力，其体现的这种美，也是一种陌生感，甚至也可以说是现在很时尚的现代感了。

说现代艺术没去向，就是说这种艺术具有不可重复性。现在中国的所谓现代艺术，主要就是现代的艺术家效仿西方的作品而创作的，所以不是原本意义上的现代艺术。因为现代艺术没去向，不可重复。就拿西方那些现代艺术而言，毕加索、米罗，流淌和熔化状的时钟，被切片的大提琴，还有大拇指，在石头上打个孔就是远眺的眼。这些已经渐行渐远的早些时候的现代艺术，都是没去向的，都是不可重复的。这就是现代艺术的本原，现代艺术的理由和宿命。可惜，我们现在面对的，我们同时代的所谓现代作品，是令人有些失望的。因为，其中更多的是，远远从西方悄悄地仿制过来的。这是一种虚弱和苍白。因为有着伟大的文化和艺术梦想和境界的中国人，具有足够的底气和能力，在每一个当下奉献自己的艺术，譬如李商隐，他的无题诗就是在那个当下的奉献："锦瑟无端五十弦，一弦一柱思华年。庄生晓梦迷蝴蝶，望帝春心托杜鹃。沧海月明珠有泪，蓝田日暖玉生烟。此情可待成追忆，只是当时已惘然。"（《锦瑟》）同样倾诉自己的落寞、惆怅，同样面对生命的怯懦和虚空，竟然能够这么美，这么陌生，这么不可重复。这感觉，够现代化了吧，够今天搞现代艺术的人因此以为现代艺术不凡和高贵了吧？可偏偏1000多年前的诗人早有同感了。

李商隐以"无题"命诗，大抵皆叙恋情，且多用于七律。凡叙写爱情、艳遇、隐衷、感遇，作者不愿显言或不便明言的，则有意隐讳，画龙而不点睛。但其"味无穷或炙愈出，钻弥坚而酌不竭"（葛立方《韵语阳秋》引杨忆语）。正因为《无题》神秘莫测，愈益激发起历代学人才子如痴如醉地探迹索隐，笺注阐说连篇累牍，歧见百出莫衷一是，于是形成了一门积淀深厚的"无题诗学"。这无题诗的品位与当今的那些用人家的舞步来跳舞的所谓现代艺术不知现代多少倍了。

现代艺术是有来处的。这来处，就是人生的经历、内心的修养、生命的状态，还有对古往今来艺术的感悟和审美的能力。据说现代艺术家往往回避传统，不认为现代艺术是从传统中生长出来的，也就是不认为现代艺术有"源"，虽然他们可以仿制西方的现代艺术作品，可他们还是认为现代艺术没有来处。很明显他们以为他们的现代艺术不是来自他们出生和成长的故国。这是一种误解。无妨来读李商隐。李商隐的诗是不是现代诗呢？应该没有异议。诗歌这东西，很古老也很鲜活。写成了诗，也就有了规范，有了音律。李商隐却把诗写得很陌生。可是他自己曾多次在诗文中这样表白自己诗歌的底蕴："楚雨含情总有托。"（《梓州罢吟寄同舍》）"一自《高唐》赋成后，楚天云雨尽堪疑。"（《有感》）"巧啭岂能无本意？"（《流莺》）"为芳草以怨王孙，借美人以喻君子。"（《谢河东公和诗启》）这就道出自己的诗文是有来处的，即来自传统。能活在当下的往往就是传统。清纪昀曰："《无题》诸诗，大抵祖述美人香草之遗，以曲传不遇之感，故情真调苦，足以感人。"（转引自张采田《李义山诗辨正》)清朱鹤龄也称"义山之诗,乃风人之绪音,屈宋之遗响"。(《李商隐诗集》,上海古籍出版社,2015年版,第13页)由于《诗经》中比兴的大量运用,于是西汉董仲舒引出"诗无达诂"的著名论断,意谓对《诗经》没有通达的或一成不变的解释,因时、因人而有歧义。李商隐托物寄意,言此意彼,很难切实准确把握其脉搏,也可归入"诗无达诂"之列,我觉得以上这些评论都是很有斟酌、很有分寸的。李商隐的无题诗不是无根之木、无源之水,因此,有人就说它是无题之《离骚》。宋人王安石以为"唐人之学老杜而得其藩篱者,惟义山一人而已。"(《蔡宽夫诗话》,《诗人玉屑》卷一七引,转引自罗宗强《隋唐五代文学思想史》,中华书局,2019年版,第372页)毫无疑问,李商隐是和杜甫堪称双璧的大诗人,他拥有律诗的所有美好,他"现代"起来,就是伟大的现代艺术家了。

从张齐贤的《自警诗》说起

宋人张齐贤在北宋太宗、真宗两朝为相。在他还是一介布衣时，便向宋太祖条陈大事；任官后，更"以亮直重厚称"，革除弊政，务行宽大。他常作诗自警，兼遗子孙，足为规诫。《全宋诗》第一册中收入了他的《自警诗》一首：

>慎言浑不畏，忍事又何妨。
>国法须遵守，人非莫举扬。
>无私乃克己，直道更和光。
>此个如端的，天应降吉祥。

《自警诗》无疑是作者写给自己看的，其中必有自己人生经验的总结和感悟，也必然包括本人多次挫折、碰壁和跌跤的教训。我想，诗人多用"慎言""忍事""无私""直道"这些词语警诫自己，并不是单纯地为了保护自己，而是中国传统士大夫追求"政通人和"的理想诉求。"不和不可以接物,不严不可以驭下。"(《曾国藩日记》)可见,"人和"是"政通"的基础,而"无私"和"直道"又是作为朝友清官的重要条件。而正直与随机又是相辅相成的。"直须和相助,和赖直交相。""能和又能直,行已自芬芳。"万千行止在一"和",这就真正说到点子上了。当然这种境界难以达到。

中国文化传统是讲"和为贵"的。我以为,人间最重要的关系就是和谐的关系,相濡以沫的关系,互相抚慰的关系。如果说,斗争哲学有时也是生活和时代所必需的,那么"和为贵"则在更多的时候是更为重要的。如果前者要求我们锻炼一副外在的钢铁的筋骨,那么后者则是要求我们有一个正直而和谐的心灵。有时候,锻炼外在的筋骨不那么困难,但培养一个美好的心灵却不是一朝一夕的事了。

天下这个"和"字,太重要了,太妙了。

天时、地利、人和,人和是最重要的。"和为贵"这种"文化价值"或曰"民族精神",永远也不会被磨灭。正因为如此,汉语中含"和"的词可谓多矣,且往往吉祥:和平、和美、和睦、和顺、和谐、中和、冲和、春和、柔和、阳和、祥和……一首好的歌曲需要和声的作用,因此,音乐的精灵就是一个"和"字。中国古典音乐美学经典《乐记》认为,音乐本体来自于天地自然,是神明造化之赋予,它追求"大乐与天地同和"的雄浑意境。先人甚至塑造了一位和仙形象。因和、荷谐音，故持荷花一柄。他的搭档是合仙。和合二仙是和美谐调的象征。"八仙过海"中那个女仙，也叫"何仙姑"，恐怕也是与"和"字具有的美意相联系吧。

哲学老人冯友兰曾对"和"做过哲学解释。他说："张载说'仇必和而解'，这个'和'字，不是随便下的。'和'是张载哲学体系中的一个重要范畴……张载认为，一个社会的正常状态是'和'，宇宙的正常状态也是'和'……在中国古典哲学中，'和'与'同'不一样，'同'不能容'异'；'和'不但能容'异'，而且必须有'异'，才能称其为'和'……只有一种味道，一个声音，那是'同'；各种味道，不同声音，配合起来，那是'和'。"

这是一个很重要的哲学阐释。如果只求"同"，不能容"异"，就只会一步步重返"仇必仇到底"的道路。孔子说"君子和而不同"，蔡元培说，"多歧为贵，不取苟同"。异见生长智慧，如果你真的相信自己是正确路线的代表，就应该不怕别人批评指正。极权制度的惨痛教训，必须牢记。有民主、监督、言论自由之"异"，才有真的"和"可言。冯友兰放眼人类，说"仇必和而解"，是客观的辩证法。人是最聪明、最有理性的动物，不会永远走在"仇必仇到底"那样的道路上。我认为这就是中国哲学的传统和世界哲学的未来。

据说,湖北鄂州莲花山有无极堂,无极堂有和字壁,壁上除有大大的"和"字外,更有铭文曰:"性命和则生,人物和则亲,人天和则灵。"那么,安徽省和州,恐怕就是哪位大人先生为了求生、求亲、求灵而起的地名。我是和州人,我极赞成这种"和中藏人生"的美好哲学了。

以生命写诗

—— 屈原之死

屈原名平,"原"是他的字。他这样解释过他的名字:

"名余曰正则兮,字余曰灵均。纷吾既有此内美兮,又重之以修能……"(《离骚》)—— 正直而有原则,有丰富而高尚的品德和端姿,有不同凡响的才能。

名字对人有暗示和指引,古今皆然。

他的诗中自述,他长得高大俊美,佩长剑,戴高冠,身挂鲜花香草,俨然一副贵族气派。他29岁时当上了左徒(副宰相),司马迁《史记》记载,屈原"娴于辞令,明于治乱","入则与王图议国事,以出号令。出则接遇宾客,应对诸侯"。《史记》还记载有"王甚任之"之语,说明楚怀王原先对他还是很重用的。

屈原还满怀信心地接受了楚怀王交给他的一项重要的使命:"造宪令。"所谓宪令,就是法令。造宪令,按今天的话来说,就是出台法令进行政治体制改革。屈原在《离骚》

中,真实地记录了要做改革先锋的想法:

> 不抚壮而弃秽兮,何不改乎此度?
> 乘骐骥以驰骋兮,来吾道夫先路!

为什么不趁壮年时摒弃污秽,为什么不去改变以前的法度?快骑上骏马勇敢地驰骋啊,来吧,我在前引路!

屈原还在《离骚》中坚定地表达了他对"美政"的矢志不渝、宁死不屈的追求:

> 既莫足与为美政兮,吾将从彭咸之所居!

哪怕没有人能同我推行美政啊,我宁愿效法先贤跳水投江也都在所不惜!

屈原年纪轻轻而得高位,还力求改革,得罪了特权阶级的贵族;他的联齐抗秦主张,更受到"媚秦派"的反对。这些人中就有朝廷重臣上官大夫靳尚、令尹子兰和怀王宠妃郑袖。《史记》载上官大夫和屈原争宠,"心害其能",极不喜欢屈原有才华,有"官运";郑袖则在床上施展魅力,给楚怀王吹枕头风。怀王听信谗言,最后"怒而疏屈平",遂将屈原逐于汉北荒蛮地,掌管云梦猎区的林木鸟兽,官称

"三闾大夫"。

屈原在汉北一待就是9年。这9年,他写出了瑰丽雄奇的长诗《离骚》,通篇激烈,一唱三叹,是天上地下、人神共吟的楚国的挽歌,也是屈原不屈之鸣的最强音。怀王二十六年(前303),齐、韩、魏以楚国"骑墙"破坏"合纵"为由,联军攻楚。结果,太子横到齐国当人质。这时,屈原被召回郢都,但仍为失意的三闾大夫。屈原的抗秦主张无人呼应,这让他不得不深深地哀叹自己的不幸:

> 兰芷变而不芳兮,荃蕙化而为茅。
> 何昔日之芳草兮,今直为此萧艾也!
>
> 《离骚》

香草、杂草、毒草,长期共存,这是不以人的意志为转移的。实在地说,人类自有政治那天起,从未出现过屈原的理想局面:铺天盖地全是香草。所谓政通人和,所谓国泰民安,无非是香草活得并不郁闷,正气能压倒邪气罢了。这时的屈子已萌生了宁死不屈的殉国之志:

> 屈心而抑志兮,忍尤而攘诟。
> 伏清白以死直兮,固前圣之所厚。
>
> 《离骚》

屈原最后一次遭放逐是在楚顷襄王十二年秋（前287）。60多岁的老人徘徊于洞庭长达10年。他形单影只，步履沉重，每一天都和死亡亲近。他作《离骚》时，几番提到投水而亡的楚先贤彭咸，"虽九死其犹未悔"，那么，为谁死而无怨呢？屈子回答："怨灵修之浩荡兮，终不察夫民心。"中国古代的士大夫，说来也实在可怜兮兮，永远在找一个赏识他的主子。尽管如此，我还是佩服三闾大夫，因为他心中想的还有平民百姓。

屈子的《天问》也成于洞庭湖畔。他披头散发徘徊于湖畔，以暴雨般的句子向天发问，思之深、问之广，后人不复望其项背。他是具有远见的政治家，不屑权谋术，也从不退缩，不迂回，不妥协，所以他是屈原。他在洞庭湖畔不停地走，不停地望着郢的方向。可悲的是，就在楚顷襄王二十一年（前278），秦军大将白起终于攻入郢都。

郢都毁灭了，死神凌波而来。他选择了五月五日，地点是汨罗江。他抱着一块石头，投入滚滚波涛，并留下最后一首诗《怀沙》："知死不可让，愿勿爱兮；明告君子，吾将以为类兮！"——古代的贤人君子，我明确地告诉你，我也来了，我是你们的同类。

流放出诗人，颠沛写华章。韩愈说："楚，大国也。其亡也，以屈原鸣。"（《送孟东野序》）千年大国"亡于"屈

诗义探究

原之鸣：是屈原以他的大悲之鸣见证了楚国之亡。楚国灭亡了，楚声却响彻了华夏大地。这个历史现象颇具隐喻性。刀枪能攻占国土，却对文化无可奈何；也许正是文化的发光才使刀枪入库生锈。也有人说，项羽是力量型的，屈原是文化型的。项羽一把火烧了阿房宫，屈原却让南方的生活意蕴和审美气象深深影响了北方。他是源头性的诗人，他表达了南方，却覆盖了北方，以嘹亮的楚声唱响中原，融会中原。这在文化上是开天辟地的。

屈原是华夏大地上开端性的伟大诗人。他开端性地以生命写诗，诗句处处迸发着生命的冲动。

中国诗人，要说伟大，屈原第一伟大。屈原作为中国诗人之祖，他是用生命写诗的。司马迁说："屈原之作《离骚》，盖自怨生也。"（《史记·屈贾列传》）就是说，屈原写《离骚》是想凭借生命之力，一吐政治上的怨气。因此，今日有作家称"《离骚》是我国最早的'伤痕文学'"（木心《文学回忆录》上册，广西师范大学出版社，2013年版，第153页）。唐代大诗人李白对屈原的遭遇亦有不平与怨愤。他曾高吟道："屈平词赋悬日月，楚王台榭空山丘。"（《江上吟》）你看，李白的这一褒一贬，爱恨分明，深深地表达了对屈原的最高礼赞！

郭沫若曾说，屈原"是位政治人物，但同时是在感情方面发展的纯粹诗人"(《历史人物·屈原研究》，人民文学出版社，1979年版，第17—18页)。屈原诗，是伟大的作品；屈原死，也是一种伟大的作品。这里说到政治。对屈原来说，搞政治不能自主，很难成功。说到写诗，他自己可以自由成章。他用生命写诗，这里就藏着某种永恒。我以为，屈原《离骚》最重要的思想就是一种爱国情怀。屈原的爱国，说到底是对文化和文明的坚守。离开这一点，谈什么爱国不爱国，谈什么先秦时期有没有爱国，都是不确切的，都是舍本求末的。屈原用生命来写诗，他一定知道自己也将是永垂不朽的。

远方的回音

—— 项羽之死

汉高帝五年（前202）十二月，楚汉两军垓下一战，项羽被汉军击溃，从此走向了不归路。他率残部突围南行，渡淮河，退至阴陵（今安徽淮南市东）。在茫茫的田野上，一位老农——"田父"出现在他们面前。

田父的出现是十分诡异的事件。《史记·项羽本纪》说："项王至阴陵，迷失道，问一田父，田父绐曰'左'。左，乃陷大泽中。"如果田父不是汉军的"细作"，而是当地的一个农民，有什么必要给项羽指一条错误的去路？是穷兵黩武的西楚霸王真的不得人心，还是世人容易倾向胜利者的势利心作祟？或者兼而有之？我们不得而知。但是，我们知道，一个不知名的农民指向左方的一个手势，就断送了"力拔山兮气盖世"的伟大英雄的性命。不知他日后会不会在午夜惊回，为自己害了一位尊贵的王者而愧疚？

于是，项羽及其28从骑陷入了大沼泽中。从《史记》

的记载来看，这28人个个都是项羽最忠诚的追随者和英勇无畏的战士。"汉骑追者数千人。项王自度不得脱，……乃分其骑以为四队，四向。汉军围之数重。……于是项王大呼驰下，汉军皆披靡，遂斩汉一将。……复斩汉一都尉，杀数十百人。复聚其骑，亡其两骑耳。"28人在数千汉军的围困中驰骋自如，往来冲杀，以一当百，这是何等的骁勇善战！然而，如此杰出的勇士，在项羽麾下始终籍籍无名，他们像流星般一闪而逝。再想想，置项羽于死地的那些良将谋士，如韩信、彭越、张良、陈平之辈，大多是从项羽麾下转投刘邦的。这一附一背，此消彼长，亦可见项羽之刚愎自用、错失良才，令人不胜欷歔。

28骑就这样默默无闻地战死了。在他们战斗到最后时刻，乌江亭长又突然出现在江边。他献媚地向项羽说："江东虽小，地方千里，众数十万人，亦足王也。愿大王急渡。今独臣有船，汉军至，无以渡。"细想想，这番话却透着奇怪的意味。既然项羽本来"乃欲东渡乌江"，这样说岂不是画蛇添足？况且"今独臣有船"也很奇怪。当时由于楚大司马周殷的叛变，汉将刘贾和英布实际已控制了整个江东地区，这可能就是乌江渡口无船的原因。所以乌江亭长的那番劝解的话，无疑是汉军"细作"的又一个谎言。此时的项羽彻底看清楚了面临的形势：无论渡不渡江，都是死路一条。

项羽的伟大在于他最后关头变得异常清醒。他的贵族气质使他表现得十分优雅。项王笑曰:"天之亡我,我何渡为!且籍与江东子弟八千人渡江而西,今无一人还;纵江东父兄怜而王我,我何面目见之?纵彼不言,籍独不愧于心乎?"他以高明的借口拒绝了渡江的期求。他甚至将跟随自己征战五年、日行千里的乌骓马也赠给了这位亭长。古籍上没有记载那匹千里马的下落,想必它和乌江亭长一样,在此后的漫漫长夜里,默默地回忆着逝去的峥嵘岁月,直到终老。

项羽最后自刎于乌江,时年29岁。他临终前曾这样悲怆地呼喊:"天亡我,非用兵之罪也!"这句话就像古诗中的兴法,先言他物以引起所叹之词。重要的不是前一句,而是后一句。在楚汉相争中,项羽只是为了避免"不义"之名,没有利用优势兵力消灭刘邦,后来反为刘邦所消灭。但是,人们总是愿意垂青失败的英雄。何况铲灭暴秦的西楚霸王毕竟千古一人,余子谁堪共酒杯?

唐代诗人杜牧写道:

> 胜败兵家事不期,包羞忍耻是男儿。
> 江东子弟多才俊,卷土重来未可知。
>
> 《题乌江亭》

醉听清吟

作者为失败的英雄惋惜,令人颔首。

然而,11世纪北宋时的改革家王安石,在纵观项羽施政用人等做法后,认为他的失败是历史必然。他评道:

> 百战疲劳壮士哀,中原一败势难回。
> 江东子弟今虽在,肯为君王卷土来?

还是南宋女词人李清照略显公道,她吟咏道:

> 生当作人杰,死亦为鬼雄。
> 至今思项羽,不肯过江东。

天道自然,人道苍茫。从人道看,历史上那些悲剧英雄都是生命,都是生灵,都是我们的同类。他们在遥远年代的悲泣与觳觫、青春与夭亡,都是那样深切地牵动着我们的心。除了寄心于史,这时的一切都无法表达英雄最后一刻的悲愤与感悟。能够帮助他找到心灵的诘问,找到远方回音的,只有诗。

后 记

如今，我已年过八十，可名副其实地戏称"80后"了。屈指一算，来深圳住家也有十六七个年头了。其间虽然没有多少正经事可做，但读书几乎一天也没有停歇过，而且一直为报刊写专栏文章。这些年先后出版的《荔园书话》(*深圳海天出版社*)、《梅林闲笔》(*广西师大出版社*)，包括本书也都是在深圳这儿写就的，实际上都是专栏文章的结集，所不同的，这是一本读诗笔记。大约从《深圳特区报》文艺副刊2016年开辟"国学堂"栏目后，我就应约一直为之撰稿，且以唐宋诗的鉴赏为大宗，这里结集出版的50余篇文章中大约有近30篇是在专栏上发表过的。

专栏写作比较散漫，这很适合我退休之后闲散的生活状况，却也正合古人所谓"人莫乐于闲，非无所事事之谓也"(*清张潮《幽梦影》*)的品说。我想，人老了，总得找点事情做，才不显得无聊，于身心健康也有益。因此，我以为，以诗为友，品诗悟词，写一点品读诗词的感悟之言，正

醉听清吟

是老人闲来的一种落落清欢。至于"醉听清吟胜管弦""共君一醉一陶然"（白居易《与梦得沽酒闲饮且约后期》），那是古代诗人"闲饮"而求得"陶然"之趣的最高境界。我虽不善饮酒，但十分欣赏白居易用赋体写的醉于"胜管弦"的"清吟"这首诗，并极乐意引用此诗中的"醉听清吟"四字作为本书的书名。

本书选择品读的多位唐宋诗人作品，虽不完全是随意，但也是我一向喜欢的，诸如李白、杜甫、白居易、刘禹锡、李商隐、杜牧、苏轼、王安石等伟大诗人为我们留下的美丽诗篇。我想，不读他们的作品，就好像不知道中国最好的诗在哪里，就好像读诗还没有摸到门径。书中有两篇长文，即《你好，李白》《此生那老蜀　不死会归秦——杜甫在成都草堂时期的生活》，是为"深圳读书月"活动准备的两篇演讲稿。我觉得，品读李、杜这些才情均为第一流诗人的诗歌是一种十分自由快乐的享受。这不仅缘于他们在诗歌艺术上的伟大成就，更在于他们诗歌中所呈现出来的一种博大胸怀，万千气象。虽穿越千年，却依然让我们可以看到他们精彩纷呈的人生经历和他们对自然、社会以及人生的终极思考。接续上那曾经被遗忘的文化血脉，触摸到华夏文明的精髓所在，也可让我们自身的审美情趣在不知不觉中受到感染。特别是在被高科技压缩的现代生活中，需要有这样一个隘口,让我们领悟到古代诗人那高洁的爱国情怀、悠然的人生态度、恣意的自由追求和心系天下的家国之忧,甚至只是在这些美好的诗句中,获得些安慰和共鸣,纾解内心郁结的苦闷。

最后,我想特别说及的,就是我来深圳写的这几本书,全仗我的大女儿何鸣的帮助。我的每一篇手写文稿都是由她录入成电子文稿的。她作为《深圳特区报》副刊的主任编辑,还常能为我的文稿做些纠错正讹的工作,让我感到十分欣慰。

我还要感谢深圳出版集团董事长尹昌龙博士热忱地为此书作序,感谢我的书业朋友孙重人先生、张绪华先生的热心照拂,感谢商务印书馆诸君为催生这些文字所付出的辛劳。

何永炎
记于深圳梅林文伟阁
2021 年 8 月 28 日

主要参考书目

1.〔战国〕屈原、宋玉《楚辞》,延边大学出版社,2001年。

2.〔汉〕司马迁《史记》,中华书局,2016年。

3.〔后晋〕刘昫等《旧唐书》,中华书局,1975年。

4.〔宋〕欧阳修 宋祁《新唐书》,中华书局,1975年。

5.〔宋〕计有功《唐诗纪事》(上、下),上海古籍出版社,2019年。

6.〔清〕沈德潜《唐诗别裁集》(上、中、下),陕西师范大学出版社,2014年。

7. 胡云翼《唐诗研究》,商务印书馆,1930年。

8. 蘅塘退士编,章燮注疏《唐诗三百首注疏》,安徽文艺出版社,1986年。

9. 钱锺书《宋诗选注》,人民文学出版社,1958年。

10. 韦力《觅诗记》(上、中、下),上海文艺出版社,2017年。

11. 施蛰存《唐诗百话》（上、中、下），陕西师范大学出版社，2014年。

12. 王瑶《中古文人生活》，棠棣出版社，1951年。

13. 俞陛云《诗境浅说》，中华书局，2016年。

14. 江弱水《拈花扯蕊》，商务印书馆，2020年。

15. 马茂元主编《十大诗人》，上海古籍出版社，1989年。

16. 李晓润《银鞍白马度春风》，上海社会科学院出版社，2019年。

17. 谢善骁《写意古代先贤》，北京出版社，2006年。

18. 丁启阵《诗意人间》，外语教学与研究出版社，2005年。

19. 李劼《唐诗宋词解》，上海三联书店，2018年。

20. 蒋勋《蒋勋说唐诗》，中信出版社，2014年。

21. 李国文《李国文说唐》，万卷出版公司，2016年。

22. 袁行霈《唐诗风神及其他》，香港城市大学出版社，2005年。

23. 郦波《人生自有境界》，学林出版社、上海人民出版社，2017年。

24. 郦波《诗酒趁年华》，学林出版社、上海人民出版社，2018年。

25. 郦波《最是人间留不住》，学林出版社、上海人民出版社，2019年。

26. 林青《最是人间留不住》，民主与法制出版社，2016年。

27. 郭沫若《李白与杜甫》，中国长安出版社，2010年。

28. 李长之《李白传》，新世界出版社，2017年。

29. 张大春《大唐李白》，广西师范大学出版社，2014年。

30. 安旗、薛天纬《李白年谱》，齐鲁书社，1982年。

31. 金涛声《李太白诗传》，巴蜀书社，2015年。

32. 孟语嫣《李白诗传》，时事出版社，2015年。

33. 袁行霈主编《李白诗选》，商务印书馆，2016年。

34. 康震《诗仙李白》，中华书局，2018年。

35. 诸传中《真唐李白》，北京日报报业集团同心出版社，2015年。

36. 张书城《李白家世之谜》，兰州大学出版社，1994年。

37. 中国李白研究会《中国李白研究（2006—2007年集）》，黄山书社，2007年。

38. 中国李白研究会《中国李白研究（2008年集）》，黄山书社，2008年。

39. 浦金洲《历代诗人与安徽》，黄山书社，1981年。

40.〔清〕仇兆鳌《杜诗详注》，中华书局，2018年。

41.〔清〕浦起龙《读杜心解》，中华书局，2019年。

42.〔清〕杨伦《杜诗镜铨》,上海古籍出版社,1998年。

43. 洪业《杜甫:中国最伟大的诗人》,上海古籍出版社,2011年。

44. 萧涤非等《杜甫诗选注》(增订本),人民文学出版社,2017年。

45. 吕正惠《诗圣杜甫》,生活·读书·新知三联书店,2015年。

46. 康震《诗圣杜甫》,中华书局,2018年。

47. 端木《杜甫诗传》,时事出版社,2015年。

48. 曹慕樊《杜甫杂说全编》,生活·读书·新知三联书店,2019年。

49. 童第德《韩愈文选》,人民文学出版社,1980年。

50. 李长之《韩愈传》,新世界出版社,2017年。

51. 康震《康震讲韩愈》,中华书局,2018年。

52. 孙琴安《刘禹锡传》,上海社会科学院出版社,2012年。

53. 梁启超《王安石传》,湖南人民出版社,2018年。

54. 康震《康震讲王安石》,中华书局,2018年。

55.〔宋〕苏轼《东坡志林》,万卷出版公司,2016年。

56. 林语堂《苏东坡传》,湖南文艺出版社,2018年。

57. 谢桃坊《苏轼诗研究》,巴蜀书社,1987年。

58. 刘乃召选注《苏轼选集》,齐鲁书社,2005年。

59. 朱鹤龄笺注《李商隐诗集》,上海古籍出版社,2015年。

60. 孟语嫣《李商隐诗传》,时事出版社,2015年。

61.〔清〕冯集梧注《杜牧诗集》,上海古籍出版社,2018年。

62. 朱东润《陆游传》,新世界出版社,2016年。

63. 朱东润选注《陆游选集》,中华书局,1962年。

图书在版编目（CIP）数据

醉听清吟：唐宋诗赏读 / 何永炎著. — 北京：商务印书馆，2022
ISBN 978－7－100－20823－9

Ⅰ.①醉… Ⅱ.①何… Ⅲ.①唐诗—诗歌欣赏②宋诗—诗歌欣赏 Ⅳ.①I207.22

中国版本图书馆CIP数据核字（2022）第035529号

权利保留，侵权必究。

醉 听 清 吟
唐宋诗赏读

何永炎 著

商 务 印 书 馆 出 版
（北京王府井大街36号 邮政编码 100710）
商 务 印 书 馆 发 行
北京天恒嘉业印刷有限公司印刷
ISBN 978－7－100－20823－9

| 2022年5月第1版 | 开本 787×1092 1/32 |
| 2022年5月第1次印刷 | 印张 12 |

定价：68.00元